Laoteng Zuopin Diancang
Yinghua zhi Lü

老藤——著

老藤作品典藏
樱花之旅

时代出版传媒股份有限公司
安徽文艺出版社

　　老藤，本名滕贞甫，山东即墨人，中国人民政治协商会议第十四届全国委员会委员，中国作家协会第十届全国委员会主席团委员，文化名家暨"四个一批"人才，现任辽宁省作家协会党组书记、主席。出版长篇小说《战国红》《刀兵过》《北地》《北障》《北爱》《铜行里》《腊头驿》《鼓掌》《樱花之旅》《苍穹之眼》等10部，小说集《黑画眉》《熬鹰》《没有乌鸦的城市》等8部，文化随笔集《儒学笔记》《孔子另说》等3部。作品多次被《小说选刊》《中篇小说选刊》《长篇小说选刊》《新华文摘》《小说月报》等选刊转载，多次进入各种年选和排行榜。曾获东北文学奖、辽宁文学奖、《小说选刊》年度大奖、《北京文学》奖、《湘江文艺》双年奖、丁玲文学奖、百花文学奖、中国作家出版集团奖·优秀作家贡献奖等。长篇小说《战国红》《铜行里》分别荣获第十五届、第十六届中宣部精神文明建设"五个一工程"奖，长篇小说《北地》获2021年度"中国好书"。作品以英、德、法、俄等10种文字被译介到国外。

Laoteng Zuopin Diancang
Yinghua zhi Lü

老藤作品典藏

樱花之旅

老藤——著

时代出版传媒股份有限公司
安徽文艺出版社

图书在版编目（ＣＩＰ）数据

樱花之旅/老藤著. —合肥：安徽文艺出版社,2023.6
（老藤作品典藏）
ISBN 978-7-5396-7658-6

Ⅰ. ①樱… Ⅱ. ①老… Ⅲ. ①长篇小说－中国－当代
Ⅳ. ①I247.5

中国国家版本馆 CIP 数据核字(2023)第 003218 号

出 版 人：姚　巍
策　　划：朱寒冬　姚　巍　　　统　　筹：张妍妍　姚爱云
责任编辑：宋晓津　花景珏　　　装帧设计：张诚鑫
....
出版发行：安徽文艺出版社　　www.awpub.com
地　　址：合肥市翡翠路 1118 号　　邮政编码：230071
营 销 部：(0551)63533889
印　　制：安徽新华印刷股份有限公司　　(0551)65859551
....
开本：880×1230　1/32　印张：8.625　字数：190 千字
版次：2023 年 6 月第 1 版
印次：2023 年 6 月第 1 次印刷
定价：36.00 元
....

自序:"无用"抑或"有用"

人间事物若从实用角度看,可分"有用""无用"两类。文学应属于后者,正因如此,清代诗人黄景仁才有了"十有九人堪白眼,百无一用是书生"的慨叹。爱上文学伊始,我对这一诗句颇有同感,但在经历了诸多世事之后回头看,又觉得这种两分法过于简单粗暴,事实上很多时候看似"有用"的东西恰恰无处可用,而那些"无用"的东西却能支起脑颅里的帐篷,让你的灵魂有了自由活动的空间。比如说,诗和远方有什么用? 好像无用。但这个"无用"会像潮汐一样一波波激荡你的心扉,让你血脉暗涌,不时蹦出打起行囊奔赴远方的冲动。

不得不承认,我喜欢"无用"的东西,这当然与受庄子"无用之用"思想的影响有关,但归根结底还是对文学的痴迷使然。有"无用"的文学相伴,我热衷于钩沉稽古、发微抉隐,也喜欢静处发呆、冥思遐想。在这个"无用"的世界里我可以随心所欲、直情径行,活成真实的自我。此时的"无用"转化成了实实在在的"有用",它给我原本安分的心灵搭建起一座不安分的房子。

我是20世纪70年代末期开始喜欢上文学的。那时我读初中，写作成了我生活中的一个秘密，让我的中学时代充实而富有期待。拥有秘密的人如怀揣美玉，会产生一种富裕感。秘密是身价的砝码，也是自信的底气，那时，哪怕身上穿着空心袄，走过冰雪覆盖的操场时我也会高昂着头。不明真相的同学肯定猜想：老藤有什么可神气的？对了，我在中学时就被人称为"老藤"，我后来之所以确定用"老藤"这个笔名，多少有些水到渠成。当时只是写，没想过投稿发表，写满一本就锁进抽屉，偶尔拿出来自我欣赏一番，仅此而已。知道马克思年轻时也有类似的习惯后，我心里暗自发笑，连伟人都不能免俗，看来许多文学爱好者的写作最初都是一种自娱。马克思是雪莱的粉丝，热衷于写诗，给恋人燕妮写了好几本情诗，给父亲也写了一本，但当时也只是锁进抽屉没有出版。马克思一生发表的诗作只有寥寥几首，但这位哲人最初的梦想确确实实是"无用"的文学。

对于我来说，"无用"变得"有用"是在1985年，那时大学毕业生由国家负责分配，个人可以填报分配志愿。我当时面临三种选择，举棋不定时一位忘年交文友建议我去新成立的五大连池市。他当时在该市担任文教局局长，给出的理由是新组建的城市百业待举，是一片尚未开垦的处女地。这让我想起了肖洛霍夫的作品《被开垦的处女地》。我欣然听从了他的意见，在分配志愿里填写了五大连池市并被顺利分到了那里。五大连池是个县级市，规模不大，文化、教育在一个局，我被分到文教局后不久就当了一个中国最小的官——股长。教育股长虽小，却管理全市的中小学。股里有中教视导员马老师、小教视导员赵老师，还有招生干事吴老师、培训干事刘老师，四人都在五十岁以上。开始，我担心无法领导这些工作经验丰富的资深干部，让我感动的是，他们给了我这个毛头小股长以极大的支持，因为他们知道我是一个经常在报刊上发表作品的年轻人。我心里清楚，与其说他们尊重我，毋宁说他们高看文学，因为那是一个属于文学的年代，这是文学给我的加持。接收我的文教局局长大我二十余岁，是位多才多艺的业余作家，文学素养极高，不仅发表文学作品，而且精通中医，擅长地方戏曲吟唱。局长退休后离开了黑龙江，在北京一个部队医院开中医专家门诊，找他看病需预约。老局长虽然已经过世，但他的名字深深镌刻在我的心里，他叫刘锡顺，黑龙江嫩江人。

20 世纪 90 年代初期，我产生了离开机关的想法。这一想法没有变成现实还是因为"无用"的文学。当时，我特别想从事影视编剧工作，便在朋友的介绍下从五大连池市调到了大连，但在广电系统仅仅工作了三个月又调到了机关。我曾经有过写机关文学的想法,我对自己说:你不是想写机关吗?要想写好机关,就应该把机关坐遍、坐透、坐穿。这样一想,内心便有些释然,于是收起当编剧的小心思,专心从事组织、宣传、纪检和其他机关工作。我在山东、黑龙江、辽宁三省学习、工作过,这些经历为我积累了丰富的创作素材,怎么写都不会有枯竭感,这也是我能顺利完成《北地》《刀兵过》《北障》等长篇小说的原因所在。

从 1985 年到 2016 年,我一直在大连的区、市党政机关工作,无论岗位如何变化、工作多么繁忙,文学的灯火一直摇曳在心底,没有什么风能把它吹灭。这个时期,我的创作基本与工作体验密切相关,比如在负责宣传工作期间,写了文旅题材的长篇小说《樱花之旅》;在负责纪检工作期间,写了反腐题材的长篇小说《鼓掌》;在负责扶贫工作期间,写了农村题材的长篇小说《战国红》。记得我离开区委到市委工作时,一位市级老领导对我说:"别写了,好好当你的官儿。"我知道老领导是好意,但我无法照办,因为我觉得当干部与写作并非是对立的关系,领导干部有点文学爱好不是坏事,文学作为塑造灵魂的事业,从某种意义上说它会让冷漠的行政管理多一些人性化的温情,让管理者的内心变得柔软而富有弹性,历史和现实的经验都能证明这一点。在机关工作时我虽然没有放弃文学,但不敢本末倒置,毕竟做好本职工作是第一位的,所以作品量不是很大。对此,我没有烦躁、焦虑,文学创作不可能是全过程的井喷潮涌、大河浩荡,有时它也会是泉水叮咚、浅池深潭,只要心中留一线清水流淌的缝隙,就不愁遇不到柳暗花明的桃源。

"无用"的文学在 2016 年秋天再次改变了我的人生轨迹——因为辽宁省作协面临换届,我被省委安排到了省作协任职,我不得不从海滨城市大连来到了省会沈阳。省作协工作虽然运行程序与党政机关没有较大差别,但毕竟文学成为主业,我因此有更多的时间来写作,这便有了《苍穹之眼》《北爱》《铜行里》等六部长篇小说和许多中短篇小说。这个时期也被许多批评家称为我创作的"井喷期"。

如果需要阐释一下文学观的话,那么在文学的世界里我是一个彻头彻尾的理想主义者,我希望通过笔下的故事和人物更多地透出现实生活中的曙光和彩虹。对于大多数有追求的普通人来说,生活不易,人生路上充满艰辛与坎坷,带着伤疤的跋涉者比比皆是。我不想在作品中放大这种悲催,而是选择温情的剖面来描述和解析,更多地诠释人性中闪光的元素,目的不是掩饰,而是给人以生的热望。文学自身是具有神性的,但这种神性带有何种光环则取决于作家。文学缺少神圣性,就像古玉少了沁色,品读的味道会变得寡淡。我在写作时感情很投入,作品中的人物甚至会活跃在我的梦境里。我的作品中恶人很少，尽管生活中从来不乏恶人，但我内心里有一种屏蔽恶人的本能。尼采那句话对我影响很大："当你凝视深渊时，深渊也在凝视你。"我笔下的恶人，往往也有良心未泯的一面。我的大部分写作时间是在夜晚，夜深人静，打开电脑在键盘上敲打，仿佛在与作品中的人物对话，这个时候，多写一些向善、向美的东西，自己的心情才不会差，梦境也会少些骚扰。

我在写作中比较注意对人物内心纹理的刻画，努力让人物的心理活动符合生活逻辑，因此我很少去写怪异、离奇的故事。对那些违反生活逻辑却又有艺术价值的素材我会进行加工，把它们纳入逻辑的轨道，就像厨师烹调河豚一样，去除毒素，留下美味。我不反对文学要书写"生活中的不可能"，但我也坚持一个"笨"原则，那就是你写的东西读者是否认为可信，如果写出来的东西不令人信服，读者就不会读，读者不读，就谈不上产生影响力。其实，万物都循道而行，文学作品的道就是逻辑，是真理的逻辑、社会的逻辑、情感的逻辑和自然的逻辑。作家应该替读者去发现那些不知晓的东西，而不是去杜撰一些不符合逻辑的故事。当然，这是属于我自己的一个创作原则，并不适用于其他写作者。

我在创作中很少用"上帝的视角"，不是说这种视角不好，主要是考虑到作品的可信度问题。我喜欢用作品中人物的视角来叙事,让作品中的某个人物担当探秘的导游,带着读者走进一个属于文学的迷宫。比如《北地》是用主人公儿子和自传作者的视角,走进主人公曾经工作过的三十个地方,在回望中寻找答案;《北障》用的是当事猎人的视角,表现一个昔日的猎杀者对猎物、对禁猎者、对朋友、对大森林的那种纠结、不甘和人性复苏的复杂心理;而《北爱》则是从女大学生苗青的视角,也就是从一个逆行者的站位,来发现东北的质感,感受东北人文,最终靠静默和永不言弃,实现了父女两代人设计飞机的计划。

文学创作永远在路上,没有终点可言;既然在路上,就会面临许多道路的选择和各种要通过的"榆关""柳边"。我英语不好,无法阅读英文原著,这就导致学习和借鉴上存在障碍。我读翻译作品时总有些怀疑,担心原作者是不是这样表达的——这不是一个好习惯,是我在读了鲁迅先生翻译的《死魂灵》和满涛等人翻译的《死魂灵》之后形成的印象。当然,现在去学习外语已经没有必要,对于重要的外国名著,我会尽量多选择几个译本对比着阅读。我写作没有压力,也没有负担,是心里有东西想写才去写。当然,写作中也存在一些难题,比如对历史题材的处理、对民俗信仰层面的深度挖掘、对人类精神结构的多层次剖析等等,还需要不断提高脑力、笔力。

这套典藏收集了我 2022 年以前所创作作品的大约八成,理论和诗歌部分没有收入。长篇小说《北爱》因为于 2023 年 2 月出版,也没有收入。在此,我要感谢安徽文艺出版社,感谢安徽出版集团总编辑朱寒冬先生和为文集辛勤付出的编辑们,他们为文集的出版付出了许多心血,因为三十年前的作品没有电子版,扫描、校对是一件很辛苦的事。我还要感谢我的夫人赵蓉,她是我的大学同学,更是我所有作品的第一读者和首席批评者,没有她的支持和保障,我的文学之路不会顺畅。虽然不知读者评价如何,但我敝帚自珍,特别珍视这套典藏,因为它是我创作中的一个阶段性总结,它的问世也让我有了新的起点,我会更加努力地在"无用"的文学里徜徉。

A

　　81 次列车缓缓地驶进清晨的大连。五月的海风一洗京城的浮躁,使满车厢的人变得清新滋润起来。

　　苏振欧格外兴奋,这是他研究生毕业以来第一次出差。他感到自己是幸运的,这几年大学经费紧张,教授、副教授外出的机会都很少,自己这个年纪轻轻的讲师却能带着几个学生到这座美丽的海滨城市来体验生活,这的确是个美差。

　　应该感谢晴子,苏振欧心里这样想。如果没有晴子那个关于日俄战争在旅顺口的课题,就没有四个人的旅顺之行。

　　晴子是一个来自日本神户的留学生,圆圆的脸,圆圆的眼睛,一口流利的汉语,是一个中国通。与晴子同行的是艾莲和冯小小,都是大四的在读本科生。艾莲来自东北的方正县,人长得丰满瓷实,却不乏婀娜的线条,从背影望去,总能使人想起某幅油画中的俄罗斯牧羊女。艾莲是中文系的学习尖子,在报刊上发表过不少文章,当晴子提出来要搞个日俄战争在旅顺口的课题时,第一个报名参加的就是她。与艾莲形成对比的则是冯小小,小小来自美丽的西子湖畔,她当画家的父亲不知因为何故,给她起了个冯小小的名字。小小长得小巧玲珑,天生一副才女的模样,苏振欧有时称她苏小小。小小也不生气,她知道苏老师因自己的名字联想到了那个宋代的名妓苏小小。尽管她对这个葬在家乡的名妓知之甚少,那个令多少游客驻足徘徊的苏小小墓所埋葬的故事却使人浮想联翩。潇洒英俊的苏老师能把自己和苏小小相提并论,恐怕不仅仅是口误吧。

苏振欧率三位学生走出站台,站在宽敞却又十分拥挤的站前广场上,他环视四周,突然提问:你们知道电影《兵临城下》吗?

艾莲点点头,问:这《兵临城下》和大连有什么关系?我记得电影表现的是长春。

苏振欧做出了一个很夸张的笑容,指了指火车站候车大楼道:电影中国民党兵投降的场面就是在这里拍的外景。

三个人将信将疑,但苏老师知识渊博到这种程度,确实令人赞叹。

前来接站的是旅顺的一个镇长,这个镇长的儿子正好在苏振欧所在的系读大学,有了这层关系,镇长自然就主动要求接待苏振欧一行。

镇长的车很豪华,是日本产的丰田佳美,镇长开得得心应手。坐在副驾驶位置上的苏振欧很是羡慕,他对坐在后面的三位女生说:我早就想学车,可惜没有时间。晴子接话说:在旅顺这半个月你可以学,我来教你。苏振欧摇摇头道:你拿什么教?你又不能从日本调台车来。镇长拍了拍方向盘:苏老师想学车,这车就归你用。苏振欧不好意思了,说:那怎么成?你工作用的车,别影响你的工作。镇长拍了拍方向盘:别的我不敢说,这车,我调个十台八台不成问题。

后座的艾莲心里颤了颤,心想:毕竟是发达地区呀,一个镇就有这么多豪华车。在自己的家乡,全县也不过几台这种档次的轿车,自己的爸爸大小也是县里的一个局长,坐的却是一台四处透风的北京212。

轿车疾驶在风景如画的旅顺南路,一侧是葱绿的山峦,一侧是无垠的大海,偶尔穿过的村庄,俱是欧式的多层民宅。晴子的一双黑亮的眸子充满了惊奇,她情不自禁地说:哇,我好像回到了家乡。冯小小出神地望着车窗外的大海,一句话也没有,她在想,如果站在大海的角度去审视西湖,该得出一个什么样的结论呢?

艾莲用力按了按苏振欧的肩膀,说:苏老师,如果毕业分配我能到这里来工作,即使嫁个农民我也愿意。

镇长拍了拍方向盘,眼睛直视着前方说:嫁个农民不见得就掉价,这里的农民不少都成了企业主,很多农民办的工厂里都雇了硕士、博士。

艾莲伸了伸舌头,说:农民我攀不上,我就攀个渔民吧。

镇长超过一台拉满海带的货车,轻轻按了一下喇叭,说:渔民,个个都是百万富翁。

艾莲道:这样我岂不是嫁不出去了吗?

镇长说:不至于,不至于,旅顺是个兵城,年轻的海军军官有很多。

镇长一言既出,三个女生不由自主地同时"哦"了一声。

镇长将师生四人拉到刚刚开业的黄金山大酒店,开了四间客房,然后对苏振欧说:苏老师,你们先休息,晚上我在渔村给你们接风。苏振欧连声道谢,亲自把这位好客的镇长送出酒店。镇长临上车时指着车对苏振欧说:这车,明天就暂时归你了。

送走了镇长,苏振欧顾不得洗漱,就操起电话拨打一个几天来一直魂牵梦绕的号码。电话通了,却没有人接,苏振欧怅然若失,盯着天花板上那个火情报警器出神。

苏振欧是第一次来旅顺,但旅顺这个带有良好祝愿的地名是他心中的一块萋萋芳草地,因为在这座城市的一个军营里,有他的初恋情人——小婷。

看上去才高气傲的苏振欧其实很有些自卑,他为自己的童年,

3

为自己艰辛的学生时代,也为自己苦涩的初恋感到自卑。苏振欧生在胶东农村,父母都是朴实厚道的农民。他天资聪颖,勤奋好学,在故乡的十里八村有着"神童"的美誉。读高中时,他爱上了自己的同班同学小婷。小婷是个气质高贵的女孩子,她的父亲是一个海军军官,因部队换防来到这座滨海的县城,小婷也就随家人从外地转学,来到这所县城里最好的中学读书。小婷是在高二时转来的,当班主任领着一身白色连衣裙的小婷向全班同学介绍时,坐在班里第一排的苏振欧简直惊呆了,他从来没有见过这么超凡脱俗的女生:一头深褐色略带弯曲的长发,被编成两根俏皮的学生辫,白瓷一样的皮肤泛着润泽,一双略有些深嵌的眼睛友善地望着大家。或许是小婷的典雅使这群半城半土的学生感到了什么,当斯文的班主任崔老师介绍完小婷后,同学们竟忘记了鼓掌。崔老师一双深度的近视眼在镜片后疑惑地瞪着大家,问:怎么,大家不欢迎我们这位新同学吗?大家这才反应过来。苏振欧带头鼓起了掌,他觉得自己是班长,所以自己的表现应该具有主人色彩。

真是巧了,全班四十五名同学,唯有苏振欧的同桌是个空位,小婷别无选择,只能和苏振欧比肩同窗。苏振欧第一次上课走神儿,似乎有一股轻微的兰花般的幽香总在摇动他的某根敏感的神经,使他心神不宁,崔老师讲了一堂课的乐府诗,他一句也没听清。

小婷学习比不上苏振欧,但英语出奇地棒,她经常读一些英文版的世界名著,这使苏振欧孤傲的自尊心难以自持。一天上自习时,苏振欧悄悄地问她:你将来报志愿时,第一志愿是哪一所大学?小婷不假思索地回答:军医大学。苏振欧"哦"了一声,不再说什么。沉默了一会儿,小婷忽然问:那么,你呢?苏振欧目光坚毅地回答:进京,只要是北京,哪一所一类大学都成。小婷不为所动,说:北京有什么好?北京又没有海。

4

小婷不理解苏振欧的抱负,在这个邻海的小县,人们把进京上学看作是莫大的荣耀。进京,无疑是古时的中举,若是进了北大、清华这样的学校,那简直就像是中了状元。苏振欧是个苦孩子,一种使命感使他坚定了进京的信心,他发誓要让满脸褶皱的父亲在乡亲们中间挺直腰板,让白发枯槁的母亲在房前屋后变得容光焕发。因为他知道,为了供自己读书,善良的父母付出了怎样的艰辛。他不会忘记,为了自己一年的学费,母亲把毕生唯一的一件首饰——一副银手镯卖给了街头小贩。

小婷话语不多,却十分心细,她发现几个月来苏振欧总是穿一件黄衬衣,袖口和领口都明显地磨破了,便从家中给他拿来一件海军制服衬衣。她知道,直截了当地送给这位同桌,他肯定不会接受。她便把衬衣装在一个大纸袋里,利用一次课余时间,她问他:你对军人有偏见吗?苏振欧惊愕地睁大了眼睛:没有啊。她又问:那你对我报军医大学怎么未置可否?苏振欧这才明白过来,她是在为上次讨论报志愿的事发问,便说:你的志愿符合你的实际,你是军人子女,女承父业理所应当。再说能当个军人是很令人羡慕的事。

小婷摇摇头说:当军人其实很苦,尤其是海军,很多人都患了风湿病。

苏振欧接上话说:所以,你想当军医来医治他们的病痛?我对军人生活了解得少,不过,通过你,我对所有的军人有了好感。说完这话,苏振欧觉得自己说多了,脸上一阵发烫。

小婷把纸袋递过去,说:我送你一件军人的礼物,希望你别像社会上一些人那样耻笑当兵的。

苏振欧很受感动,他收下了这件礼物。他知道这衬衣的内涵绝不仅仅是小婷所说的内容,他看到了衬衣后面的一颗善解人意的心。

高考临近了,班级里弥漫着一种临战的气氛。崔老师用彩色粉笔在黑板的右上角画了个倒计时牌,每天都由值日生写上新的数字。同学们人人自危,每减少一天,就有一块新的砖头压在心坎上,连上食堂吃饭都沉默不语,压抑得令人窒息。

一天小婷说:再这样下去,大家怕是要崩溃了,以现在这种心理状态,同学们怎么能考好呢?你是班长,你应该想个办法让大家放松放松。

现在都什么时候了,哪有时间放松?我的世界史部分还不扎实,需要临阵磨枪。苏振欧为难地说。

疲劳战术是打不了胜仗的,学习关键看效果,这样拼,没等上考场,刘欣、刘齐他们就得上医院。小婷焦急地说。

刘欣、刘齐都是从远离县城的一个贫困乡考上来的学生,学习很用功,平时在食堂吃饭只吃主食不吃菜,因缺乏营养,两人面呈菜色,看上去像难民一样。

你是班长,你就组织一次活动吧。小婷似乎在央求。

苏振欧心动了,这是自认识小婷以来,她第一次向自己提要求。对这样一个女神一样的同学的请求,苏振欧无法拒绝。他点点头说:好吧,我听你的,搞个什么活动?

小婷眼睛转了转,忽然灵光一闪:我们搞个"军营一日"活动吧,参观海军的军舰,还可以在水兵俱乐部搞个联欢会。至于费用,可以请我爸爸帮忙。

给大人添麻烦,这样不太好吧。苏振欧有些顾虑。

不管那么多了,国防教育嘛。小婷说,今天周四,明天下午我回去联系,周六我在营房大门口等你们。

令苏振欧万万没有想到的是,这次"军营一日"活动出了麻烦。

周五下午,小婷早早地回去了,她嘱咐苏振欧一定要在周六上午八点把同学们带到军营去。待到晚自习时,苏振欧把"军营一日"活动的想法向同学们做了宣布,要求第二天早饭后集合出发。他的话刚说完,就有同学站起来反对:马上就要高考了,哪有时间去搞活动? 还有的同学说:要搞也要等考完试搞呀。苏振欧说:小婷看大家太累太紧张了,想让大家在心理上放松一下。小婷为了这次活动费了不少心。刘欣接话说:小婷行啊,她考不上大学可以去当兵,我们考不上大学却只能回家种地。苏振欧生气了,他为小婷感到委屈,他气哼哼地说:不去就不去,怎么能这样说人家!

苏振欧去找崔老师,他希望崔老师帮助自己把这项活动组织起来,否则怎么向小婷交代呢?

崔老师毫不客气地否定了他的建议。崔老师一双厚厚的镜片上织满了缜密的逻辑,他用惯用的启发式教学法来驳回苏振欧的提议:你看过运动会上的百米冲刺吗? 振欧,你看哪一场百米跑有运动员停下来喝口水? 我们现在是什么时候? 就是百米冲刺,黑板上的倒计时牌就是秒表,能在规定时间内撞到分数线的人就能达标,不能撞线的就会被淘汰,你懂吗?

崔老师,这个道理我懂,可是疲劳战术效果不一定就好。

崔老师从椅子上站起身,说:你知道大庆的王铁人吗? 他有一句名言:井无压力不出油,人无压力不出活儿。这个时候就是较劲儿的时候,我教了十几届毕业生,我还不懂这点道理?

苏振欧灰溜溜地回来了。崔老师的良苦用心他懂,所以,崔老师的话再狠,他也不觉得伤心,可是,明天早晨将怎么面对小婷呢? 小婷也是一番好心呀,可又有谁理解她呢?

当天夜里,苏振欧梦见自己在霏霏细雨中疾步走向那座一向被称作军事禁区的军营,远远望去,绿色的军营大门边,一把水红色的雨伞像一朵盛开的郁金香,他跑过去,雨伞下面站着的正是小婷。小婷眼中含泪,喃喃地对他说:没有人理解我,没有人理解我。他想掏手帕给她擦擦泪,但衣袋里什么也没有,只好傻站在那里,默默地看着她流泪。

第二天一早,苏振欧借了辆自行车,他急着赶到军营去通知小婷。他刚一出校门,就遇到崔老师倒背着手走过来。见是苏振欧,崔老师一脸严肃地问道:干什么去?苏振欧说:我去通知小婷今天的活动取消了,让她回来上自习。崔老师不高兴地说:别去了,你们不去她自然就会回来。我想我应该去告诉她,说好了她在军营门前等我们的。苏振欧希望崔老师能放自己一马,说,我通知她后马上就回学校。

不行!崔老师斩钉截铁,快回去上自习,我现在就到教室检查。

苏振欧毕竟是个中学生,面对老师的命令他只能服从。后来他曾想过,如果是大学里遇到这样的事,那么他所选择的绝不会是服从。

苏振欧在崔老师严厉目光的逼迫下回到了教室,窗外果然下起了霏霏细雨,他希望小婷真的能撑一把水红色的雨伞。

事后苏振欧才知道,那天,小婷冒雨在军营门前等了两个多小时,焦虑和气恼可想而知。这件事情直接导致苏振欧与小婷感情上疏远了,如果仅仅是这一点,苏振欧的心理还能平衡,因为这是误解所致。但问题的结果还不仅于此,小婷遭雨淋后患了感冒,引发肺炎住进了医院,导致她错过了当年的高考。让苏振欧万分愧疚的是,自己如愿以偿拿到了北京一所大学的录取通知书,而小婷则只能在家中无声饮泣。

进京读书后,苏振欧给小婷写了许多信,小婷都没有回信。通过同学他知道:小婷第二年还是考取了她理想中的那所军医大学,毕业后被分配在旅顺的一所部队医院工作。这次来旅顺前,他从同学那里找到了小婷的电话。他想见见小婷,又怕见到她。他之所以迟迟未在众多的追求者中有所选择,主要原因是他心中始终抹不去小婷的形象,小婷的形象是完美的,与小婷相比,其他所有的女生都相形见绌。

小婷的电话打不通,苏振欧倒舒了一口气,虽然他口才甚佳,但他不确定自己一旦打通电话,该如何来组织语言——和小婷分别十年了,在小婷面前他永远缺乏自信。

五月的旅顺,到处樱花盛开,整座城市像一个青春的少女充满着热情和活力。沐浴着暖暖的海风,踏着松软的沙滩,苏振欧和三位女生在黄金山浴场开心地徜徉。四个人谈笑着登上浴场附近的电岩炮台,一幅壮观的旅顺口的图画顿时展现在眼前,青山、碧水、盘旋的海鸥、静泊的军舰、欧式的楼宇,令人心旷神怡。

艾莲说:看到旅顺,我想起了一首歌。什么歌,你们谁猜得到?

冯小小不屑一顾地说:这还用猜吗?肯定是苏小明的《军港之夜》。

艾莲点点头,冯小小显得很得意。

我看到旅顺,也想起了一首歌,谁能猜得到?晴子问大家。

冯小小抢着说:这难不倒我,不就是《祝你平安》吗?

艾莲问:怎么是《祝你平安》呢?

冯小小解释道:这是由旅顺的名字推理出来的嘛,旅顺旅顺,就是旅途平安,一帆风顺。

晴子夸奖说:小小真是才女,发展下去可不得了,简直就成女巫师了。

巫师我不当,要当就当"大师"。其实当"大师"也不难,就看你有没有当"大师"的勇气。

艾莲不解地问:这话怎么讲?

冯小小说:时下只要你能打出"大师"的旗帜,就会有人拜倒在你的旗下,我冯小小能当"大师",你艾莲也能当,只有苏老师不能当。

哦? 我怎么得罪小小了,你们都能当大师、成正果,而唯有我不能?

冯小小说:现在凡当"大师"的都没有真才实学,苏老师您才高八斗、学贯中西,所以你成不了"大师"。

众人都笑了,冯小小所说的原来是伪大师。

苏振欧若有所思地望着眼前这座山环水绕的小城,问大家道:看到旅顺,我也想起了一首歌,你们谁能猜得到?

晴子猜是《啊,樱花》。

艾莲猜是《在那桃花盛开的地方》。

冯小小则默默不语。

苏振欧见冯小小不说话,问:冯小小,你这位大师猜是什么歌?

冯小小神秘地眨眨眼说:真让我说?

苏振欧被冯小小的神秘所吸引:说啊,我考考你是真大师还是伪大师。

冯小小煞有其事地道:刚才苏老师在眺望这座城市的时候,目光中闪烁出一种伤感,凭直觉我敢说,苏老师与这座美丽的小城肯定有某种故事纠葛,所以,我猜苏老师想到的歌一定是邓丽君的《小城故事》。

神了! 苏振欧被冯小小一语击中,惊诧间两眼呆呆地望着冯小小,心想:小婷的事自己从来都是守口如瓶,难道冯小小知道什么吗?不可能,他想,小小只是胡猜罢了,奇怪,难道自己刚才的目光暴露了内心的秘密吗?

谁猜的对呀?艾莲问。

苏振欧这才缓过神儿来,他不能肯定冯小小的答案,因为如果说小小猜对了,无疑等于承认自己和这座小城存在着某种故事纠葛。他只好违心地说:我想到的是《睡美人》。为了让大家相信自己的话,他指着军港中那道被称作"老虎尾"的天然防波堤说:你们看,那道防波堤多像一条曲线优美的美人鱼静卧在那里。

三个女生并没有同样的感受,她们歪着头看了一会儿,都纷纷摇头。苏振欧感到让大家接受自己的观点肯定很勉强,便说:男性和女性的审美视角是有差异的,所以有不同的审美体验是正常的。

因担心镇长来酒店找不到人,四个人拍了一些照片,便匆匆从炮台返回酒店。镇长果然早到了,正在酒店的大厅里吸烟。见到四个人满面红光地走进大厅,镇长迎上去说:不要上楼了,我们到渔村去吃海鲜。

驱车来到海边的黄海渔村,在一家充满渔家特色的海鲜馆,镇长精心安排了一桌丰盛的海鲜。为了能陪好客人,镇长还找了镇妇联主席来陪客。妇联主席身材高大,一看就是个爽快的基层干部。

在餐桌前坐好后,几人寒暄了几句,便开始喝酒。镇长敬了三杯酒,出于礼貌苏振欧都喝了,艾莲来自东北,有一点基础,便喝了一杯,小小和晴子从来未喝过酒,只是象征性地沾了沾唇。

镇长敬过酒,对妇联主席说:我的任务完成了,下面的事就交给你了。

妇联主席起身夹起一只透红的大赤甲红蟹子放到苏振欧的盘子里,又向服务员要了两个大杯,把一瓶水兵酒咕咚咚斟满两大杯,对苏振欧说:苏老师,我们喝个见面酒。

只和我一个人喝吗？苏振欧问。

当然,我不能和三个小妹妹喝,一来她们还是学生,二来我做妇联工作要保护她们。

这么一大杯,我承受不了。苏振欧面呈难色。

苏老师可要给个面子哟。妇联主席说,我们这里的渔民有个顺口溜,叫来到海边走,要喝水兵酒,三杯酒下肚,不嫌老婆丑……

镇长说:打住打住打住,人家苏老师还没成家,你要嘴下留情。

妇联主席擎起杯说:苏老师把酒喝了我就不说了。

苏振欧对自己的酒量没有把握,大学读书时有几次喝过不少酒,但都是啤酒,这水兵酒的底细自己不知,他不敢贸然喝下这么一大杯酒,但妇联主席不依不饶地站在那里。想想自己这师生四人与镇长和妇联主席并无深交,仅仅凭一个学生的联系,人家就如此盛情,不喝又说不过去,他曾听说海边的渔民都是大碗喝酒,今天算是领教了。

妇联主席见苏振欧还在犹豫,又说:听镇长讲苏老师是来旅顺搞日俄战争研究的,我不是泡(吹牛),小鼻子和大鼻子的事我讲几个晚上也讲不完,你要是表现好,我会帮你搞。

晴子在一边问:什么小鼻子大鼻子?

镇长笑了:旅顺这个城市,俄国人占了十几年,当地人叫他们大鼻子;日本人占了四十年,当地人叫他们小鼻子。

苏振欧指了指晴子说:晴子是日本留学生。

镇长说:我去过日本多次,这位同学是日本哪里人?

神户。晴子说。

妇联主席依然站在那里,对苏振欧说:苏老师,你让我这个当姐姐的怎么坐得下?

苏振欧心想,豁出去了,这酒再不喝就不近人情了。他端起满满一大杯酒,对镇长和妇联主席道:感谢镇长和主席的盛情,你们的热情使我们如沐春风,我们感到旅顺不仅山好、海好、樱花好,旅顺的人更好。我提议:为了我们的相识,也为了我们能成为好朋友,干杯!说完,将一大杯水兵酒一饮而尽。

妇联主席说了声:好样的!也一口干了杯中的白酒。众人鼓起掌来。冯小小睁大眼看着老师,惊讶地说了句:哇!两人都是"大师"呀!

席间,艾莲提出这几天想了解点民俗方面的内容,想请镇长帮忙介绍一两个了解情况的有关人士。没等镇长说话,妇联主席就说:找老乔啊,老乔是这方面的专家呀。

说到老乔,镇长的话多起来。那是个怪才,镇长说,这小子本来能成点气候,可惜自己把自己糟蹋了。

镇长抽筋扒骨地把老乔作了交代。

老乔,大名乔天,曾在公社文化站干过几年,粗通琴棋书画,研究过阴阳风水,易经八卦也略知一二,在乡村五里八庄也称得上是个传奇人物。老乔曾干过一件轰动全区的大事。有一年,老乔心血来潮,自筹资金组织了一个民间秧歌队。这个秧歌队组织得甚是离奇:领队指挥的自然是老乔,老乔物色一批滑稽人士扮成乡长、派出所所长、妇联主任、七站八所一班人,画上夸张的脸谱,穿上花花绿绿的奇装异服,在大街上吹着唢呐、敲锣打鼓,招摇过市。沿路村民无不捧腹大笑。村里乡里尽管觉得有些不妥,但都知老乔是个怪人,出这么个馊点子取点笑料也就罢了,谁知这支招摇过市的秧歌队恰好被市里来检查工作的领导撞上了。这位颇讲政治的领导不看则已,一看秧歌队的表演,鼻子差点气歪了。只见"乡长"腆着个将军肚,涂着张大红脸,披着件黄军大衣,嘴里叼着一支足有一尺长的香烟,在最前面踩着鼓点,迈着方步;紧跟在"乡长"

后面的是"派出所所长",扮演者穿一套黑色制服,斜挎一支木盒大匣子枪,左手拎一副手铐,右手拎一瓶啤酒,活脱脱一副汉奸特务、黑狗子的形象;"派出所所长"身后是"妇联主任",该"主任"红袄绿裤,一张雪白的粉脸上涂着两点红,嘴角上一颗铜钱大小的黑痣,更为可气的是"主任"的头上戴着一顶白纸糊成的避孕套,套上用黑笔写着"计划生育"四个大字;再往后看,是专收电费的电管站"站长",该"站长"头顶礼帽,腋下夹着皮包,一副大黑墨镜挡住了半张脸,本来形象还算过得去,可一迈步人们就忍俊不禁,原来是个一腿长一腿短的跛脚……总之,七站八所一班人来了个小丑大组合,村民们前呼后拥围着看热闹,把一条宽宽的村路堵了个水泄不通。此事追究下来,老乔被拘留了半个月。尽管老乔为此事吃了些苦头,但他从不回避此事,一直以此事为荣。每逢人谈到此事,老乔总是说老百姓喜欢他们的秧歌队。

老乔的一大嗜好是搜集奇闻逸事,不管是风土人情,还是天文地理,无论是旧楼老宅,还是古桥新路,他都能讲得头头是道。有数不清的作家、记者采访过他,他也因此结识了不少朋友。

听完镇长的介绍,艾莲恨不得马上就见到老乔。这样一个民间奇人,简直就是阿里巴巴的山洞,是创作素材的宝库呢。

大家又喝了一点酒,接风宴就结束了。送师生四人回酒店时,镇长说:从明天起就让老乔给你们当导游吧,你们要考察的所有的日俄战争遗址,都在老乔的肚子里。

镇长不负前言,留下了那台丰田轿车。把车钥匙递给晴子时镇长说:这里的山路多,要格外注意行车安全,不要把这里当你的神户。

镇长和妇联主席走后,三个女生都很兴奋,她们聚到苏振欧的房间评价起镇长、妇联主席和那个未曾谋面的老乔。

镇长真有水平,人也蛮豪爽。艾莲对镇长的印象不错。

妇联主席有魄力,冯小小说,这个主席对我们的老师格外钟情呀。

对,我也看出来了。晴子说,苏老师真了不起,英雄海量。

我哪有什么量?这是蜀中无大将,廖化当先锋,硬着头皮喝就是了。苏振欧似乎很委屈地说,要是有个男生来,我也不至于孤军奋战了。

不用男生,下次我替您喝好了。艾莲很仗义地说。

那可不行,我带你们出来不是喝酒的,我们的任务并不轻松。今天我宣布一下纪律:你们三人不得单独行动,要走一块走,要睡一块睡,要学会保护自己。

冯小小扮了个鬼脸:老师,我们是在敌占区吗?

艾莲也说:您宣布的纪律对您自己是否有效?

晴子说:我们都是成年人了,您刚才不是说这里山好、水好,人更好吗?有什么可怕的?

苏振欧的酒劲儿有些上涌,他把三个小鸟一样不得安静的姑娘撵回她们自己的房间,刚要上床休息,突然看到茶几上有一张印刷精美的广告单。他拿起来一看,在一张花开烂漫的樱花照片下,印着这样一行字:5月1日至5月15日,欢迎您参加浪漫的樱花之旅。

樱花之旅,多好的旅游促销创意呀!苏振欧想:我们在5月1日来,恰好是樱花绽放伊始,我们在5月15日返京,又恰是满城樱花凋落之时,怎么会这样巧合呢?花开花落,来兮归去,其中滋味谁能尝尽呢?

B

老乔的造访十分唐突。

艾莲尚未起床，便被一阵悦耳的门铃声叫醒。她以为是冯小小或是晴子找她有事，便草草地披上睡衣，走过去打开房门。

你好。门外一个看上去装束整洁的精瘦老头儿很有礼貌地向她问好。

你……您敲错门了吧？艾莲下意识地掩了掩睡衣的领口说，我不认识您呀。

我是老乔，镇长跟您介绍了吧，我是奉命前来为你们当导游的。

老乔？您是昨晚镇长说起的老乔？艾莲笑了，请进屋里坐吧。艾莲话刚出口又有些后悔，自己还没有更衣洗漱，怎么能请人家进来呢？

我只是向你们报个到，我在一楼大厅待命就是了。说完，老乔很有礼貌地点点头，下楼去了。

艾莲觉得老乔很面熟，一时又想不起在哪里见过，但她对这老头儿的第一印象并不坏。也没有多少痞气呀，很热情的一个老人嘛，还不乏幽默。艾莲在心里这样评价老乔。

艾莲是个粗中有细的姑娘。她对自己的观察力很是自信，她二十年的人生经验告诉她：第一印象形成的好感是含金量很高的。

艾莲的文笔在系里是有名的，发表的小说都可以编成一本集子了。她虽然喜欢文学创作，却讨厌文学圈子中的人。因为经常向一些文学杂志投稿,她认识了一些异性编辑,这些过去曾是文学青年梦中偶像的人令她大失所望,她对这些人的评价是既自命不凡又人穷志短。让她的文学信仰几乎坍塌的人是冷山,一个很有影响的小说编辑。艾莲曾经十分崇拜他,给他写过一些甚至超出文学话题的长信。冷山也很喜欢这位风华正茂的大学生,请她到编辑部、咖啡屋谈过很多次心。冷山不是那种爱占女孩子便宜的男人,他和艾莲交谈的大都是文学理念。艾莲看得出来,冷山对文学的信念是赤诚的,他希望当前的文学能尽快走出低谷,希望能像抗洪救灾一样来扫除时下泛滥的低俗文学垃圾。冷山对真善美的追求令艾莲感动不已,她相信文如其人,她觉得冷山这样的作家写出的作品一定是真实感人的。

一个偶然的机会,艾莲在书摊上看到了冷山写的一本书,是一本报告文学集。她如获至宝,把这本打了五折的书买回寝室。

书中第一篇报告文学是写一个合资企业老板的,主人公是一个下海搞服装加工的年轻模特,与一家法国知名企业联合办厂,这样她所生产的国产衬衣都可以配上那家法国企业闻名世界的商标,从而使她的衬衣畅销国内各大城市。冷山笔下生花,把一个年轻的女企业家写得形神兼备、风情万种。都是搞创作的,艾莲能感觉出来冷山对这个女强人倾注了不少热情。

翻开第二篇报告文学,艾莲戏剧性地发现文中的主人公竟是自己勤工俭学当家教的主顾——某国有大厂的总经理吴法利。

一看到吴法利的名字,艾莲的眼睛都冒出火来。正是这个家伙给她这个当时正读大学二年级的女孩子上了走上社会的第一课。这堂课本来艾莲已经从记忆中抹掉了,可一看到吴法利的名字,那堂课的内容又显现出来。在家教市场,吴法利的老婆,一个神态麻木的妇女选择了艾莲。吴法利的儿子正在读初一,语文课的成绩总是不好,吴法利的老婆,一个原本对什么都不管不问的妇女却没有割舍望子成龙的凡俗之愿,花钱雇家教来辅导她的儿子。吴法利的家看上去很俭朴,花起钱来却流水一样无度。吴家几乎从不在家吃饭,家中的厨房仅仅是个摆设,他家楼下的一家大酒店似乎成了他家的餐厅。吴法利大腹便便,两只深垂的泪囊,比别人多出一层的下巴,天生一副小人的模样。艾莲在他家上课三次,每一次都发现吴法利带回一个年轻女人,吴法利和年轻的女人在自己的卧室里谈工作,吴法利的女人在自己的卧室里,而书房里艾莲则在给他们十二岁的儿子辅导语文。这种怪事令艾莲感到恶心,第四天她便辞去了这份家教工作。

这样一个道貌岸然的人居然能成为冷山笔下的主人公,艾莲几乎不相信自己的眼睛,她怀着一种不可名状的心情勉强读完了这篇文笔流畅的报告文学。在冷山的笔下,吴法利是一个廉洁自律、开拓进取的国企领导人,他大刀阔斧地改革,不徇私情地裁人,俨然一个工人的救星。艾莲把这本打过折的报告文学集寄给了冷山,并附了一封只有一句话的短信:这本文集是您写的吗?冷山很快就回了电话,说这本文集一句话两句话说不清,这里面有个市场经济在起作用。艾莲说:你收了吴法利多少钱?冷山有些语塞,他说自己是为编辑部创收,收了多少赞助他不知道。此事之后,艾莲不再主动和冷山联系了,但冷山有时主动来电话或寄张贺卡什么的,冷山总说那么一句话:等你工作了,你就会理解我了。艾莲却不以为然,她在心里想:即使我没有工作,我也不会用我的笔去赞扬一个我厌恶的人。

这次艾莲到旅顺来考察,冷山不知怎么知道了,他来电话说:我约你们的稿,必要的话我可以参与你们的创作。艾莲回答得并不积极。到时候再说吧,她这样回答冷山。

大厅里的老乔靠在沙发上假寐,苏振欧和三个姑娘一走到他跟前,他便机灵地睁开眼,对艾莲说:我们现在就走吗?艾莲像老朋友一样给大家做了介绍。冯小小吃惊地问:怎么,艾莲你们早就认识?艾莲笑了笑,刚要开口,老乔却抢着说:神交已久,神交已久。

　　大家坐上镇长留下的车,晴子自然就是驾驶员了。苏振欧问:你取得中国的驾照了吗?晴子很骄傲地说:没有驾照,我怎么当你的老师呢?

　　老乔坐在晴子身边,他说:一座旅顺口,半部近代史。我们今天就从战争遗迹开始吧,我们今天去白玉山和东鸡冠山吧。

　　沿着绿树成荫的盘山路,在老乔的指点下,车子一直开到白玉山的山巅。一下车,一座灰乎乎的高大石塔把一条长长的影子投向大家。这座被称为白玉塔的石塔并不美观,因为它不但没有白玉的洁白,而且它的造型也显得粗俗暴露,是一枚日式 280 毫米榴弹炮炮弹的放大造型。

　　老乔没有介绍这塔,他领着大家从塔的巨大投影中走出来,直奔能鸟瞰旅顺口全貌的观景台。

　　瞧吧,这就是闻名中外的旅顺口。老乔操着一口海蛎子味儿甚浓的当地话说,也是世界著名的军港。

　　大家谁也没有说话,只是呆呆地望着这海市蜃楼一般的景观。谁也没有把心中的赞美之词说出来,但每个人都在构思着抒发感慨的诗句,作为学中文的才子才女,竟像刘姥姥面对大观园一样,唯有惊叹,没有语言。

　　待大家静静地看了一会儿,老乔开始了他的解说。

　　旅顺口东晋时称马石津,隋唐时改称都里镇,到了元朝又改称狮子口。1371 年,明朝的马云、叶旺被封为定辽都督指挥使,奉命镇守辽南。他们举军乘船横渡渤海,抵达狮子口后登陆,由于旅途顺利,故将狮子口改为旅顺口,所以,旅顺口的名字至今已经六百余年了。

艾莲听得入神,晴子则在飞快地做着记录。冯小小若有所思地望着军港内平静的海面,似乎那海面上印着一行行读不懂的文字,她眉头轻蹙,把一个隽永冷峻的剪影,让给靠她很近的苏振欧。

旅顺口口门的左侧是黄金山,右侧相对峙的是西鸡冠山,从西鸡冠山脚下生出一条长长的"老虎尾",它像一道门闩扼住了军港大门,把千里海风万重波浪统统拒之门外。

老乔的声音虽不浑厚,却带着一种回音,这回音使他的介绍充满了一种与历史的共鸣。

当年,李鸿章就是站在我们这里,痛下在旅顺口组建北洋水师的决心。短短几年,这个安静了千年的港湾,修起船坞,开进军舰,驻扎水兵,成为当时世界五大军港之一。

北洋水师有具有世界领先水平的军舰,有这天然军事良港,结果一场甲午战争,竟败给了小鼻子,这都是因为当时朝廷腐败啊!

正在记录的晴子抬起头:请问乔老师,当时中日两国的海军战斗力谁占优势呢?

势均力敌。小鼻子当时是上升的小国,所以,劣能变优;而清王朝是没落中的大国,虽优亦劣。

小鼻子攻占旅顺后,兽性大发,屠城三日,这座美丽的小城变成了一座死城。当时全城只留下了几十人,用来搬运、埋葬尸体。那些被小鼻子杀害的人埋不过来,只好合葬于白玉山下,成了后人千古伤心地——万忠墓。

那么,这白玉塔是为了纪念甲午战争而建成的吗?晴子问。

当然不是。老乔说。

小鼻子攻占旅顺后,又在刘公岛将北洋水师赶尽杀绝,逼迫清政府签订了《马关条约》,生生地把辽东半岛占了去。

　　看到这么一块肥肉被小鼻子独吞,大鼻子自然不甘心,他们串通起来,逼小鼻子把辽东半岛再卖回中国,这就是史书上所说的三国干涉还辽。

　　中国花了三千万两白银从小鼻子手中赎回辽东半岛,沙俄自恃干涉还辽有功,便向中国强租了旅顺、大连,作为侵略中国的一个据点,时间应该是1898年3月27日。

　　艾莲暗暗佩服老乔的记忆力,连月、日都能记得这么清。

　　小鼻子想旅顺这块宝地想得头疼,他们想方设法妄图夺回旅顺,这就爆发了1904年的日俄战争。在中国的土地上,大鼻子和小鼻子为了各自的利益,开始了一场狗咬狗的战争。

　　当时的沙俄,也是一个没落中的大国,不可避免地败在小鼻子炮下。但因为日俄战争在旅顺主要进行的是堡垒战,所以小鼻子伤亡惨重。在当时日本海军联合舰队司令官东乡平八郎和陆军第三军司令乃木希典的倡议下,抓来2万多名中国民工,费时两年多修了这座"表忠塔",意为向天皇"表忠"。原来在山上还建有一座"纳骨祠",存放了2万多具战死日本将士的骨灰。当然,这"纳骨祠"早被拆除了。

　　可既然是白玉塔,为什么不用汉白玉修造呢? 晴子问。

　　汉白玉? 汉白玉不是带个"汉"字嘛。老乔指了指塔说,这砌塔的石料,小鼻子是动了一番脑子的。塔基有一部分石料是从当年日本海军闭塞旅顺港的17艘沉船上打捞上来的,塔身则是用乃木希典家乡山口县德山所产的花岗岩砌筑,因为乃木希典的两个儿子都死于这场战争。

　　德山。晴子速记的笔停顿了一下,她从来不知自己的国家有

21

个德山。

古语说得好啊，一将功成万骨枯，乃木希典用22723具将士的白骨和数以万计伤残士兵的血泪铸成了自己的功名，天皇没有给战死的士兵一枚勋章，却给了乃木希典无上的荣誉。

晴子的眼圈有些湿润，记录的笔有些颤抖。

苏振欧插话说：其实，当时有不少日本人是不愿意充当炮灰的，这一点在日本文学作品中就有所体现。电视剧《阿信》中的那个叫俊作的，就是在旅顺争夺战中逃回去的。

当时逃命的还有不少士兵，有的不愿意或不敢回国，就在当地留下来了。水师营有一个老农，村里人都以为他是个哑巴，他在当地娶妻生子，直到临死前才告诉家人自己是当年攻打东鸡冠山的日军部队的一个逃兵，老家在日本的神户。

晴子差一点晕过去。

乔老师，那个老农的日本名字你可知道？晴子急声问。

唉，老乔叹了口气说，等我知道消息去了解情况时，他的家人不肯多说什么，也难怪，当时正是"文革"期间呀。

他有后代？晴子几乎要用日语讲话了。

怎么会没有后代呢？他的孙子还是小有名气的厂长呢。老乔笑着说。

晴子的心顿时提了起来，真会这么巧合吗？

晴子来中国前，她的父亲曾与她说过一件事。父亲说他的叔叔1904年8月在旅顺失踪，十有八九是战死了，如果晴子在中国有机会去旅顺，希望她留意一下墓碑什么的，看能否发现一个叫松原田的名字。

晴子一直没有忘记此事，这次来旅顺，因为历史的原因，她无法讲出这件事。没想到，老乔竟说出了这样一条难得的线索，晴子又惊又喜,心都要跳出喉咙了,但她控制住了自己,在笔记本上用力写下"水师营"三个字。

与白玉山的开阔与壮丽相比,东鸡冠山就有些湿气阴冷。东鸡冠山因筑有北堡垒而闻名,这座由沙俄上校工程师维利奇科于1899年设计的永久性堡垒与山坳融为一体,具有极强的隐蔽性。它是当年沙俄旅顺东部陆地防线的一座重点工程,主要控制北面的开阔地。堡垒呈五角形,周长496米,面积9900平方米,主要由堡垒大门、军官室、兵舍、弹药库、电话室、侧防暗堡、外洞坑道、护垒壕、梯形井、暗道、火炮阵地、机枪阵地、伙房兼包扎所、暗堡、堡垒后院、木吊桥、散兵壕等构成。西北至西南部、南部为后勤生活设施,东北至东南为军事作战防御设施。这是一座攻守兼备、以防为主的堡垒。

老乔一行人刚刚来到东鸡冠山,就听到身后一阵警车的鸣叫。苏振欧带着几个学生赶紧让到路边,老乔却无事一样仍在路中悠然前行。

身后的警车里传出被高音扩声器放大了的威严的吆喝:让开!让开!

老乔不回头,也不为所动。

警灯闪烁的警车几乎贴着老乔了,苏振欧发现警车后面是一串车队,看样子准是一位要人来这里参观了。

苏振欧忽然想到老乔是个怪人,他怕老乔闹出什么乱子,便疾步跑过去,一把拖过老乔,让开身后的警车。透过车窗,苏振欧发现了一张年轻警官的脸。苏振欧急中生智,朝车窗指指老乔,做了个聋哑人的手势。

车队驶过去了,老乔责怪说:你拉我干什么? 我就是要灭灭这些人的气焰!

你这样做要出乱子的,人家是执行公务。苏振欧说。

屁!老乔鼻子里哼了哼,这里是景区,又不是公路,休闲开心的场所让他们这么一叫,岂不大煞风景?依我看,这是纯粹的扰民行为。

你不怕?

我怕什么?我又不求他们什么,无所求也就无所畏。老乔很豁然地说。

艾莲伸出拇指说:老乔,你真有性格。

冯小小道:不是有性格,而是有骨气。

晴子却道:乔老师这么做是妨碍公务,警察有权抓你的。

老乔闻声笑了,道:他们哪里是执行公务,他们和我们一样都是来玩的,只不过一官一民罢了。

有了这段插曲,老乔在四个人的心中越发鲜活,他们想:正是这种脾气的老乔,才会组织那么一个闻名遐迩的秧歌队。

站在千疮百孔的堡垒大门前,老乔的讲解吸引了众多的游客。

这座已被树木覆盖的北堡垒当年由沙俄东西伯利亚陆军第七师25团下属的一个加强连驻守,兵力300余人,堡垒司令是陆军大尉列扎诺夫。该连配有各种口径的火炮20门、马克沁重机枪5挺。

1904年8月16日,日本第三军司令乃木希典率军完成了对沙俄旅顺要塞陆地防线的合围。日军为了早日攻克旅顺要塞,先后向沙俄旅顺陆防线发起了四次总攻,这座东鸡冠山北堡垒每次都是重点攻击目标,因为东鸡冠山是旅顺要塞的东部屏障,此地一失,旅顺要塞的大门顿开无疑。

8月19日,日军第十一师团44联队在100余门火炮的掩护下,对东鸡冠山北堡垒中的俄军展开了强大的正面强攻,但被堡垒中的俄军顽强击退了。

陆军强攻不成,乃木希典把刚刚从日本运来的 18 门新式 280 毫米榴弹炮投入了攻击堡垒的战斗。这种大炮的炮弹每发重 217 公斤,在它的轰击之下,堡垒虽遭到破坏,但日军仍未能攻克。

日军重炮轰击无效,又采取了地道战,先后挖了数条总长 4000 余米的坑道来接近堡垒。此招果然奏效,尽管俄军采取了反坑道战术,但还是有一条坑道接近了堡垒,由此日军实施了爆破,攻占了堡垒的东北部。

12 月 15 日下午,俄军第七师师长、旅顺要塞陆上防御司令官康特拉琴柯少将来堡垒视察。就在他召开军事会议时,一颗 280 毫米榴弹炮弹落在军官舍的上面,军官舍被炸塌,康特拉琴柯少将被炸死。

主帅既死,堡垒失去了指挥。12 月 18 日,日军又通过坑道,用 2300 公斤炸药对堡垒进行了一次大爆破,剩余的 21 名俄军无力再战,只能撤出阵地。

在这场历时四个月的堡垒争夺战中,俄军伤亡 300 余人,日军伤亡 800 余人,最后以沙俄战败而告结束。

日俄的战争,使当地中国百姓蒙受灾难。东鸡冠山下原有一个热闹的村庄,街巷相连,屋宇成片,战后,这个不幸的村庄只剩下五间房屋,其余一切均被夷为平地。后人为了不忘这场灾难,就把这个村子命名为五间房村。

老乔讲解得很动情,游客们都在静静地聆听。苏振欧忽然发现,在人群的后面,警车上的那个警官也在认真地听着老乔的讲解。

警官很年轻,脸上透着一种冷漠。

老乔讲完后,游客都散去了,唯有警官还站在那里。他盯了老乔好半天,什么话也没说,向苏振欧耸耸肩走了。

沿着生满黑松的护垒壕,踩着鹅卵石铺就的小路,五个人开始察看这座日俄两军在此激战了一百多天的堡垒。

应该肯定堡垒的设计者维利奇科,那个留着两撇黑胡子的俄军上校,他对堡垒的设计可谓独具匠心。如果进攻者从山下的开阔地往山上看,不会发现一丝一毫有堡垒的迹象。一旦你攻到山下,进入堡垒的火力范围,你就很难躲开堡垒中守军的打击。如果你侥幸攻上山坡,那么你面对的只有一条深深的护垒壕。如果你不想原路返回,你别无选择,只能往护垒壕中跳,而你一旦跳进护垒壕,也就等于跳进了地狱,因为你身后就是无数黑洞洞的枪眼,那些吐着火舌的马克沁重机枪会把跃进壕沟者打得粉碎。

走进充满杀机的外沿坑道,就如同走进时空隧道,回到那个血与火的时代。每个参观坑道的游客在感叹堡垒的坚固的同时,都会发出这样一个疑问:在中国的领土上,外国人修筑如此坚固的堡垒,说明了什么呢?

冯小小抚摸着坑道水泥墙壁上一个深深的弹坑,自言自语道:水泥墙尚且如此,血肉之躯更可想而知了。

晴子说:是啊,那些骁勇的哥萨克士兵,他们在保卫什么呢?

这话说得好。老乔点点头说,日本伤亡惨重的第三军,付出几乎全军覆没的代价,又换来了什么呢? 充其量是在这块土地上多占了几十年。可历史终归是历史,不管你修了多么坚固的堡垒,也不管修了多少纪念塔,这土地毕竟是中国人的。中国人将是这块土地最终的主宰,而所有的大鼻子、小鼻子不管因何而死,都只能是孤魂野鬼。

艾莲暗暗佩服老乔认识问题的深度,她悄悄地拉了拉苏振欧的衣袖说:我看这个老乔可以给我们学校当个客座教授。

苏振欧未置可否地笑了笑。他很欣赏老乔的性格,敢说敢做、无牵无挂、随心所欲、酣畅淋漓,这是人生的一种境界啊!在如今盘根错节的社会生活中,能活出这样一种滋味儿,是名副其实的大彻大悟了。

看完令人心情沉闷的东鸡冠山北堡垒,大家都感到很累。冯小小提议休息一会儿,大家便寻了一棵树冠很大的樱花树,在树荫下坐下来小憩。

轻风拂过,一片片樱花的花瓣飘落下来,形成一阵赏心悦目的樱花雨。

晴子异常兴奋,脸上现出樱花一样的色彩。她捧起双手,接住几片缓缓飘落的花瓣,放到鼻子下轻轻地嗅着,仿佛那花瓣是被百年醇酒浸过一样。晴子微微闭起眼,两道长长的睫毛透出几分醉意。

日本人对樱花真是情有独钟。

苏振欧也拾起一片花瓣,放在手上研究了一番,心里不免生出几多酸楚。

他想到了小婷。昨晚,从看到那张樱花之旅的广告,他就有一种凄楚之感。樱花的花期是短暂的,难道这与自己此行巧合的樱花之旅会是一次短暂的欢乐吗?小婷生活在一个樱花盛开的城市,其中会不会有某种宿命呢?电话打不通,他就有某种预感,这种预感就像眼前的一张半透明的纸,但他还没有勇气去捅破它。

十年了。他也曾留心过熟悉的女性,有时,他真希望有一个小婷式的女性出现在自己的视线内,以此来结束自己苦苦的等待。但他没有这份情缘,那份似是而非的初恋给他留下的记忆太深刻了,与小婷相似的女人真是可遇而不可求。

冯小小在一旁温柔地望着自己的老师,老师的表情变化都在她的眼里,她搞不清楚苏老师为什么会对一片樱花如此专注。在她的眼里,潇洒飘逸的苏振欧是一个大男人,因为苏振欧在女性面前总是一副柳下惠的样子。

艾莲对老乔的兴趣愈来愈浓,她指点着周围起伏的山峦,不时向老乔请教着什么。

春天的太阳像一把梳子,很快就把人们被堡垒所扰乱的思绪梳出几分舒畅。游客们都在高兴地摄影留念。几个女生都带了相机,便拉着苏振欧合影。

三个女生分别和苏振欧合影后,又和苏振欧合照了一张。老乔充当了摄影师的角色,他一边照一边说:在这片战争的废墟上,四个年轻美丽的生命的合影由我来按快门,我是不是成了历史的旁观者?

你是历史的创造者。艾莲纠正说。

旁观者不一定就比创造者轻松,就像演戏的和看戏的一样,一场悲剧演下来,流泪最多的还是台下的观众。老乔似乎感到自己有班门弄斧之嫌,他屏住呼吸拍完了一张合影,把相机递给艾莲,说,你们年轻人不要学我,要做实践者,要当主角。

艾莲接过相机,竟对准了老乔。

老乔摆摆手,说:不要拍我。

艾莲任性地说:在我的取景框里,你是个哲人。

不是哲人,人们都叫我怪人。老乔纠正道。

见大家都留过了影,老乔说:下山吧,我请你们吃海胆。

驱车下山。老乔把大家带到一个叫作樱花楼的饭店。饭店坐落在一片樱花林边,离街远了点,有一条弯曲的石板路通过去,石板路的尽头是一幢木刻楞式的二层小楼,这便是樱花楼。樱花楼的门面不大,却颇有儒雅之风,单是草书"樱花楼"这块门匾就很耐人品味。门匾是用本色的桃木做成的,木刻的"樱花楼"三字被描成绿色,那遒劲的字体、飘逸的刀法,一定出自哪位名家之手。

三位姑娘不懂书法,只是站在那里欣赏。苏振欧则不同,他对书法有一些研究,对这三个字还是能评论上一番的。

他仔细端详了一会儿,目光落在署名上。匾的落款是"无忌"二字,他搜肠刮肚,也想不起古今书法家中有哪一个是叫无忌的。

樱花楼的老板是个很丰满的青年女人,脸色红润,明眸皓齿,很有福分的模样。女老板和老乔很熟,她把老乔领到楼上一个临窗的方桌,说:坐在这里吧,把酒赏樱,可以吟诗作赋了。

听老板的口气,大家都觉得她是个文化不浅的人。艾莲忍不住问老乔:你们旅顺怎么个个都是奇人? 连开饭店的老板都咬文嚼字。

老乔说:这老板可不能小瞧,她和你们一样,也是个大学生呢。原来在中学当美术老师,后来下海开了这家饭店。

难怪有这样的品位,原来是美术教师。苏振欧想,利用美丽的樱花来命名酒楼,对游客是蛮有诱惑力的。

老乔点了一大盘海胆,女老板问:是生吃还是熟吃?

老乔征求大家的意见,几个人都摇头,因为谁也没有吃过海胆。还是苏振欧有经验,他说:当地人怎么吃,我们就怎么吃吧。

那就生吃。老乔说,生猛海鲜,好就好在一个"生"字上。当地渔民有一句话,叫作生吃蟹子活吃虾,掉到海里淹不煞。

老乔点的第二道菜是家焖蛤蟆鱼。四个人又惊诧了:怎么海里还会有蛤蟆鱼?

老乔说:这蛤蟆鱼可是当地的一道特色菜,特鲜,又特实惠。

这蛤蟆鱼是个什么模样? 苏小小问,是鱼中的精品吗?

老乔摇摇头笑了。

这蛤蟆鱼,模样丑陋,通体灰黑,小眼大嘴,牙齿锋利,是一种可食不可视的鱼。

蛤蟆是没有牙齿的,怎么会叫蛤蟆鱼呢?艾莲问。

此鱼大肚小尾,贪吃无厌,又十分懒惰,所以有蛤蟆鱼之称。

形象是不怎么好,不过这种鱼也有优点,它虽贪食,却很少主动寻食。它趴在海底礁石的缝隙里,大张着嘴守株待兔,以逸待劳,所以,它只吃那些游到它嘴边的小鱼小虾。

老乔说完这话又点了一道菜:老板鱼炖萝卜。

看来这道菜也会有学问,冯小小想。

果然,老乔不等大家提问,就介绍了这所谓的老板鱼。

老板鱼扁而平,近于菱形的身体,拖着一条细细的尾巴,如一把在水中扇动的扇子,又像一只翩翩而至的蝴蝶,显得从容大度。如果把它拎出水面,从它的腹部看上去,那眼、鼻、口一应俱全,衬上白净的鱼腹,恰似一张不可一世的人脸。

老乔又点了几样菜后,女老板便下楼安排去了。大家都把目光投向窗外那一片粉红色的樱花林。晴子望得最专注,她双眼半眯着,两手托着下颏,显得很安静。

樱花林中有一些游人正在拍照,其中一个导游模样的小伙子正用日语说着什么,看来这是来自日本的旅游团了。

一大盘生海胆端上桌来,女老板说:尝尝鲜吧,这海胆在内地是很难吃到的。

呀,这不是一枚枚小"水雷"吗?冯小小盯着已被切开的海胆,用筷子拨了拨,海胆身上那一根根硬刺还能动。吃了这"水雷",会不会炸坏胃肠?

一只只被剥开的海胆,露出橘黄色的胆黄,像一朵朵肥厚的菊花,盛开在一只蓝色的瓷盘里。老乔小心翼翼地给每个人分了一只,说:我不敢保证它会不会炸开你们的胃肠,因为的确有些内地的游客对海鲜过敏,吃了它胃里会翻江倒海。怎么样,敢不敢吃?

苏振欧很勇敢地抄起筷子:我不在乎,吃海鲜本来就需要冒险。

我只听说有冒死吃河豚的说法,没听说有冒死吃海鲜一说。冯小小显然对苏老师的勇气不以为然。

我不怕,吃了海胆,就会有大海一样的胆子。艾莲对这貌似水雷的海胆并不畏惧。她在家乡曾吃过林蛙,这海胆与林蛙比较起来,给人的感觉还是少了些能拨动神经的蠕动。

海胆在日本是很讲究的一道菜。晴子说。

苏振欧说:既然这样,大家就一起吃吧,要爆炸,也好有个共振共鸣的效果。

海胆的味道果然鲜美,几个人吃得津津有味,唯独老乔坐在那里不动筷子。问他原因,他说不因为什么,他要留着肚子吃蛤蟆鱼。

一大盘家焖蛤蟆鱼端上来后,几个人一看,顿时大失所望。期望值颇高的蛤蟆鱼炖出来不能给视觉一点美的享受,就像一盘吃剩的鱼头烩在一起,叫人提不起食欲。

见大家不感兴趣,老乔便带头吃起这道菜,他一边吃一边说:不吃蛤蟆鱼,后悔一辈子。

在老乔的动员之下,几个人勉强吃了一口。艾莲问:这鱼怎么又像猪肉又像鱼肉?给人的感觉它是水陆两栖动物,应该列入保护范围。

你讲得有道理,也许再过几年,这蛤蟆鱼真就成了海中珍品了。老乔说,过去渔民从不吃这种鱼,捕到它是为了它肚子里吞下去的鱼虾,把它开膛破肚后也就随手扔掉了。谁想这几年这蛤蟆鱼走俏,竟成了一道名菜。

这不奇怪。苏振欧道，美可以变丑，丑可以变美。其实审美对象并没有变化，变化的是审美主体，也就是我们这些人。

女老板又端上来一盘老板鱼炖萝卜。这道菜还是很受欢迎的，大家都争着吃。

又上了几道菜，女老板过来敬酒。

因下午还要看景点，老乔中午没点酒，女老板便揶揄他：老乔如今也会过了，招待客人连瓶啤酒也不要。

下午还要参观，酒待晚上喝吧。老乔脸色微红。

小气，小气，你的账都是镇长付，你这是为镇长省啊。女老板不依不饶。

老板，我们都不善喝酒，您就免了吧。苏振欧站起来推辞。

女老板还是叫服务员拿来几瓶啤酒，她给每个人斟上一杯。轮到老乔时，她轻轻地说了句：名为无忌，就该无所顾忌。

苏振欧以一个中文系教师的敏感，听出了这句话的蹊跷，他还没来得及细想，老乔轻轻地接了一句：那么名叫吴可就是无可奈何？

可能除了苏振欧，其他几个人都没有察觉什么，因为他们两人说话的声音实在太小了。可是偏偏苏振欧留意了，这是因为"无忌"二字他在走进这家饭店时就琢磨了好一会儿。

苏振欧不禁细细地打量了女老板一番。他一时无法形容这位丰腴的女性，他一下子想到了上学时在商店看到的刚出烤箱的面包，那时他买不起橱窗里诱人的面包，他只想那面包一定又甜又香，将来自己有了工资，一定要圆自己的面包梦。可是后来，他对这面包的渴望渐渐淡化了，尤其是工作后，即使在商店看到满柜台花样翻新的面包，也唤不起当年那种刻骨铭心的饥饿感了。

苏振欧为自己刚才这番无原则的联想感到不好意思，好像冥冥之中站着个小婷,她正洞悉自己心中的一切。他端起酒杯,一口气喝了下去。

好在女老板并不像昨日妇联主席那样劝酒。礼数尽到,她给每人发了一张名片。

没有说什么,大家都在看名片上那个很特别的名字:吴可。

现在正是赏樱的季节,樱花之旅,不能不登樱花楼。吴可对大家说,看看樱花,想想人生,当抉择时不要犹豫。

苏振欧听出这话不是说给他们几个的,他偷偷看了一眼老乔,老乔的脸越发红了,好像刚才这杯啤酒的酒劲儿格外大。

告别了樱花楼和这位谜一样的吴可,四个人驱车开往二〇三国家森林公园。

车上,苏振欧注意到老乔的神态与上午相比有了某种变化,他不时轻叹一口气,似有某种心事放不下去。苏振欧想打破这车上的沉闷,便问:小小、艾莲,你们知道刚才我们用餐的这家饭店,那门匾上"樱花楼"三字出自谁手吗?

字写得很棒,肯定出自名家之手了。艾莲抢先说。

名家不一定,因为我注意了落款,无忌这个名字知名度谈不上,但这字写得很有风骨,说不准是吴可自书,因为搞美术的都懂一些书法。小小这样猜测。

晴子一边开车一边道:苏老师对书法有研究,苏老师肯定是看出来了。

苏振欧看了看坐在前座的老乔,突然问道:乔老师,您自称无忌,是因为唐朝的长孙无忌吗?

几个女孩都愣住了,原来这"樱花楼"三字竟出自老乔之手。

苏老师眼光独到啊。老乔轻轻叹了一口气,道,我乔天这一生是广有涉猎,一事无成,样样通样样松罢了,取号无忌,无非是自嘲自讽。

苏振欧点点头，心里多了一层云雾。凭感觉，他认定老乔和吴可之间关系非同寻常，一种好奇感使他十分想破译这层关系。因为这个老乔太有故事了，这样的人物，往往能折射出一个地域深层次的文化积淀。

老乔虽擅讲，但不会太多地讲自己，因为他面对的是刚刚结识的来自京城的师生。苏振欧想，但愿在这短短的两周里能破译这个奇人老乔。

二〇三国家森林公园是个幽静的好去处。这里山势平缓，古松参天，在朝阳的山坡上，不知名的山花竞相开放，仿佛要和山下的樱花相媲美。走进二〇三，如同走进一个人间仙境。老乔信口吟了一首诗：

> 不听山间松涛响，
> 但闻林中百鸟鸣。
> 有心结伴赏樱来，
> 踏青日斜忘初衷。

好诗！艾莲说，看来乔老师对烂漫的山花要比对人工栽植的樱花多一份情怀。

的确如此。老乔并不避讳，他指了指公园腹地的一片片樱花林说，我反对在这里栽樱花，因为樱花已有了专门的公园，这里不必雷同，作为森林公园，人工的痕迹越少越好，自然本身就吸引人嘛。

苏振欧对老乔的观点有相同之感，他说：我赞成乔老师的观点，作为这么幽静的公园，应多些天成，少些雕琢，要给返璞归真者一个精神无污染的家园。

对！艾莲接话讲，没有必要为了取悦谁而多栽樱花。说完这话，她又感到有些刻薄，便望了一眼晴子道：我不是说日本游客不好，我指的是樱花在中国之所以稀奇，是因为少，如果遍地是樱花，也就没有人来赏花了。

公园内的一块平地上，工人们正在搭建台子，每条路两侧都插上了彩旗。问老乔，老乔说这是在筹备樱花之旅的开幕式，到时候省、市领导都会来参加的，还有一些民间艺术表演。

从山门走进二○三的腹地，顿觉凉爽惬意，空气仿佛被滤过了一样，沁人心脾，满山坳都充溢着一种春草萌生的气息。四周群山起伏，来龙去脉，风水颇佳。更为奇妙的是，在坳底一堵悬崖下面，竟藏着一泓池水，水面虽不大，看上去也就方圆百米，但池水清澈异常，平静如镜，翠绿的群山倒映进去，使得整个公园陡然深邃起来。

如果不是搭建主席台的施工人员破坏了这里的宁静，这里简直可以称作世外桃源了。

苏振欧下意识地想到了小婷。如果在这暖暖的春日里，和小婷双双坐在池边的青石上，聆听这山间小鸟吟唱，再用一枚小小的石子，在这平静的水面上击出一串水花，那该是多么幸福啊！

苏老师，如果这里有一座寺院，也许我会在此遁入佛门。冯小小说。

苏振欧反对说：清净的是山水，而不是佛门。

艾莲揶揄她道：遁入佛门可以，但你那头秀发可就没了。

小小生着一头瀑布似的长发，飘逸洒脱，惹人怜爱。艾莲以此来试她的决心，故意给她出难题。

我可以带发修行。小小回答。

没听说寺院里可以带发修行,你尘根不断,心里怎么能清净?

头发是形式,信仰才是根本。头发剃得再净,心存私心杂念,也是成不了佛的。小小争辩道。

苏振欧装出一副严肃的样子道:小小可是交了入党申请书的人了,信仰问题怎么能朝秦暮楚?

我只不过一时冲动,说说而已,真要是出家当了尼姑,说不准还会遭受阿Q的欺负呢。冯小小调皮地说,如果苏老师敢出家当和尚,我们几个人倒是愿意来听你念经讲法。

胡扯!苏振欧瞪了冯小小一眼,道,我过得好好的,出什么家?

既然你不想当和尚,为什么都年过而立却不能情有所寄?冯小小问得很尖锐。时下的大学生都观念开放,敢于和老师直接谈爱情,这毕竟也是一种进步。

感情问题嘛,是个很复杂的问题。苏振欧避开了冯小小的追问。

借口复杂就独善其身吗?你如果一生都这样做,就会剥夺一个女人做妻子的权利,所以,你这样做是不讲人权。

艾莲、晴子和苏振欧都笑了,唯有老乔如被电击一样呆在那里。冯小小的话无意中拨动了他的心弦,这句似乎是玩笑的话在他的耳畔久久地回荡着,令他心绪纷飞,方寸大乱。

老乔的变化逃不过苏振欧的眼睛,他想:老乔的走神儿说明老乔是个性情中人,莫非他的心思还留在樱花楼上,留在那个散发着面包一样的甜香的吴可身上?

这时,艾莲接着冯小小的话问道:苏老师,女生们可都说你清高孤傲,目中无人,血液缺乏温度,你真是这样吗?

你就干脆说我是冷血动物吧,什么血液缺乏温度。苏振欧早就知道他所教的女生们对他有议论,可他又无法解释。直到最近一次,他在给学生讲授宋词时,讲到了苏东坡的那首《江城子》,一些细心的女生才发现,她们的古典文学老师原来也有一丝儿女情长。

那天在偌大的阶梯教室里,苏振欧用他那浑厚、带有磁性的男低音吟诵着:

> 十年生死两茫茫,不思量,自难忘。
> 千里孤坟,无处话凄凉。
> 纵使相逢应不识,尘满面,鬓如霜。
> 夜来幽梦忽还乡,小轩窗,正梳妆。
> 相顾无言,惟有泪千行。
> 料得年年肠断处,明月夜,短松冈。

满含深情地吟完这首《江城子》,两行清泪已经滑落两颊。苏振欧由苏东坡的这首悼亡词想到了小婷,他和小婷相别也是整整十年,这十年是怎样的十年啊,没有一封信,没有一个电话。此时此刻,小婷是否正在别人的窗下梳妆?初恋的这颗青果子,苦涩了十年,十年没有成熟,他苏振欧怎么不"惟有泪千行"呢?

苏振欧长舒一口气,说:爱情这个东西,只能随缘而遇、随遇而安了。

冯小小指着会场边一排宣传广告念道:来到大连旅顺,终生一顺百顺。苏老师,这次来旅顺,你一定会一顺百顺。

旁边的晴子插话:这"一"是我们的课题,这"百"就包括方方面面了,自然也包括爱情。

艾莲激动地一拍手:妙! 樱花之旅,不就是爱情之旅吗?

苏振欧脸色绯红,他摆摆手道:打住、打住,我们还是听乔老师讲解吧。

你们讲了这么多美好的东西,我不忍心再讲了,因为我讲的都是罪恶的战争。

晴子急了,她说:乔老师您就讲吧,反正这战争已经成了历史。大家都希望乔老师继续讲解,我尤其不明白,这么美丽的森林公园,为什么会起这么个数字化的名字?

老乔心里也清楚,这师生四人是因日俄战争而来的,讲日俄战争就离不开二〇三高地,因为二〇三高地争夺战是关系到旅顺要塞争夺战的决定性一役。

看了一眼已经摊开笔记本正等待记录的晴子,老乔又开始了他言语生动的讲述。

二〇三原名叫猴石山,因其山峰如群猴相聚而得名。日俄战争期间,这里是旅顺要塞争夺战中西部战线最激烈的主战场,因其最高峰海拔 203 米,所以在战争期间被改为二〇三高地,这个名字就沿用至今。

站在高地主峰上,旅顺要塞四周可尽收眼底,攻克了这一制高点,旅顺军港就失去了屏障。

1904 年 9 月 19 日,日本第三军在乃木希典的指挥下,集中优势兵力,开始了对这一高地的总攻。日军先后动用百余门大炮、5 万余名士兵,采用人海战术猛攻这一高地。当时守卫这一高地的是沙俄西伯利亚第五炮兵团,迫于日军的攻击,守军不断请求增兵,兵力先后增至 80 多个连,近万人。战斗进行得异常惨烈,日军四易战地指挥官,组织敢死队,进行了 70 多次冲锋,伤亡 1 万多人,才最终攻占了二〇三高地。日军占领二〇三高地后,居高临下,指挥重型火炮猛轰军港内的俄舰,致使城内俄军开城投降。

老乔指了指山顶那座形似日式步枪子弹的纪念碑说:战争结

束后,日军司令乃木希典为了纪念在此战死的他的次子乃木保典,便以二〇三的谐音将此山改为"尔灵山",并用从战场上搜集来的炮弹皮、废旧武器冶炼铸成了这一子弹形的纪念碑。

据说这纪念碑能发出一种男人哭泣的声音,每当夜深人静之时,这碑就会发出一阵阵瓮声瓮气的低吟,好像一群男人在哭泣,这声音能传得很远,令人毛骨悚然。所以,当时居民都说这高地上有鬼。直到今天与其他景点有一个明显的不同之处,就是不管这里白天多么热闹,一到晚上,这里就死一样寂静,没有一对情侣喜欢到这里来享受月光。

老乔讲完最后一个关于二〇三的故事,太阳已经西沉,公园腹地的主席台、舞台已经搭就,一个西装革履的小伙子正在台上试着音响。

喂、喂、喂。那个小伙子大概不知道那质量很好的扩音设备已经把他的声音传遍整个公园。游客们都被他的声音唤得停住了脚步,那个小伙子还在那里喂、喂、喂地叫个不停。老乔望了望那台子,对苏振欧一行说:咱们下山吧,明天再来参加开幕式。

C

　　如果要潜心静神写一点东西，那么黄金山大酒店无疑是个理想之地，因为这里的夜晚太静了，静得你能够听到自己的心跳。

　　苏振欧冲了个热水澡，仰卧在床好一会儿，尽管山上山下地游览了整整一天，但他没有一丝倦意。他几次抄起床头的电话，又都放了回去，这么晚了，小婷的办公室怎么会有人呢？

　　苏振欧决定出去走走。

　　走出酒店，他沿着海滨浴场的公路前行。橘色的路灯下，一对对情侣依偎着走向不远处的海滨浴场。这早春的海水是少有人游泳的，但一对对情侣仍然拥往那里，这说明浴场终归还是个充满浪漫色彩的地方。在浴场，在海滨，不论你是否下海，你的心扉是最容易被打开的。

　　一辆的士在苏振欧身边停下了，一个年轻的女司机摇下车窗玻璃问：要车吗？

　　苏振欧正欲拒绝，忽然改变了自己的主意，便问：你能拉我去部队医院吗？

　　旅顺的部队医院很多，您指的是哪一家？司机问。

　　是一所很大的海军医院。

　　哦，请上车吧。女司机打开车门。

　　坐进车来，苏振欧感到车内充满了一种紫罗兰的芳香。车内很整洁，前后座位之间不像其他城市的出租车那样安着铁格栅，而是给人一种很融洽的舒服感。苏振欧曾多次坐过那种防客甚于防

40

寇的出租车,冷森森的铁丝网或铁格栅把司机和乘客分隔开来。坐在那种车里,犹如进了囚室一般,有一种自由顿失的压抑感,哪里像今天所乘坐的出租车,毫不设防的女司机、淡雅的紫罗兰香,甚至连车钥匙上那只毛茸茸的小松鼠,都显得那么温馨自然。

穿过灯火通明的商业区,沿着铜狮昂首的海滨公园前行,驶过军港、伯阳公园、胜利塔,的士驶进一个榉树参天的大院。女司机问:去门诊还是住院部?

去办公楼。苏振欧说。

办公楼? 都下班了吧。女司机说着,还是把他拉到了一幢两层俄式建筑门前。

苏振欧一掏兜,坏了,钱包没有带,他的额头顿时沁出汗来。

你等我一会儿好吗? 我回酒店再付你车费。苏振欧商量道。

没问题,我等你。女司机很好说话。

苏振欧望着这幢办公楼,从窗户看,只有两个办公室有人,一个在一楼的楼梯旁,大概是个值班室,另一个在二楼。他的心咚咚作响,不知该不该进去。

见他这样犹豫,女司机问:你是不是来找人?

苏振欧点点头。

朋友? 对象? 女司机问。

哦,是同学。

肯定是女同学了。女司机笑了笑,道,一般来说,要是找男同学,三步两步就闯进去了,找女同学情况就不一样了,心理负担很重嘛。所以你这样瞻前顾后,说明你心里很矛盾。

苏振欧为被这个陌生的女司机看透了心思而感到尴尬,他一时无言以对,竟说:我们十年未见面了,我对她的情况一无所知。

见了面不就知道了吗? 你一个男子汉怕什么?

我能怕什么？我是怕自己的冒失打破人家生活的平静,给人家带来麻烦。

唉,你们读书人真是,知识越多越复杂。女司机不再说话,轻轻地按了下车内的音响,一首邓丽君演唱的歌曲柔柔地响起:

我是星你是云
总是两离分
希望你告诉我
初恋的情人
你我各分东西
这是谁的责任
……

苏振欧推开了楼门,在女司机鼓励的目光中走进了那幢白色的办公楼。

一会儿,他出来了,神色中交织着兴奋、解脱和遗憾。

没找到? 女司机问。

她出差了,苏振欧道,这一两天就能回来。

那么,她嫁人了吗?

我……我怎么好意思问? 值班的不过是个战士。苏振欧结结巴巴地说,我问了她家的电话,可战士说不知道。

女司机笑着说:你这人真有意思,现在的社会,哪有像你这么彪的人了?

女司机把他送到酒店。一下车,见艾莲和冯小小正在大门口焦急地张望,苏振欧过去问:你们不睡觉,跑出来干什么?

晴子不见了。艾莲说。

什么？苏振欧吃了一惊。

我们敲了她房间的门，没有人，下来看，车也开走了，估计是出去兜风了。艾莲说。

冯小小的目光在苏振欧身上打量了半天，又见出租车里的女司机也在探头望着他们，便说：苏老师去逛夜景了？

苏振欧这才想起出租车司机还在等自己付钱，便悄悄对小小说：身上带钱了吗？帮我付一下车费。

小小付完了车费，女司机朝苏振欧摆摆手，把车开走。小小说：我以为晴子教苏老师开车去了，没想到你们都是单独行动。

半夜学什么车？我又没有神经病。苏振欧训斥了小小一句，晴子这种违反纪律的行为，必须做检查。

冯小小不服气地嘀咕了一声：我看两个人都该做检查。

找又无处找，问又无处问，三个人只好在大厅里坐等晴子。苏振欧心里像长了草，他知道旅顺军事禁区多，万一晴子驾车误入这类区域，就会惹出麻烦，她毕竟是个日本人。

她能去哪里呢？艾莲自言自语。

她在旅顺并没有熟人，要找，也只有刚刚认识的老乔了。冯小小说。

难道她白天听老乔讲没听够，晚上又去吃小灶？苏振欧想，晴子可是个十分敬业的姑娘，他知道晴子想通过这个课题写一本关于日俄战争的书，这是她来中国留学的一个夙愿。

可老乔的家在哪里呢？白天也忘了要老乔的电话，因为老乔明天还会过来继续他的导游工作。苏振欧想起了镇长，镇长肯定知道老乔的电话。于是，苏振欧拨通了镇长的电话。他没有说晴子外出的事，只是问了老乔家里的电话。镇长对老乔家里的电话很熟，他告诉了苏振欧之后又说：这个怪人现在不可能在家，因为他现在还是独身，要找，可以到樱花楼试试。

樱花楼？苏振欧心里一动，连镇长都这么说，可见老乔和那个吴可肯定关系不一般了，可是老乔怎么会是独身呢？

苏振欧拨通了老乔家中的电话，果然没有人接，他便决定去樱花楼看一看。艾莲和冯小小想一起去，苏振欧吩咐道：你们在这里等着吧，万一晴子回来不见你们，她会着急的。艾莲和冯小小只好不情愿地留下了。

走出酒店大门，苏振欧一眼就发现了刚才送他去医院的那辆红色桑塔纳，他招招手，女司机很麻利地把车开了过来。

怎么，还要出去？女司机问。

去趟樱花楼。苏振欧坐上来，道，你知道去樱花楼怎么走吗？

不是吴老师开的饭店吗？知道。女司机说。

你认识吴老板？

当然，她是我的中学同学。女司机点点头说，不过，你找她干什么？她也是你的同学吗？

不，我的一个朋友在那里吃饭。苏振欧解释说，你的这个同学很有本事啊，饭店开得很有特色、很有品位呀。

人家是正牌的大学生，学美术的，她画的画博物馆还藏了好几幅，大小是个名人，这几年辞职开饭店，钱也没少赚，可就是个人生活不太如愿。她男朋友是我的同学，跑到俄罗斯做生意，听说发了大财却变了心，不但入了人家的国籍，还娶了个黄头发的女人，她现在是一个人生活。

她没有再找个合适的吗？苏振欧问。

她的眼光也不低，与她般配的男人太少了。

苏振欧感到今天和这个女司机真是有缘，他白天对吴可所形成的一团迷雾渐渐散去了，原来这个满面福相的女老板竟也有不幸。那么,为什么镇长让他到樱花楼来找老乔呢? 老乔和樱花楼有什么必然的联系呢? 他想这个女巫式的司机也许会知道什么,便问:白天我看到樱花楼的牌匾写得特好,知道那是谁写的吗?

听吴可说过,是外地的一个书法家。

这个吴可竟然对自己的同学说谎,这里面肯定有什么蹊跷。苏振欧这么想,他又问:这个书法家和女老板有什么关系吗?

女司机笑了,说:你是不是公安局的? 从我这里套情报是吧? 告诉你吧,我这个同学是百分之百的正派女人。

哪里,我只是想认识一下那个题字的书法家。我也不是什么公安局的,我是个读书人,刚才你拉我去医院时不都看出来了吗?

女司机车开得很稳,目光始终注视着前方,半个小时左右,车便开到了樱花楼。

樱花楼里依然亮着灯,却没有那辆丰田轿车,苏振欧知道晴子不会在这里,正在犹豫是进去还是不进去,车里的女司机却伸出头吆喝了一声:吴可,有客人找!

苏振欧吓了一跳,在这静悄悄的夜晚,女司机的喊声实在太响亮了。他转过身小声说:怎么能喊这么大的声?

怎么,你找人总是害怕,叫一声她好有个准备,要不你闯进去人家正洗澡怎么办? 女司机很诙谐地说。

苏振欧刚要说什么,樱花楼的大门已经开了,灯光下,着一身白色连衣裙的吴可站在那里,很警觉地问:谁找我?

噢,是我,吴老板,我是中午在这里吃饭的苏老师。苏振欧很不自然地说。

苏老师,是您? 有事吗?

苏振欧还没回答,女司机从车上下来了。

吴可,人家到你这里来找个朋友,你怎么连门都不让人家进?

原来是你在喊,你个夜猫子,都这么晚了还敢出车,当心被苏老师拐到北京去。吴可笑呵呵地开着玩笑,把两人让进室内。

饭店已经打烊,餐桌、厨房都已收拾完毕。两个年轻的服务员在灯下甩着扑克,见来了客人,便急急忙忙去泡茶。

苏老师来这里找谁呢?吴可问。

找……他正要说找老乔,可又一想,深更半夜来女老板这里找个大男人,岂不是骂人吗?他急忙改口说,找晴子,那个日本留学生。晚饭后她独自开车出去了,我以为她会来这里,就到这里找了。

她没到这里来,吴可说,下午我这里接待了几个日本旅游团,我想,她会不会到日本游客下榻的酒店闲聊去了?因为这几天来参加樱花之旅开幕式的日本游客很多,她去见见自己的同胞也是情理之中的事。

哎呀,我怎么没有想到这一点?苏振欧暗暗佩服吴可的分析,这真是个不简单的女人。

好吧,我到别的涉外酒店去看看。苏振欧站起身,对吴可说,吴老板,打扰您了。

不客气。吴可很礼貌地说,苏老师不必太担心,这里的社会治安虽不能说是夜不闭户、路不拾遗,可民风还是敦厚淳朴的,晴子小姐就是在城里转一夜,也不会出什么问题。

苏振欧又嗅到了那股诱人的甜香面包的气息,这气息使他难以抑制突然变得旺盛的食欲。他为自己这种对面包愿望的无可奈何而羞愧,只好匆匆忙忙地钻进车里,刚要关门,送出门来的吴可却礼貌地伸出手来,道:再见,苏老师。

苏振欧意识到自己的失礼,又急忙下车和吴可握手告别,忙乱中,迈下车来的脚正踩在吴可的脚尖上,虽踩得不实,但一只皮鞋踩在一只趿着拖鞋的脚上会产生什么效果,不想而知。

苏振欧一个趔趄,差一点撞在吴可的怀里。如果不是夜间,他简直是无地自容了。他像个做错了事的学生面对老师一样,说:对不起,吴老板,对不起。

他没有看对方的眼睛,只感到对方的手如面包般绵软。该死,他这样说自己,怎么一接触这个女人,就总是想起面包?

他再一次钻进汽车,逃也似的让女司机快开车。

女司机似乎没有察觉什么,一边开车一边说:看来你今天运气不太好,找了两次人都没找到。

我们到几家涉外酒店去找找。苏振欧说,不用进酒店的大门,你也不用大声喊叫,我们只找那台丰田轿车就行了。

你怪我刚才喊叫了,她是我同学我才敢喊,到了大酒店,我怎么会大声喊叫呢?女司机说,我这个同学对的你印象看起来不错嘛,刚才你们俩在车门前上来下去的,够忙的啊。

人家要握手,难道我坐在车上握?苏振欧说。

握手就大大方方握呗,怎么还那么慌慌张张?

我慌了吗?你可不要挖苦我,否则我不给车钱。苏振欧"要挟"道。

给不给钱不要紧,关键是要找着心上人。

又在瞎说,我找什么心上人?我是在找我的学生。

对对对,你在找日本留学生,日本留学生会在部队医院当医生吗?女司机的这张嘴简直不饶人。

你别胡说了,好好开车吧。你又不认识我,这么开玩笑是不是有点过了?

谁说不认识?一回生,二回熟,我们这是第二次见面,不开点玩笑我开车会困的,一打盹,方向盘把不住,你说怎么办?

苏振欧实在拿这个伶牙俐齿的女司机没有办法,他说:你要是犯困,可以放支曲子听听。

这回女司机倒是很听话,她按了下音响的按钮,车里顿时又响起了邓丽君那如怨如泣的歌声:

我是星你是云
总是两离分
希望你告诉我
初恋的情人
……

驱车去了几家涉外酒店,均没发现那辆丰田轿车。

我们回去吧。苏振欧无奈地说,说不定她已经回去了。

正如苏振欧所说,晴子早就回到了酒店,三个姑娘都没有去睡,正坐在咖啡桌前等他。见苏振欧进到大堂,三个姑娘起身迎上来。晴子走在最前面,她走到离苏振欧两步远的地方,深深地弯了个九十度的腰,说:对不起,苏老师,让您操心了。

仅仅这一弯腰,苏振欧准备了一肚子的措辞严厉的训斥顿时土崩瓦解。日本人的这种鞠躬礼真是了得,整个一个以柔克刚的形象体现,这躬鞠得越深,对方的心理防线就越松,几场唇枪舌剑达不到的目的,只需一个躬、一句轻声慢语的道歉就解决了。

记住,下不为例!苏振欧严厉地批评说。

冯小小的目光越过苏振欧,落在苏振欧身后的女司机身上,女司机正跟在苏振欧身后,俨然一个英姿飒爽的女保镖。

你要把这位大姐领到什么地方去?冯小小问。

苏振欧一回头,发现女司机还跟在身后,有些吃惊地问:

你……你怎么跟我到酒店来了？

女司机嫣然一笑，道：你真想拒付车费吗？

哎呀，真该死！苏振欧两手在口袋里一阵乱摸，只好望着冯小小说，小小，请求支援。

冯小小噘着嘴问：多少钱？

计价器上打出来的是九十七元，我就收你九十吧。

冯小小睁大了眼说：这么多！你这一夜兜风兜得很有价值呀，怪不得不让我和艾莲去呢。小小一边说，一边付了车钱，把女司机送出酒店。

苏振欧板着脸问晴子：这么晚到哪儿去了？你是外国人，到处瞎闯，出了事怎么办？

我和乔老师去水师营了，有乔老师带着，还能出事吗？晴子甜甜地说。

我们还有半个月的时间，什么事不能白天办，非在晚上出去？

我这是点私事，不能占用大家的时间。晴子说。

好了，不管私事公事，重申一下纪律，谁也不能晚上单独出去，现在都回去睡觉。

电梯里，冯小小又小声嘀咕了一句：什么时候能男女真正平等就好了。

各自回到自己的房间，苏振欧正要上床休息，晴子敲门进来了。

我想向苏老师解释一下。晴子说。

先回去睡觉，明天再解释。苏振欧不想这么晚了还和一个女学生在一起。

我讲的可是一段尘封了将近百年的历史故事，您难道一点不感兴趣吗？晴子在沙发上坐下来，没有服从老师要她回去睡觉的命令。

你的私事，尘封百年？苏振欧狐疑地看着晴子，说，我的中文系的学生都会编故事，你的故事是真是假？

您还记得白天乔老师在东鸡冠山讲的那个逃兵吧？我有一种预感，他就是我父亲失踪的叔叔。

你父亲的叔叔？怎么回事？苏振欧好奇地问。

我父亲的叔叔，也就是我祖父的弟弟，叫松原田，1904 年参加了在旅顺的日俄战争，在战争中失踪了。当时，大家以为他阵亡了，可后来没有发阵亡通知，只是说失踪了。他是个随军的伙夫，不在前线冲锋打仗，战死的可能性很小。要知道，那个时候的战争，前方、后方是截然不同的，俄国人的大炮打不到日军做饭的地方，所以家人分析他可能当了逃兵。

晴子并不为自己的这位长辈是逃兵而感到羞窘，好像一个局外人一样继续讲述自己的推测。

当逃兵要杀头的，但他为什么要冒死当逃兵呢？我想这和我们松原家族的性格有关。我的祖父是个心地善良、性格懦弱的人，是典型的农民，一辈子没和人吵过架；我父亲更是个心软如棉的人，他醉心于园艺事业，生就一副惜花怜草的性情。具有这种血统的松原田十有八九是见不得血腥的场面的，更何况当年的战争那么惨烈，成千上万的人被炸得血肉横飞，松原田作为一个随军伙夫，肯定被吓破了胆子，所以他逃离战场，隐姓埋名，扮成当地的农民来偷偷度日也就不奇怪了。因为语言不通，他只好当个哑巴，这一当就是半个世纪呀！

那么，你今晚是去核实这件事的吗？苏振欧为这样的奇遇感到兴奋，没想到言语不多的晴子还有这么一段插曲。

可惜没有找到知情人。晴子遗憾地说，我和老乔去了水师营，问了些人,都不知道有这样一个哑巴。但我的第六感告诉我,这个"文革"时期死去的哑巴就是松原田。

那么,这件事就死无对证了?苏振欧也不无遗憾。

还有一线希望,老人还有个孙子,是一家渔业公司的经理,现在在南方出差,我想,他肯定会知道他爷爷的一些事情。晴子信心依存,她说,如果真是这样,我们就是兄妹了。

这又是一大收获,苏振欧心想,难怪晴子如此热衷这个课题,原来其中还有寻觅亲人的用意。不过,这种巧合实在难得,如果不是那个无所不知的老乔,如果不是晴子的特殊身份,这件尘封百年的故事恐怕永远是个不解之谜。

送走了毫无倦意的晴子,苏振欧感到一阵疲乏,这真是一个一波三折的不眠之夜。他想,明天,怎么去找小婷呢?

苏振欧没有想到,他浮想联翩的时候,艾莲和冯小小也未入睡,她们交谈的话题自然离不开苏振欧。

冯小小不敢独自一人睡,便硬挤到艾莲的房间来,她们在学校同住一个寝室,是无话不说的好朋友。

艾莲,你看苏老师是不是有心事?小小问。

艾莲很佩服这个来自江南的同窗,小小的才气和细腻颇有点林黛玉的风格,只不过小小多了些现代女性的意识,多了些幽默与开放。

我看不出苏老师有什么心事。我估计他是第一次带几个女生出差,怕出什么意外,心理压力太大,才放松不起来的。艾莲并不同意冯小小的说法。

或许受养育她的白山黑水的影响,艾莲不仅有才女之气,更具有侠女之风,这从她发表的文学作品中就可略见一斑,她笔下的人物,大都是些侠肝义胆的理想化人物。冷山曾经说过她:如果你是

51

一个男性,你一定能写出一部当代中国的《堂吉诃德》。对此,艾莲有自己的观点,她认为,从所描写的对象上可以这样划分作家:逃避现实的作家写历史,杞人忧天的作家写当前,热爱生活的作家写未来。

苏老师无论走到哪里,总能引起女性的注意。冯小小大睁着眼睛说,你看到那个的姐了吗?简直不可思议,和苏老师像老熟人一样,无拘无束,苏老师对她也很随便。

的姐嘛,什么样的人没拉过?不像我们当学生的,跟修道院的修女一样,见个陌生男人都脸红。艾莲一副见多识广的样子,她觉得小小的说法有点少见多怪。

小小自有小小的想法。

小小虽天生丽质,却是个情窦晚开的姑娘,除了苏振欧之外,她没有对其他任何男性动过心。她对苏振欧的感情多少带有一种朦胧,这朦胧中交织着愉悦和矛盾,她说不清这是不是爱情。关于苏振欧,他是她日记中的主角,她在用梦、用理想、用一个江南女子的细腻神化着苏振欧。她不知道苏振欧如何来感受她,苏振欧的清高伤了很多女生的心,这恰恰引起了冯小小对苏振欧的向往。

冯小小对自己的初恋充满信心。

当然,我相信以苏老师的眼光,不会对一个的姐情有所钟。冯小小自言自语,否则,我们岂不枉做了一个大学生,成了明珠暗投了?

小小,你怎么这么和一个的姐比高低?人家不就是拉了两趟苏老师吗?艾莲笑着说。

冯小小的脸一下子红起来,她推了一下艾莲,道:苏老师和我有什么关系?我只不过评价评价。

不要瞒我了,小小,你的心思我知道,但你放心,我不会和你竞争,所以,你也不要防我。艾莲快言快语。

那么,你能不能说说你理想中的白马王子?你和冷山还有重归于好的可能吗?冯小小变守为攻。

艾莲和冷山的感情纠葛在中文系早已不是新闻,许多同学都夸艾莲有骨气。但也有一些女生私下议论,如果艾莲真的放弃冷山,多少有些可惜,因为冷山的确是个很帅、很成熟的男子汉。

我是以不变应万变。艾莲说。

怎么解释?冯小小很疑惑。

人都在变化,冷山也一样,或许他有难言之隐。如果他能多补一点钙,他会是个有良知的文人。

那么,冷山还有救。冯小小说。

他本来就没有病,不存在有救没救的问题。文人的弱点都在语言和行动上的相悖,有的人整天愤世嫉俗,一副可以为正义、为真善美慷慨赴死的英雄面孔,可其所作所为却如古时的叶公一样,一遇真龙就落荒而逃,这样的文人,无论他写的文章多么华丽,总会给人一种作伪的感觉。也许我过于理想化,过于敏感,但我所受的全部教育都告诉我这样一个标准:做人,应该言行一致。

我不那么看。冯小小并不同意艾莲的说法,做人,的确需要言行一致,可做文人就不一定了。文人从本质上讲,都需要一副面具,只不过这副面具是文人自己描绘的。

文人的确需要一副面具来为自己的精神世界遮阴,我同意你的这个观点,如果是冷面孔后的火热心肠,或者是嬉笑怒骂后的铁血审视,这都无可厚非,因为这是一种文人的含蓄。但是,如果脸上道貌岸然,心里趋炎附势,这就令人鄙夷了。艾莲的话掷地有声,很能激起小小的回应。

我看得出来,你对冷山的态度很矛盾,爱与恨交织在一起,这本是正常的事,说明你们的爱情有滋有味。

我们之间已经没有爱情可言,我们共同拥有的梦早已打破了,我现在是在冷静地审视一个曾经有过交往的文学编辑,不像你,还在如醉如痴地做着苏老师的梦。

你坏!冯小小在艾莲的肩头拧了一下,嗔怪道,我的梦还没有主题,至于苏老师做什么梦,我可不知道。

说真的,小小,我觉得苏老师对你真好,北方大汉多钟情江南女子,这是一种地域间的相互吸引。就像有的年轻女性希望嫁个老外一样,我想不一定都是金钱在起作用,有的或许也是出于好奇,想尝试一种中外合璧的体验。艾莲又是一番独到的分析。

冯小小这次没有反驳,她在想:假如仅仅是地域上的相互吸引,那么会是一个什么样的结局呢?

她们都知道发生在历史系的一件令人遗憾的跨国婚姻,那婚姻的结局是令人同情的。

历史系一位研究生毕业后留校任助教。这位女助教本来是个事业上颇有前途的姑娘,但是,不知出于何故,她对非洲史产生了浓厚的兴趣,发表了一系列关于非洲各国历史的论文。如果仅仅是迷恋非洲历史,也就不会出现后来的悲剧,但她偏偏爱上了一个非洲籍的外教,并不顾家人、亲友和同事的反对,毅然嫁给了这个外教。她对自己的导师说,为了撒哈拉沙漠中的并肩跋涉,为了喀麦隆原始森林里的携手探险,更为了向一种世俗的偏见挑战和一种对新生活的向往,她才选择了这个非洲籍的丈夫。然而,结果却令这位"挑战者"十分尴尬,婚后第一次非洲之行,她就发现原来这位外教家中已经有了一黑一白两个夫人。在离婚和当第三个夫人之间,根深蒂固的传统文化影响使她最后选择了前者。现在,这位可怜的母亲带着一个孩子,在大学里继续着教书生涯,只不过她不再对非洲历史感兴趣了。

　　艾莲的话使冯小小想起这个发生在本校的故事。怎么能想到这件事呢？冯小小觉得自己真好笑,苏老师又不是非洲人,中国的法律又不许多娶一房太太,苏老师难道在农村老家藏了一个童养媳不成？冯小小偷偷地笑了。

D

 樱花之旅活动开幕式颇为热闹。

 樱花之旅的确非同凡响,像赶庙会一样,熙熙攘攘的中外游客把二〇三国家森林公园装点成一个人流的世界。红、黄、蓝、绿色的导游小旗,引导着一队队服装各异的游人在公园里徜徉。公园腹地,昨日搭成的舞台上正在上演一场日本民间舞蹈,几个身穿和服、高冠博带的老年妇女,正围着一个吹着长笛的老年男人,做着木偶一样的动作。那伴奏音乐似乎非常古老,像中国的纳西古乐,听起来与樱花的灿烂形成一种感受上的落差。

 由于昨晚睡得晚,今早大家起得都很迟,以至于赶到公园时,开幕式的大场面已经过去了,只剩下了歌舞表演。

 晴子说:我向大家赔罪,今天的迟到都怪我。

 谁也没有说话,大家心里都感到很遗憾。因为这样的机会不多,能参加这样一个独特的旅游节日本来就是一种巧合,可精彩之处又没有看到,所以大家都在心里埋怨昨晚晴子多事。

 见大家谁也没有说话,老乔便为晴子打了个圆场:开幕式没有什么看头,无非是省、市领导讲话,放放鸽子,真正的好戏还是现在的民俗表演。这就像喝茶一样,真正会品茶的人,头遍茶都是要倒掉的。

 苏振欧为老乔的幽默暗暗叫好,这个老乔把开幕式和头遍茶联系在一起,亏他想得出。

 游人太多,公园里就没有了昨日的宁静。冯小小对老乔说:我们找个静一点的地方怎么样？最好是高处，能看到整个场面，这里太闹了。

大家都同意冯小小的建议。苏振欧说：旅游关键是心情，心情好，就是司空见惯的山水也会变得钟灵毓秀；反之，就是到了桂林阳朔，也会索然无味。

冯小小为苏老师支持自己的观点感到兴奋，她热情地看了苏振欧一眼，道：苏老师讲课时常常赞赏古人的"寄情山水，放浪形骸"，看来这是一种境界了。这种境界是心与自然的重叠，是两者相互的吻合，是真正意义上的返璞归真。

在这方面较有见地的还是古人，今人则大不相同，今人逃避现实的最佳去处是医院、疗养院。医院、疗养院的条件非常优越，食有美味佳肴，医有专家名医，住有星级服务，行有高级轿车。这样的养尊处优古人肯定无缘享受，在当时那个条件下，古人只好结庐山林湖畔，欣赏闲云野鹤。

苏振欧在深化自己的见解。

艾莲插话道：苏老师，您认为逃避现实和旅游有什么必然联系吗？

苏振欧没有正面回答艾莲的提问，他问小小：你怎么看？

我觉得您刚才已经隐喻出艾莲要问的问题了，就是说逃避现实的最好办法就是旅游。古人官场失意，就寄情山水，这是有充分佐证的，如果你不想遁入空门，那么除了融入山水之间，你别无选择。冯小小回答说。

小小说得好！苏振欧赞赏的目光在冯小小脸上停留了片刻，又转向了艾莲，无论古今，要想改善自己的心情，最好去旅游，旅游是永远的时尚。

一直没有说话的老乔叹了口气，道：古人有世外桃源可去，今天哪里有一块净土哟?

对老乔的感慨众人都有同感。艾莲点点头道:就说眼前这个开幕式吧,主办者把它设在门外就好了。本来是个幽静的公园,一下子成了个大戏园子。

冯小小说:赏樱需要心静,因为赏樱不是看花灯。

由樱花去体味人生,这才是赏樱的真谛。晴子也不甘落后。

苏振欧开玩笑说:你们再讲下去,我的牙可就要酸倒了。于是众人都笑了,都为自己这种无所谓的深沉而感到可笑。

几个人说说笑笑着来到松林边的一条石凳上坐下,坐在这里,尽管看不到公园的全景,但舞台上的表演能尽收眼底。老乔说:就在这里歇歇吧,这里也算是居高临下了。

大家都在石凳上坐下来,唯晴子举着个相机到处照个不停。显然她对到这里来静坐持保留意见,她希望融入那熙熙攘攘的人流中去,在那里,她可以获得更多的信息。

不时有三三两两的游人从他们面前走过去,沿着他们面前这条不算宽的山路,可以直达山顶。山顶那座子弹形的铜制纪念塔对游人还是很有吸引力的。

公园腹地的舞台上,日本民间舞蹈已经谢幕,登台的是一支农民太平鼓队。只见一百条陕北农民装束的汉子,一跺脚,一振臂,随着"嗨"的一声,"咚、咚、咚咚咚",鼓节贯耳,满公园都在颤抖。鼓手们的动作很夸张,很像草原上摔跤手的动作,做鹰状展臂,做马步腾跃,一招一式都那么拙而不笨。

苏振欧正在出神地欣赏这仿佛从远古传下来的动作,突然,一声胶东味儿很浓的叫喊把他吓了一跳。

苏振欧!

定睛一看,一个黑黑瘦瘦的男子正在路上望着自己。这面孔好熟,可一时又想不起在哪儿见过。

刘欣？苏振欧终于想起来了,站起来迎上去,你是刘欣？你怎么跑到这里来了？

刘欣是苏振欧的高中同学,没考上大学,苏振欧一直以为他在家务农,没想到却在这里遇上了。

我在这边工作哩。刘欣冲过来,双手握住苏振欧的手说,你不是在北京做大学问吗？怎么也来这旅游？

苏振欧点点头道:我是来旅游的,我还带了几个学生,边旅游边做个课题。

刘欣很热情,脸上显出一种当地人的神采。他拉着苏振欧的手说:今天巧了,我在自己家开的饭店请客,又正好遇见了你,就请你作陪吧。

我不能去,我还有事情。苏振欧推辞说,不过找个时间我们好好谈谈,这十多年你都干了些什么大买卖,连自己的饭店都有了!

都是些小打小闹,没大钱可赚。饭店嘛,是老婆开的。我娶了个当老板的媳妇,所以自己就有了饭店。

真是捷径。苏振欧心想,别看刘欣学习不好,发家致富还真有一套。

不过我今天就不去了,你请客,我去不是喧宾夺主吗？改日我到你府上拜访,反正在这里我要住上十几天。苏振欧还是不情愿跟刘欣走。

刘欣一双小眼睛转了转,道:都是山东老乡,什么喧宾夺主？你就别推辞了,我家即饭店,饭店即我家,你以为我除了饭店还会再有个家吗？

见刘欣如此有诚意,苏振欧把目光投向老乔和三个学生,道:这是我中学同学,没想到在这里遇上了。

59

老乔很是善解人意,说:他乡遇故知,这是人生一大幸事。你就随他去吧,她们三个就交给我了,我保证她们不出任何问题。

三个女生也都赞成苏振欧去会会老乡,在这样的季节、这样的环境,能与老同学相见,实在难得,不去聚聚有些不太近人情。

苏振欧只好随刘欣走了。

路上,刘欣向苏振欧简单介绍了自己的经历。

高考落榜后,因家里穷,不能复读,刘欣便南下广州打工。他在广州干了两年,对那里的水土无法适应,又辗转来到大连。先后当过建筑工地的小工,干过街头小贩,还在广告公司搞了一段时间推销。现在稳定下来了,承包一家军人服务社,又结了婚,娶了个很能干的媳妇。能过上这样的日子,他自己也没想到,当初从山东老家出来,就是漫无目的地瞎闯。

苏振欧对刘欣的谋生能力暗暗佩服,眼前的刘欣已不是在学校时那个畏缩的乡下孩子,十几年闯荡南北使他长了不少见识,起码那目光不再躲闪人了,其中有了许多自信。苏振欧不禁慨叹,人的精神其实是由物质来做基础的,没有一定的物质基础,很难有一个好的精神状态。这一点从刘欣身上得到了很好的印证,有了一点钱的刘欣,变得多么豪爽大方。

说说你吧,振欧,你可是咱班的状元。刘欣对苏振欧充满了羡慕,苏振欧在家乡可是一块响当当的牌子。在他们那个县,能进京上学的同学,其照片都保留在那所重点中学的校史室里,他们是新生的榜样。

我的"三部曲"很简单,就是上大学、读研究生、毕业留校任教,不像你,充满了传奇色彩。

你的夫人做什么工作?

夫人?我还没成家,哪里来的夫人?苏振欧耸耸肩,道,你刘欣是财"色"双收,可我还是一介穷书生。

我怎么敢和你比?你是有层次的人,我只是草民而已。刘欣很清楚自己的社会地位,说,你是劳心者,我是劳力者,劳心者治人,劳力者治于人。

你还很好学习嘛,还能引经据典。苏振欧若有所思地说,其实,在学校你是个很刻苦、很用功的学生,从来不浪费时间,看来这种精神你并没有丢,否则你也不会有今天。

我是有一种精神,这种精神就是不甘心当个农民。我好歹念了十几年书,再回乡当个农民我抬不起头来。就是这样一种想法支撑我不辞辛苦地干下去,一直到今天。

他们搭乘一辆的士,在风景如画的太阳沟穿过几条弥漫着花香的大街,来到一个门面不太张扬,却有些新意的饭店前。说有新意,是饭店的门脸充满了农家色彩,饭店的外墙用一种类似桦树皮的材料装成,木本色的门窗边挂了几串白色的大蒜和红色的辣椒,给人一种乡土气息。

你这样装修饭店,是在纪念你的过去吗?苏振欧饶有兴趣地问。

哪里,哪里,城里人喜欢这样我就这样装修,除此之外没有什么深奥的道理。

走进饭店,果然有一种温馨之感。店内的所谓大厅里只放了四张木本色的餐桌,桌面上没铺台布,越发有一种难得的自然,每一张桌子都配了六把木本色的椅子,看上去很干净。令苏振欧称道的是,每张桌子上都放了一只盛满清水的玻璃杯,杯中插着几枝折来的樱花。有了这一点装饰,店内便多了几分幽静和情趣,使小店有了些品位。店内还有两个单间,布置得也都很干净,所不同的是单间里的桌子要大些,且多了一层白色的台布,服务员已经摆好了台,每只杯子里都放着一方叠好的红色的餐巾,使单间里的色彩显得活跃一些。

在单间里坐下,刘欣叫来了他的夫人,一个看上去很大方的姑娘。姑娘话不多,只是微微地笑。听完刘欣的介绍,姑娘说:我家刘欣总是说起你,说他的一个同学在北京做大学问,没想到今天就见面了。

刘欣在一旁说:我这同学可是县里的状元哩!

苏振欧不好意思地摇摇头,问刘欣:弟妹叫什么名字?

她叫石琳,比云南那个石林多了个"王"字。听名字挺厉害的,其实人比棉花还软,是个热心肠。她要不是热心肠,也就不会找我这样一个没有户口的丈夫了。

石琳依然微微地笑。

刘欣讲起来却滔滔不绝:我刚来旅顺时单身一个,常到她的小店来吃面条。来的次数多了,就和石琳熟了。当时我在一家部队医院烧锅炉,挺苦的,我每次来吃面条,石琳总是给我煮满满一大碗,还免费赠一碟辣椒酱。那酱是用瘦肉炒的,比阿香婆好吃,可惜现在她不做这种酱了。

石琳不再听下去,到厨房里忙去了。望着石琳的背影,苏振欧表扬刘欣:你现在真了不起了,有两处买卖、一个好媳妇。

也没什么了不起,两个买卖都挣不了大钱。军人服务社是承包的,饭店门面也不大。我最上心的还是石琳,她是天底下最好的人了。刘欣很动情,苏振欧看得出来,刘欣是以自己的夫人为骄傲。平心而论,其貌不扬的刘欣能找这样一位善解人意的媳妇,也真是他的造化了。

对了,你请的客人呢?怎么还没到? 苏振欧问。

约的时间是十二点。刘欣看看表,还有半个钟头嘛。刘欣为苏振欧倒了一杯茶,忽然问:哎,振欧,你和咱们同学还有联系吗?

基本上没有了,只是回家看望父母时见过几个。

噢。刘欣又问,你这么大的年龄了还单身,不是在等什么人吧?

苏振欧笑了笑,说:是在等,在等理想中的爱人,可这个爱人在哪里,我也不知道。

大学里啥模样的人没有?你不找肯定有原因,我猜你是忘不了一个人。作为苏振欧的同学,刘欣多少知道点他和小婷的事,虽然那是中学时代,学习任务又紧,没有人愿意去关心这样的事情,但苏振欧和小婷不同,他们是班级里的名人,同学们的议论也就多一点。

你是指小婷吧。苏振欧叹了口气,很是伤感地说,我俩十年没见面了,我想她会恨我的。

恨你干什么呢?你又没当陈世美。刘欣问,你们两个好好的,怎么就分手了呢?同学们都说你进了北京,嫌弃小婷了。

这事一句两句说不清楚,同学们都忘了,但我不会忘,小婷也不会忘。对了,你在这里工作见没见过小婷?苏振欧问。

正在这时,响起了轻轻的敲门声。刘欣起身打开门,对着门外说:小婷,你看谁来了。

苏振欧目瞪口呆。

门外进来一个英姿飒爽的女军官,藏蓝色的海军制服,雪白的军官帽,配上金光闪闪的少校军衔,这难道是小婷?苏振欧忘了问候,他的大脑一片空白,这太突然了,他怎么也没有想到会在这里遇见小婷。

小婷要比中学时更加楚楚动人,玉瓷一样的皮肤泛出油脂一样的润泽,无可挑剔的线条把一个女军官勾勒得形神兼备、端庄

63

自然。

小婷也没有想到会在这里见到苏振欧。她站在那里,一只手扶了扶晶莹透亮的眼镜,然后,轻轻地摘下军帽,并训练有素地把军帽端在臂弯里。在进行这些动作的同时,她的目光一直没有离开苏振欧的脸。

你们两个怎么都不说话?刘欣在一旁说,怎么都成了陌生人?

苏振欧这才恍然大悟,他急忙站起身,向小婷伸过手去:你好,你真的是小婷?

小婷没有去握那只手,而是把臂弯中的军帽递过去,嘴中却说:苏——振——欧,你是从天下掉下来的?

苏振欧把手中的军帽挂起来,正要说什么,石琳已经开始上菜了。刘欣请两人入座,又把石琳也叫来坐下,四个人,八个菜,一红一白两瓶酒,房间里的气氛顿时活跃起来。

石琳给每个人都斟满一杯白酒,刘欣却把小婷面前的白酒杯拿到了苏振欧面前,说:小婷不能喝白酒,就让振欧代劳吧,我给小婷倒红酒。刘欣用高脚杯给小婷倒了大半杯红酒,开始了他的主持词。

今天的宴会意义非同寻常。刘欣卖了个关子,又说,小婷出差到南方,昨晚才回来,今天这是接风洗尘。

看来那天医院里的小战士没有骗他,小婷确实是出差了。苏振欧心想。

刚才在二〇三公园又巧遇了苏振欧,这实在是难得。我们三个海那边的同学能在海这边相逢,这样的事,人生能有几回呢?所以,我提议,为了我们的相逢,也为同窗情、朋友情,干杯!

苏振欧没有想到刘欣有这样的口才,看来,刘欣这几年在社会上闯荡,的确长进不少。他站起来,把一杯酒擎向小婷,说:为了重逢,干杯!

小婷也站起来,把一杯红酒托在手中,对着坐在那里的石琳道:更为了石琳妹妹精心准备的这桌饭菜,干杯!

苏振欧心里一阵发热,没想到十年过去了,小婷还是那么善解人意,她看出了石琳有些受冷落,便很自然地替刘欣补上了这个漏洞。

刘欣、苏振欧、石琳都一饮而尽,小婷轻轻呷了一口,说:对不起,我酒量一般。

刘欣说:白酒干杯,红酒随意。

苏振欧和石琳都没有说什么,任刘欣把眼前的酒又一次斟满。

一杯酒下肚,刘欣的情绪便有些激动。他对苏振欧道:振欧,你不知道,小婷对我可是有再造之恩呀。我刚来旅顺时,没寻着什么出路,一天到晚地在劳务市场闲逛。有一天,小婷上市场买东西遇见了我,见我落得个难民的样子,小婷眼圈都红了。她介绍我到她们医院烧锅炉,我这才有了落脚之地。要不,我只能是个在街头干零活的打工仔,到哪里去找石琳这样的好媳妇?

小婷笑了笑说:同学嘛,哪能不尽点微薄之力?

小婷,你的心太好了,我没见过比你还善良的人了,你这样的人谁要是对不起你,那就……

刘欣大概觉出此话不妥,看了一眼苏振欧,道:振欧,你说呢?

苏振欧脸上有些发热,他一时也不知说什么,便岔开刘欣的话题,对小婷道:这么多年,你都在忙些什么,小婷?

小婷把目光缓缓地投向窗外,窗外除了一堵断墙外,什么风景也没有,但小婷还是很出神地看着,仿佛那断墙里藏着一行行文字。小婷的目光收回来时,脸上溢出一种很超脱的笑:我还能忙什么? 上军校,工作,谈恋爱,结婚。

苏振欧的头当时就大了,他的鼻子有些酸,低头望着酒杯中的酒,两眼有些辣乎乎的感觉。他曾做过多次猜测,但他始终不敢想象小婷已经罗敷有主的现实,现在,面对现实,苏振欧没有任何思想准备。

刘欣又在劝酒,苏振欧没有犹豫,端起杯就干了。

小婷却还是抿了抿,那杯很好看的红酒在她的手心轻轻地托着,反衬出海军制服的深沉。

刘欣问了一些小婷这次南方之行的见闻,小婷一一道来。刘欣听得认真,苏振欧却什么也没听进去,他的耳边一直响着小婷刚才说过的话:谈恋爱,结婚。

又喝了几杯酒,刘欣把话题转到了苏振欧头上:振欧,讲讲你的故事好不好? 让我们也开开眼界。

苏振欧正在想着小婷刚才的话,刘欣这一问,他便向小婷摊开双手,道:我能有什么故事? 除了读书就是教书,既没谈恋爱也没结婚,出差这都是第一次,你说能有什么故事?

小婷的脸腾地红起来,像她手中的红酒。她接话说:故事的内容是多方面的,不一定非是恋爱结婚。其实,就是恋爱结婚,也不一定就有故事。

刘欣说:对对对,你在首都工作,首都的人都能侃,你就给咱侃侃吧。

苏振欧想了想,说:好吧,我给你们讲一个发生在我们学校的故事。

现在大学里贫困生的数量不在少数,这些贫困生的求学生涯都非常艰辛。有一个来自鲁西部沂蒙老区的学生,叫大鹏,在中学时,他和同班的女同学媛媛相爱了。大鹏和媛媛的学习都很好,媛媛的家境比大鹏的好,因为媛媛的爸爸是镇里的党委书记,而大鹏

66

的父母祖祖辈辈都是农民。两人暗暗地约好,要考同一所大学,同一个专业,将来好在一起生活。

高考录取通知书来了,大鹏考上了大学,而媛媛却名落孙山。大鹏去找媛媛,媛媛死活不肯和大鹏见面。在进北京上学的头一天,媛媛的爸爸把大鹏找到了自己的办公室,说媛媛不可能和他相处下去,因为两个人的差异太大了,希望大鹏不要再找媛媛。大鹏进了大学,第一个寒假放假时,大鹏找到媛媛,媛媛说:我将是个纯粹的农民了,你不要再找我了。第二年暑假,大鹏又去找媛媛,这时媛媛已经自己办了一个种植蔬菜的农场。在一片葱绿的西红柿田里,他们相见了。媛媛说:好男儿志在四方,你已经进了北京读书,就应该读出个样儿来,为咱沂蒙山人争光。她又指了指脚下的柿子田说,你知道我种的是什么品种吗?这种柿子即使熟透了也是青色的,外人看不出来,老百姓叫它“贼不偷”。回到学校后,大鹏像变了一个人,他专心苦学,往后所有的寒暑假都没有回家,在毕业时,他终于考取了公费出国留学的名额。当他带着这一喜讯返回沂蒙山时,媛媛已经嫁人了。失望至极的大鹏欲哭无泪,他来到了当年那片葱绿的柿子田。奇怪的是,这里还是一片葱绿的柿子,每一棵柿子秧上都果实累累,但没有一枚柿子是红色的或黄色的,都是一色的青柿子。地的那一边,穿一件红色衬衣的媛媛正走过来。在绿色的田野间,这一抹鲜艳的红色令大鹏百感交集,他不能埋怨媛媛,他毕竟整整三年没有和媛媛通过一封信,因为他的心中有着媛媛一句形象的承诺——她所种植的是“贼不偷”,所以他相信这新品种的西红柿是永远留给他的,只要他为沂蒙山人争光。媛媛走到离他只有两步远的地方停下了,手中握着一个毛茸茸的青柿子。大鹏,你还是回北京吧,到大地方去闯荡世界,我们的关系,只能是一枚永远熟不透的青柿子。媛媛说完,把手中的柿子咬了一口,眼里盈满了泪水。那柿子一定很涩很涩,但媛媛还是把口中的柿子咽了下去。大鹏出国留学了,再也没有回来。去年,在京城一家杂志上,他发表了一篇小说,名字就叫《青柿子》,小说写得很感人,许多学生都是含泪读完的。

苏振欧讲到这儿,小婷的眼睛已经有些发红,她自言自语:媛媛的牺牲是值得的。

刘欣问:那个媛媛找了个什么样的丈夫? 她生活得怎么样?

媛媛找了个什么样的丈夫没有人知道,但她的农场办得很出色。据来自大鹏家乡的学生说,媛媛已经成了当地有名的种植大户,她的农场聘请了许多大学生当技术员。她从另一座桥上走进了理想的乐园,这也就是人们常说的,殊途同归。

小婷端起酒杯,对苏振欧说:感谢你讲了这么动人的故事,我敬你一杯。

苏振欧站起来,把自己杯中的酒斟满,道:我们互敬吧。

两人一饮而尽。

刘欣喝得有一点高,他看着两人把杯中的酒干完,突然皱着眉头问:振欧、小婷,我有一件事一直弄不明白,不知该问不该问?

苏振欧意识到了刘欣要问什么,便给他使眼色,意思是让他不要问尴尬的事情。谁知刘欣的目光一直在小婷身上,他的眼色无法传递过去。

小婷倒是一副无所谓的样子,她说:都是老同学,有什么该问不该问的? 有话你就说嘛。

我想知道,高中时你们俩处得好好的,怎么后来就分手了呢?

苏振欧暗暗叫苦,这个刘欣,真是哪壶不开提哪壶,这让自己怎么回答呢?

小婷没有想到刘欣会提出这个问题,她不自然地笑了笑,对刘欣说:你听谁说我们在高中时处得很好? 我们就是一般的同学,这一点,振欧是最清楚的。你说呢,振欧?

苏振欧未置可否,他一时不知所措,竟端杯慢慢呷了一口酒,算是摆脱了一时的窘迫。

刘欣却不依不饶:算了吧,什么一般的同学。你们俩的事连咱们的班主任崔老师都知道,更何况班里的同学了。当时,同学们都羡慕你俩。要知道,我们住在寝室的农村男同学都这样说,比学习要赶振欧,说媳妇要追小婷。你们想想,这不成了现在的追星族了?

小婷的脸越发红了。

苏振欧却听出了刘欣话中的一个细节,他忙问:你说崔老师知道,这是怎么回事?

刘欣说:反正这事儿过去十多年了,现在可以解密了。我告诉你,崔老师曾和我们几个同学说过,说振欧和小婷有早恋的迹象,要阻止他们继续发展下去,否则会毁了两个人的前程。崔老师还让我们几个同学随时向他汇报你们俩的行踪,可是我发誓,我们谁也没有打过你俩的小报告。

小婷在一边道:你就是打小报告,又能说什么呢? 我们也没做什么呀。

你可不能这么说。刘欣的小眼睛光芒四射,他说,你们树大招风,同学中的议论还会少吗? 再说振欧对你一往情深,这在男生中已不是秘密,振欧直到现在还是独身,可见他对你是涛声依旧。

刘欣! 苏振欧简直无地自容了,他不敢看小婷一眼,但他已猜到了小婷此时的表情,那表情是用语言无法表达的。为了摆脱这一时的窘境,苏振欧抄起酒瓶冲刘欣摇了摇,说:刘欣,你再胡言乱语,我要罚酒啦!

我是说实话,又没说醉话,罚酒不公平。

石琳根本不知道这三个同学还有如此微妙的关系,同学之间话说得这样深。她感到自己不再适合在桌边坐着,便借口加菜出去了。刘欣也识趣地跟了出去。

单间里安静了片刻,但话题没有变化,谁也没想转换话题,回首一件大家共同拥有的往事是一种最好的享受。

小婷端着一杯红酒,目光有些蒙眬,她看着苏振欧那双躲躲闪闪的眼睛问:你现在还是独身?

苏振欧点点头。

在北京做单身贵族是不是很时髦?

苏振欧摇摇头,道:我不是独身主义者,可也不是个随遇而安的人。

我随遇而安吗?小婷问。

我说不好,我十年不知道你的消息了。

你应该是个成功者,你有着超人的毅力,为了事业上的成就,你连家庭都不屑一顾。小婷直视着苏振欧,苏振欧的变化是她意料之中的。十年光阴,苏振欧更加成熟了,脸上多了些成年人的持重,眉宇间增加了一些责任感或者是忧郁感之类的东西,正是这种无形的东西,使他的面部变得深邃,变得充满韵味。

我不是个成功者。苏振欧说,我也没有超人的毅力,相反,我太脆弱了,脆弱得不敢去耕一耕心中的自留地,只能任其荒芜,不见收获。苏振欧有些激动,他大胆地迎住小婷的目光,想看出此时此刻的小婷,心中究竟在想什么。

那么,你为什么不选择一个生活上的伴侣呢?小婷并没有躲避苏振欧的目光,对视中,她不是一个心虚者。

这样的事是要靠缘分的。苏振欧把头放低了一些,他说,并不是我不想选择,而是我一直没有遇到一个合适的人。你可能不知道,我的心目中有一个形象的定格,我喜欢把自己遇到的异性同这个形象做比较,结果没有一个人能与这一形象吻合,所以,我就一直在等,等待一个奇迹的发生。不过,我知道这个奇迹出现的概率很小,小得十分渺茫,但我还是要等下去。我曾写过一篇散文,叫《我因希望而活着》。这篇文章发表后,很多人说我是柏拉图再世,我并不反对,柏拉图是值得称道的,在这位老人的世界里,精神往往比肉体更重要。

作为同学,我们太缺乏交流。小婷说。

我也在这么想,苏振欧道,难道写一封回信比登天还难吗?

你在指责我?

我有什么权利指责你?我只是觉得你不是一个不写回信的女同学。苏振欧顿了顿,道,你不写,肯定有不写的原因。

小婷摇了摇头,双手捧住那杯红酒,喃喃地说:我一共收到你四封信,都是你进入大学的第一个学期写的。那个时候,我正为自己没有进入大学而苦恼,我在伤心中复读,又因复读而伤心,但你的信还是给了我重新一搏的勇气,所以,我非常感谢你的珍贵的四封信。

四封信?苏振欧心头一震,我才写了四封信?他有些记不清了,他觉得自己写了许多信,每一封信都很长,十年来他一直这么想。

你上大学的第一年,我不给你回信,是因为我在复读;等我上了大学,想给你回信,你却再也不来信了。就这样,我们失去了交流的机会,当然,这责任都在我。

听小婷这么一说,苏振欧顿时百感交集,他一句话也说不出来,可又好像有许多话要说,后悔、委屈、遗憾,说不清的情愫,在摇动他的理智的门闩,他几乎要崩溃了。从小婷的话中他听明白了,小婷一直在等他的第五封信,这种等待,是女人的一种自尊,他本应该读懂的,却误解了小婷。这误解的代价是多么大呀,一对曾经相互倾心的男女,如今却天各一方!

苏振欧颇为伤感地说:我们都为自尊付出了代价,这样的结论,你认可吗?

小婷点了点头,目光融进那杯酒里。

假如你能尽早给我写一封回信,假如我能坚持写下去,假如你依然名花无主……苏振欧似乎觉得再假如下去不合适,便打住了口中一系列的假如,道,那样,会是一种什么色彩的结局呢? 我们会不会合唱那首《十五的月亮》呢?

小婷也在一种纷乱的思绪中无所适从,苏振欧这种孩子式的构想,一下子击中了她思想的重心。她感到自己仿佛要随着那熟悉的《十五的月亮》的旋律摇动起来,一轮皎洁的明月正映衬着她和苏振欧的剪影,这是多少次梦中出现的情景啊! 一滴清泪轻轻地滑落下来,落进双手紧捧的酒杯里,杯中的酒太稠了,竟不见一丝涟漪。小婷很无奈地笑了笑,向苏振欧举起杯说:来,我们喝一杯!

苏振欧也端起杯:好,我们喝一杯!

这时,刘欣推门进来,把一盘鲜红的草莓摆上餐桌,道:我主动陪一杯。

三个人一饮而尽。

小婷先告辞了,她没有向振欧发出邀请,只是留了家中的电话。

难道公务就这么繁忙吗? 苏振欧把小婷的军帽递过去,有些依依不舍地问。

不是公务,是家务。小婷把军帽端在胸前,轻轻地拢了拢耳边的头发,对刘欣说,这事该怪你,给我女儿找了个非常严格的钢琴老师,差一分钟都会挨批评。

小婷的宝贝女儿在学琴,那个老师谁的面子也不给,把学生的家长也当成学生来教训。不过严师出高徒,人家培养的学生拿了不少大奖。刘欣解释道。

苏振欧万万没有想到小婷的女儿已经这般大了,能学琴,肯定在四岁以上。看来,自己还在大学里单相思的时候,小婷已经进入哺乳期了。苏振欧感到自己的脸有些烧,小婷的不冷不热使他有一种莫名的冲动。我真的就是个失败者吗?他这样问自己,我会比小婷的丈夫差吗?

小婷走了。刘欣有些醉,他扯着苏振欧非要再喝。苏振欧也不推辞,对刘欣倒上的酒端杯就干。石琳大开眼界,她夸赞道:苏老师真豪爽,喝酒有点军人的气概。

苏振欧道:这叫秀才喝酒不惧兵!

刘欣显然喝多了,对石琳说:你以为振欧是谁呀!振欧是我们县的骄傲,是状元,方方面面都是状元!

苏振欧目光有些迷离,他对刘欣说:同学聚一次不容易,我们唱唱歌吧。

对对,不要光喝酒,我们唱唱卡拉 OK。

苏振欧的提议得到了石琳的拥护,她很麻利地打开音响,把歌单递给苏振欧说:苏老师选一首什么歌?

《心雨》。苏振欧不假思索地说。

《心雨》需要两个人唱,你换一首吧。石琳为难道,要是我会唱就好了,可我实在不会唱这首歌。

苏振欧又点了一首《同桌的你》。

当音乐响起来时,苏振欧手持话筒却唱不出,三个人都静静地随着音乐,无声地读着屏幕上打出的歌词。

听完了这首《同桌的你》,苏振欧又点了一首《樱花》,他还是没有唱,依然随着音乐读那屏幕上的歌词。旋律结束后,石琳笑着说:苏老师为什么不唱?

苏振欧回答说:我在唱,不过没有唱出声来。

刘欣酒力不支,言语有些不清,他含含糊糊地道:振欧,你唱《同桌的你》,我知道你在想小婷,对吧?

苏振欧没有说什么,他想刘欣的感觉是正确的,他的确在唱一首爱情的挽歌,一个长达十年的梦终于醒了,一切都不可挽回了。他后悔自己的这次樱花之旅,如果没有这次旅行,小婷这根记忆中的精神支柱也许会支撑他一辈子。但现在这一切都结束了,他没有想到会这样见到小婷,也没有想到小婷对自己的反应会那么冷漠,更没有想到本该属于自己的小婷已为人妇,已成人母。这一切本来早就应料到的,但他一直不敢正视,不能相信。在感情这个问题上,他有点相信宿命,他曾对同事讲过:是自己的,走多远都会回来;不是自己的,靠得再近,最终还会分开。

刘欣见苏振欧不回答,便拍了拍苏振欧的肩膀说:振欧,我给你讲讲小婷吧,你听不听?

苏振欧摇摇头道:你要讲,等小婷回来再讲,不要背后讲。

你不想听? 刘欣眯着眼问。

小婷的每一个故事,都是我心灵创伤上的一把盐,我为什么还要自讨苦吃?

刘欣彻底醉了,他伏在酒桌上睡了,半醉半醒中说的最后一句话是:你不要放弃,振欧,可惜了……

苏振欧向石琳告辞,在离酒店不远的马路上,他正要伸手拦车,一辆红色的士忽然停在了他身旁。苏振欧摇摇晃晃地打开车门,仰坐在后座上,对司机说:去黄金山酒店。

苏振欧没有认出眼前的司机就是那位曾陪着他奔波了半夜的女司机,当女司机回头和他说话时,他已经睡着了。

女司机摇摇头,关掉了车内的音响,放慢了车速,向黄金山酒店徐徐驶去。

E

老乔是樱花楼的常客。

因为年终有镇长埋单,老乔的消费很自如。但老乔从不乱请客,他接待的客人大都是来旅顺的中外游客,当然,有相当一部分是镇长的来客。

樱花楼是老乔的创意,从策划到实施,老乔像对自己家的事一样不辞辛苦地操劳,他不仅题写了店名,连菜单的敲定、室内的装修以及厨师的选择都亲自过问。一定要高品位!老乔这样要求,要中西合璧,独具特色。樱花楼按老乔的意愿建成了,果然不同凡响,来此就餐的中外游客不绝如缕,连政界、商界的显赫人物也经常光顾。

老乔所做的这一切,并不能减轻他内心的愧疚,他感到自己永远欠吴可的。

老乔和吴可相识是在他当镇文化站站长的时候。那时老乔风流倜傥,多才多艺,是远近闻名的才子,吴可那时上小学,美术天赋出类拔萃。吴可的父亲吴庆云在镇里工作,为了能使女儿成才,便让吴可跟老乔学习书画。

吴可是老乔平生唯一的学生,他之所以收下这个学生,是因为小吴可实在灵气可爱。教了几天,老乔就有一种预感,觉得这孩子将来必成大器。小吴可一点即通,书法绘画学得有滋有味,简直不像个充满稚气的孩子。渐渐地,老乔把吴可当成自己的女儿一样看待,他觉得这孩子就像自己的翻版,既然自己因生在那个贫穷的时代,上学时又赶上"文革"动乱,无缘读大学,那么教出一个有出息的学生,也算自己的理想有了新的延续。

小吴可跟老乔学书法绘画一直到初中毕业,在父亲吴庆云的阻止下,这种课外学习画上了句号。

吴庆云之所以中断女儿的课外学习,原因主要有三:一是老乔因组织那支奇特的秧歌队犯了错误,被撤掉了文化站站长职务,其身份已经不再适合教育女儿;二是美术专业在社会上越来越不受欢迎,不像金融外贸那样吃香,与其让女儿考美院,毕业后在社会上不冷不热,还不如早点改弦易辙,考个在社会上吃香的学校;三是女儿已经进入了青春期,日渐出落得花一样可人,而老乔这个怪人,那么大年龄了,也不找个对象,就那么独往独来,让女儿继续跟着这样一个单身男人学下去,难保不出事。思来想去,吴庆云还是下决心,中断了女儿的美术学业。

令吴庆云始料未及的是,女儿在高中毕业时还是报考了美院,并顺利地被美院录取。

大学录取通知书下来后,老乔赶来道喜,一进门他就朝吴庆云拱手,说:庆云老兄有眼力呀,教女有方,教女有方!

吴庆云尽管心里不太痛快,但女儿毕竟还是考上了大学,这比落榜回乡体面得多,事到如今,这能怪谁呢?谁让自己当初让女儿跟老乔学画了呢?这真是种瓜得瓜,种豆得豆。

此时的老乔已经停薪留职,干起了个体美术社,钱虽然赚不了几个,但剩了个自在身子,他也就越发逍遥起来。对此,吴庆云很是看不上,他曾对女儿说过,老乔枉有一身绝技,可惜没走上正道。女儿却问他:什么才算正道呢?吴庆云这才感到老乔对女儿的影响之深,便庆幸自己当初的果断,要是女儿再跟老乔学上三年,说不准会有个什么结果。

老乔在告辞时喜气洋洋地和吴可开了个玩笑,他说:你要是大学毕业找不到工作的话,就来我的美术社当经理。没等吴可回答,一旁的吴庆云笑了,他摇摇头说:孩子上了大学就是国家的人了,到哪里去由国家分配,你老乔的美术社是个国家单位吗?简直异想天开。

老乔认真地道:搞画的人,只要有个画室就行了,分什么国营个体。

吴庆云对美术专业毕业生的预测还是很准的,尽管女儿学业优秀,但四年后,她还是被分配回家乡做了一名美术教师。女儿对回乡当教师兴趣很高,吴庆云却像矮了人家三分一样牢骚满腹。悔不当初啊,他对同事们说,早知如此,还不如报考个师范,现在可好,拿着美院的文凭,却在学校哄小孩子。

老乔对此却能看得开,他对吴可说:现代的大画家不少都是教师出身,当教师对搞画有益,因为孩子们没有什么尘杂,你每天看着他们的眼睛,你的心境就会得到一种净化。这比把你分配到一个人际关系复杂的大单位要好得多,因为那些大单位往往人才济济,人一多钩心斗角,文人相轻的烦恼也就来了。

吴可很赞同老乔的分析,她说:本来我也可能去那些大城市,但我心里更喜欢这座生我养我教我的小城,我觉得这里是世界上最美丽的地方,所以我就下决心回来了。另外,我还有个小小的野心,那就是到某一个美术社当经理。

老乔不好意思地笑了笑,道:我的美术社就剩下牌子了,我不是搞经营的料,只能小打小闹搞点装潢设计。

有块牌子就比白手起家强,只要没有外债就行。吴可说。

吴可到学校报到的第三天,就正式接手了老乔的美术社,成了所在学校第一个有兼职的老师。因为美术不是主课,学校领导也就见怪不怪,只是要求她要保证学校的正常工作。吴可说搞画的人没有个画室不行,在学校的办公室里连张画纸都摊不开,没法作画,她这么做不是想赚多少钱,主要想提高自己的技艺。事实上这画室也的确为吴可提供了一块可耕耘的田地,她在此创作的国画《小城之秋》、油画《堡垒上的鸽子》,都在全国性美术作品展览中获得银奖。她赴京领奖时,很多她称为前辈的同行都称她吴老师,这倒使她感到羞赧。因为在美院上学时,她曾临摹过这些名人的作品,那时在她这个学子的眼里,这些大师是多么高不可攀呀,可今天,自己竟能与他们同台领奖,这使她多少有些局促。领过奖后,她在宾馆见到了自己在大学时的系主任,这位满头白发的画家很有力地握了握她的手道:夫夷以近,则游者众,险以远,则至者少。你的选择是聪明而又实际的。

为了庆祝吴可获奖,老乔在城内一家很有名的酒店办了两桌酒席,邀请了城内的各界名流来庆贺这小城此前从没有过的荣誉。正是在这次宴会上,老乔无意中把一个男青年介绍给了吴可,而这个青年则给老乔和吴可带来了一场说不清的烦恼。

男青年叫韦君,是一个经营工艺品的老板,人长得很清瘦,满眼睛都是精神,机灵异常。与众多的恭维者形成对比的是,韦君显得很斯文,有些落落寡欢,但一双眼睛格外有神。吴可的感觉是韦君一直是在用眼睛说话,他的目光很复杂,似乎带着电流,哪怕不经意地一望,也能使人感到这目光的存在。

老乔在把韦君介绍给吴可时,他的评价很奇特。

这是一个通过艺术赚钱的小伙子。老乔这样说,他的存在使相当一批搞艺术的人过上了好日子。

吴可很好奇,她仔细打量了一下这个很帅气的小伙子。的确,在这个年轻人身上,少了一分铜臭,多了一些书卷,让人很容易接受。

韦君是艺术家通向市场的桥梁。老乔说。

我的公司非常愿意经纪吴老师的作品。韦君很谦虚地递上一张名片。

吴可听出了韦君说话的艺术,他没有说经销或销售,大概是顾忌到她一个女孩子的面子,故意用了"经纪"这个词。她看了一眼韦君的名片,名片设计得非常简朴,只有名字和电话,连单位、头衔都没有,这与那些冠满了职务和头衔的名片又形成了一种对比。

第二天,吴可接到了韦君的电话,说是想来看看吴可美术社的作品并谈一谈经纪的事。从见面的那一刻起,吴可就预感到这个韦君一定会和自己联系,但昨天她并没给他留电话,那么韦君是从哪里得到自己的电话呢?肯定是老乔了,吴可想,老乔是不是在促使自己尽快通过这桥梁走向市场呢?

吴可给老乔打了个电话,问:你把韦老板介绍给我,是希望我发财吗?

老乔在电话中嘿嘿笑了,他含糊其词地回答:韦君是个有头脑的小伙子。我相信我不会看走眼。

韦君来到了吴可的美术社。他认真地欣赏着吴可的作品,不赞扬也不批评,只是用那双有神的眼睛认真地看,每一幅画都看得那么专注,仿佛那画面后面还有一幅画,如同孩子在看三维立体画一样。

韦君在一幅名为《古槐》的国画前驻足了很久。这画构图很简单,就是一棵倾斜欲倒的古槐,那树干上增生着一团团黑结,像一束凝固的烟雾,又如一个老人的身躯。这树干明明是遭过雷击,在一场火与雨的劫难中,在一段本已枯干的老枝上,突然又发出了新芽,那新芽笔直地向天空探出,几片树叶像生命的旗帜,在显示着一种顽强的力量。

这不是一个年轻女画家应该画的。韦君摇摇头说。

为什么？吴可不解地问。

因为它太沉重了，它浓缩了整个历史。

吴可点点头，她很佩服韦君的鉴赏力。这幅画是她专门为老乔创作的，她觉得老乔的经历就像这古槐，历尽磨难，生生不息，又无法成材，但它能给人以树荫，给人以启示，给人以沧桑。老乔在看完这幅画后，眼睛里盈满了热泪，许久也说不出一句话来，他读懂了这画的语言，读懂了吴可对自己的评价。

韦君又在一幅名叫《天籁》的油画前品味了许久。这是一幅很抽象的油画，画面上是一片茂密的白桦林，白桦林的边缘是一条平静的小溪。画面上没有一只鹿或一只鸟，给人的感觉却是满画面都是活着的人眼，白桦树树干上那自然形成的一个个人眼形的黑痕，令人不得不与它对视。画面是静的，但你只要注视它一分钟，你就会听到一种来自大森林的回声，像林涛，像水流，更像一种无伴奏合唱，这就是吴可所命名的天籁！

你是大师级。韦君终于开口夸奖了。

吴可淡淡地笑了笑，问：你是哪一级的评委？

我只代表市场。韦君说。

你是说这样的画能卖出去？吴可歪着头问。她对韦君的谈吐很感兴趣，韦君话不多，却很有内容。

应该是个好价格。韦君很肯定。

你也作画吗？吴可故意换了个话题，她不想再讨论价格的问题，两个人都是有文化的年轻人，可以交流的东西毕竟还有很多。

我不常作画，我主要是搞木雕。当然，画和木雕在创意上都是大同小异，只不过一个是平面，一个是立体罢了。

木雕我不太懂，但我很喜欢根雕艺术，因为在我上小学时，乔老师就给我介绍过根雕艺术。只不过根雕艺术需要一些力气，女孩子搞起来很困难。你想，那么大一块树根，翻来覆去，是需要帮助才能创作的。

有道理。韦君说，我理解的根雕艺术是古代伐木工人发明的，伐木工人在劳动中发现一些根部裸露的树桩可用在家里当桌凳，这便是早期劳动实践中根雕艺术的萌芽。我们现在许多根雕仍然保留了做花架、做茶几的作用就是源于此处。

欣赏过吴可的作品，韦君决定在他的公司门市里为吴可的作品开设一个专柜，每幅画的价格由老乔来定，所有的销售收入都返给吴可的美术社。

就算我对美术事业的一点支持吧。韦君说，心血是有价的，倾注到每一幅作品中的心血，都应该在市场上获得相应的回报。你认为我庸俗吗？

吴可摇摇头：你很现代。

不管艺术家们多么清高，在市场这一关面前，都不得不低下头来，因为现在是市场经济。

吴可反应很快：你是说我在你面前应该低头吗？

韦君的脸一下红了，他急忙解释：我不是这个意思。我想说，一个画家，他的作品进入市场是理所当然的事，包括你这样清高的女画家。

我怎么会清高呢？吴可对韦君对自己有这样的印象感到不解。

一见到你，就有一种拒人千里之外的感觉，因为你毕竟荣获了全国性大奖，已经具备了清高的资本。

你说错了，吴可很认真地说，我想乔老师应该了解我，作画，只是我的业余爱好,如果说获奖,那只是一种感觉上与评委共振的巧合。所以我并不薅着自己的头发来拔高自己,因为无论从哪一方面的造诣来比,我都比乔老师差得很远,连乔老师都没有清高,我又哪里来的清高的资本呢?我可是乔老师的学生呀。

你的清高不仅仅因为你的画,更主要的是你的美丽和气质使异性望而却步。韦君的话转折自然,一下子把吴可的脸说红了。

送韦君走的时候,吴可有一种莫名的依恋,仿佛这个人身上带有磁性,握手时她竟忘了说几句客气话。

韦君是自己驾车来的,车已经发动了,他又摇下车窗说:有时间你能不能为我画一幅画?我是说我的肖像。

可以。吴可说,不过,这需要你亲自创作的一尊根雕作品来交换。吴可故意眨了眨眼说,这可是刚才你教我的市场经济规律。

好,一言为定!韦君驾车走了。吴可站在美术社门口目送他很远,心想,这个韦君恐怕不是本地人吧。

通过老乔,吴可了解到了韦君的一些经历。原来,韦君是从福建来的,一直在南方和北方之间做工艺品和旅游纪念品生意,买卖做得很大,人也很大方,为公益事业捐过不少钱,在城内口碑很好。其他的事情老乔也不太了解,老乔和他相识,是因为韦君经常请他鉴定一些古董文物。

韦君再一次来到吴可的美术社时,带来了一尊名为《飞天》的根雕作品。和吴可一见面,他便双手把这尊磨得油亮亮的根雕献过去,道:为你而作,决不食言。

吴可被这尊《飞天》震撼了,这根雕太奇异了,其造型太像一个长袖善舞飘飘欲仙的女子在反弹琵琶了。韦君在这幅作品中所倾注的心血不得而知,因为作品的每一处细节都无懈可击。谢谢你,送我这么好的艺术精品。吴可激动地说。

韦君扮了个鬼脸道:不是送,而是来交换我的肖像。

这好办,不过需要你坐下来当模特。吴可也扮了个鬼脸说。

我不要素描。韦君捋了捋头发,我要一幅油画,这要求过分吗?

油画需要你坐在那里的时间长,短则几天,长则几周,甚至要一个月。吴可很快整理出一张座椅,又揿亮一只射向座椅的灯,然后指了指座椅说:就坐在这里,不变换姿势,怎么样?

韦君很高兴地答应了。自己这是平生第一次当模特,给一个美丽的女画家当模特是一种享受。你可以目不转睛地看着她,不用遮遮掩掩,目光想传递什么就传递什么,你可以把自己的形象深深地嵌入对方的脑海,有什么能比这样的事更惬意呢?

吴可准备好了一块画布,一块已经撑好的白色画布,在离韦君三米远的地方架好,各种油彩在一张方桌上摆成扇形,一块五颜六色的调色板、一排画笔都准备完毕。

吴可仔细端详了一番坐在前面的韦君,小伙子的脸部的确很有线条,头发蓬松着,侧面看上去竟看不出南方人的凹眼高颧。挺直的鼻子,微微下沉的嘴角,给人一种神职人员的感觉。她的脑海中突然跃出这样一个画名——《向往做牧师的小伙子》,她不知道自己怎么会有这种奇怪的想法,但这想法又这样清晰,这个韦君给人的想象空间太大了。再看下去,吴可发现韦君所穿的休闲西服有些不协调,那带着暗格的深色休闲西服在画中不会有好的效果,与自己的想象也不太协调。那么,换成一件什么样的衣服好呢?风衣,不太适合人物;古式马褂,又有与名画雷同之嫌;白色的衬衣倒是对比鲜明,可太过随便。吴可突发奇想,干吗要穿衣服呢? 一个自然的人体不更有感染力吗?

韦君一直在看着吴可,他弄不懂吴可在痴痴地想什么。他猜测这大概是画家在创作前所必需的酝酿过程,是一种构思,一个打腹稿的过程。

请你把衣服脱掉。吴可说。

什么?韦君有点不相信自己的耳朵。

请把衣服脱掉。吴可重复道。

可我……可我没有思想准备呀。韦君有些结结巴巴,他没想到吴可会提出这样的要求,光着身子给一个年轻的女画家当模特可绝不是一种享受,那简直是一种折磨。

我是画家,你是模特,要准备的是我,你还要准备什么?吴可问。

我是说,我……我至少应该洗个澡,或者换一件内衣,不,应该锻炼一下全身的肌肉。韦君不知道该说什么,他求救一样望了望吴可。吴可的神色很坚定,没有一丝妥协的意思。他知道今天是栽了,自己的小聪明太小儿科了,这才是聪明反被聪明误呢。

在吴可的目光里,韦君别无选择,他只能缓缓地脱去自己的衣服。此时,韦君的感觉是难以用语言形容的,眼前仿佛不止一个吴可,而是有多个吴可在审视自己,他就如同在众人面前脱下裤子一样,那每一束目光都像一束麦芒,在自己的周身扫来扫去。这个吴可,太厉害了,他想,总有一天,我会以其人之道还治其人之身。

没了衣服包装的韦君显得很可怜,瘦瘦的,似乎担不起什么责任。没有胸肌,没有臂肌,小而局促的臀部,缺乏阳光照射的皮肤显得不堪一击。

眼前的韦君是这样的体魄,这令吴可多少有些失望。她在美院时画过几次人体,那些模特大都是体力劳动者或者是健美爱好者,浑身的肌肉是力与美的结合,充分显示了男子汉的阳刚之美。可眼前的韦君就相形见绌了,她不禁为韦君有这么一副弱不禁风的体格而鸣不平。

吴可开始作画了。作画是需要安静的,两人的目光不时碰到一起,但马上就闪开了。吴可看上去很平淡,好像她面对的不是一具活生生的肉体,而是一棵树、一个根雕,一会儿,她屏息观察,一会儿,她又埋头作画。画室内的空气似乎不太流动,加上一些油彩的化学气味儿,使韦君周身感到一种燥热,他的额头、鼻尖都沁出汗珠儿来。在灯光的照射下,那汗珠儿显得异常晶莹,这倒使吴可眼中的韦君多了些亮点。

这一天,吴可仅仅画了个轮廓。

我们下周日接着画。吴可对急急忙忙穿衣服的韦君说。

韦君开车走了。临上车时,他握着吴可的手说:你厉害,一下子就把我击溃了,在你面前,我一辈子都抬不起头来。

吴可摇摇头:你的肖像画一定会昂头挺胸,傲视一切。这样,你在所有的欣赏者眼里都不会是个低头的人,包括我这个作者。只不过从你的眼神里我发现你没有信心。

你以为下个周日我不敢来?

来不来由你,反正根雕作品你已经送给我了。吴可眨了眨那双大而圆的眼睛道,如果你不来,在这场等价交换中你可就赔了,这可是你告诉我的理论。

我会扳回来的,我有信心。

那咱就等着瞧。吴可摆了摆手,下周见。

用了五个周日,韦君终于活灵活现地"长"到了吴可的画布上。画作很细腻,表现手法相当现实。吴可尤攻韦君的那双带有磁性的眼睛,那眼睛在画布上要比实际中多了一层黏性,你不经意地一看,就会把你的注意力一下子粘过去。

吴可把画镶嵌在一个精美的核桃木雕刻成的画框内,画上没有时间,没有署名,只有一个赤条条的面向阳光而坐的男子。聪明的吴可利用光学原理掩盖了韦君的精瘦,使整个画面上的他多了许多阳刚之气。

这样好的艺术品,难道没有名字吗?韦君问。

当然有。吴可说,只不过我不想把名字写在画布上,如果需要,我可以把名字标在画框的背面。

吴可用娟秀的小楷在画框的背面写下了这样一行字:《向往做牧师的小伙子》。

韦君沉默了许久,突然深情地说:我不能自拔了,我需要上帝的拯救。

吴可的心一阵狂跳,目光躲开韦君的脸,投向窗子上那厚实的窗帘。

韦君说:在我的专柜里,你的画我一幅也没有卖,尽管有人出了好价格。我想最需要收藏的还是我,我应该是你所有作品的收藏者。

这和你的市场理论可是相悖的呀。吴可装作惊讶地提出疑问。

你知道,有些东西是不能进入市场的,比如爱情。

吴可没有再说什么,她走到窗前,把那厚实的窗帘一把拉开,明亮的阳光顿时照射进来。吴可说:我的创作完成了,你把它挂在什么地方我就不管了。

你猜我会让更多的人去欣赏它吗?

那是你的权利。吴可眼望着窗外,把一个美丽的背影留给韦君。

韦君又开车走了,吴可望着那辆远去的红色桑塔纳许久,一直到它在视野中消失。

一连隔了几天,吴可没有见到韦君,也没接到他的电话。她想去个电话问问,几次提起电话,又放下了。她不想当个失败者,她想这也许是心理战。

一个星期过去,吴可的嘴角起了个小水疱。她对自己这种浮躁的心态感到自卑。真没有出息,她这样批评自己,韦君有什么好,值得自己嘴角起疱?她忽然想起了白居易的一句诗:商人重利轻别离。韦君不就是个地地道道的商人吗?

不见韦君的第八天,老乔来了。老乔这段时间正在镇里筹办海灯会,人忙得瘦了一圈儿,缺少梳理的头发显得没有章法,就像他飘忽不定的行踪。

你对韦君印象怎么样?老乔张嘴就问,倒弄得吴可摸不着头脑。

这个人还可以,精明,有城府,有经营头脑,在根雕艺术上有一定的造诣。吴可评价道。

这是好的一面,那么不好的印象呢?老乔问。

说不太好,吴可说,我觉得他太工于心计。

老乔哦了一声,道:工于心计不一定是不好,韦君在社会上闯了这么多年,不像你从校门到校门,对人情世故知之甚少。

乔老师,韦君和我有什么关系?我们俩没有可比之处呀。

当然有可比之处啦。老乔很认真地说,韦君托我来向你求婚。

吴可一下子僵在那里。

平心而论,这样的信息是她这几天来一直想获得和盼望的,但她没有想到韦君会搬出老乔来。老乔来谈这么一个话题简直没有商量的余地,因为她对老乔的意见要比对自己父亲的意见还重视,这个培养了自己艺术才华的老师,对她人生中每一步的指点都可以说是仙人指路。她很希望韦君能自己来求婚,因为从韦君那内容丰富的眼神中,她已经猜到了他会有进一步的行动,如果他亲自来,她会有许多幽默的话语来对付他,尽管她没有谈过恋爱,但她希望自己的初恋充满浪漫色彩。

你有什么想法? 老乔问。

吴可没有正面回答,她羞红着脸,眼睛躲闪着老乔的目光,道:都什么时候了,谈恋爱还需要媒妁之言吗?

你是说我来谈这事不应该? 老乔有所察觉。

吴可信手指了指墙上的一幅画说:打个比方说,韦君很想买这幅画,但他又不来洽谈,那么他在这桩买卖上会有两种心理,一种是对自己的谈判技术缺乏信心,一种是怕出高价。有这样的心理,他的诚意就多少令人怀疑了。

感情不是卖画。老乔批评说,韦君这个人,我是相信他的,他不是个见钱眼开的小老板,他是为了艺术而赚钱,品行方面无可挑剔。

乔老师,我是最信任你的,你用什么担保你刚才的话?

老乔拍了拍胸脯:我用我自己担保。

吴可笑了,眼泪都笑出来了,她说:你把自己抵押了,你可要小心,如果韦君食言,你可就属于我了。

韦君不是那种人,绝对不是,他是个很专情的小伙子。老乔肯定地说。

吴可和韦君就这样相恋了。其中并不是老乔媒妁之言的作用,而完全是两个人感情上水到渠成。韦君把吴可拥到怀里时道出了真话:我一见到你我就喜欢你,我所做的一切都是有预谋的。

其实,我都知道。吴可甜甜地说,你的这双眼睛把你心中的秘密泄露了,这是我要画你人体的原因。

你真聪明。

你真狡猾。

两人都沉浸在梦一样的幻想之中。这简直是天作之合,吴可想。大学四年,追求自己的男生数不过来,但她从没有动心过,在她的心目中,自己的爱人应该是一个既可为师又能为友的成熟男人。在这方面,她受老乔的影响太深,小学时代那个风度翩翩的老乔,无形中成了她衡量未来男友的一个标杆。韦君恰恰具备这样的条件,她觉得韦君和老乔有相似之处,但她又说不清楚相似在什么地方。她之所以和韦君一相识就开始注意他,就因为她觉得和韦君之间有一种似曾相识的感觉。

爱情是创作的不竭动力。与韦君相爱的日子里,吴可创作了大量的作品。她每次作画,韦君都站在身边,不时地评头品足、指指点点,在观点相异之处,还免不了争论几句,但这种欢乐是任何东西不能替代的。两个人的世界,是既宁静又喧闹的世界。

两人自然筹划到他们的未来,韦君在经济上虽然有条件,但他不想过于奢华。他对吴可讲:未来的家只要是一个大房子,房子里有几排大大的古董柜,古董柜里摆满明朝以前的古董,房子的墙壁上挂满你所创作的画就可以了。吴可赞同他的观点,她补充说:房子不要在闹市区,周围要有树,要有个可以种些花草的小园子,这就可以了。

老乔理所当然地成为他们的高参。为了他俩能有个可心的安乐窝,老乔满城为他们找房子。

房子买好了,正在请人装修。一天,老乔脸色很难看地来到吴可的美术社,一进门便瘫坐在椅子上。

韦君出事了。老乔说。

出什么事了?吴可有点不相信老乔的话,韦君这样一个谨慎有余的人,会出什么事呢?

他买了些古董,花了一大笔钱。

他这个人就是喜欢收藏古董,只要他经济上能承担得起,我没有意见,这是他的爱好嘛。

可是,这古董是从一伙犯罪分子手中买的,现在这些卖古董的在洛阳被抓了,所以这事就麻烦了。

吴可的大脑里马上蹦出这样一个词:销赃。

警方一旦过问,这事就很难说清楚,因为韦君的公司里还有一大批古董,谁晓得哪一件是卖者从古墓中盗掘的?

那么,他现在怎么办?打算怎么应付这件事?吴可很焦急。

他问了一个懂法律的朋友,结果是坐牢。他对我说,如果罚钱,多少他都认了,可是这坐牢他是无论如何也接受不了的,哪怕是坐一天。他说他的面子受不了,你的面子更受不了,搞艺术的人往往把面子看得比生命更重要。这样,他把公司交给了一个亲属经营,自己出走了。

他能上哪里去呢?吴可简直要哭了。

我建议他去俄罗斯,我还给他介绍了两位俄罗斯朋友。老乔安慰吴可道,凭他的精明,到哪里都会活得很出色。

这突如其来的打击令吴可心绪大乱,她再也无心作画,因为她一拿起画笔,就感觉到韦君站在自己身后。她索性关了美术社,住到了学校里。

吴可在等韦君的来信,一天,两天,一个月,两个月……一年过去了,韦君音信皆无。

老乔说,韦君是为了安全才不写信的。老乔为此事大伤脑筋,可面对吴可的处境他也一筹莫展。目标,远隔重洋,不是想去就能去的,就是去得了,又到哪里去找呢?有时,他暗暗恨自己多事,当初要是不介绍韦君和吴可相识,吴可永远是个快乐天使,可现在,

91

自己只能眼睁睁地看着她憔悴下去。

终于有一天，一个搞国际旅游业务的女孩子来到了吴可所在的学校，她捎来韦君的口信，他让吴可不要再等他了，他在俄罗斯已经成了家。

这口信犹如一声惊雷，把吴可一下子就轰倒了。导游只捎了这样一句话，其他的事一问三不知。她一年多所积郁的委屈一下子爆发出来，伏在办公桌上失声痛哭。

吴可辞职了，辞职后干什么还没有想好，反正就是想辞职，满校的师生都知道，她被人抛弃了，她是个不幸的人。

老乔的心也在流血。但老乔不恨韦君，他觉得韦君肯定有难言之隐才取如此下策，他只是为吴可着急上火，他不希望自己如此优秀的学生就这样消沉下去。他来看望吴可，吴可一双忧郁的大眼睛只是流泪，地上满是折断的画笔和踩得稀烂的油彩。老乔无奈地说：换一种活法儿吧，人不能在一棵树上吊死。

老乔兑出了美术社，用自己所有的积蓄在樱花林边开了一家酒店——樱花楼。他亲自制作了门匾，选聘了厨师、服务员。当他把一切都准备好之后，他领着吴可来到这里。

多好的酒店，独具特色。他对自己这幅浩大的作品流露出自豪。

吴可眼睛一亮，她没有想到，仅仅一个月的时间，老乔竟变魔术一样变出这样一个充满童话色彩的酒店。

从今天起你就是这樱花楼的主人了。老乔说。

吴可默许了，当一个酒店老板毕竟是一件很刺激的事，她想到了阿庆嫂，想到了那句"来的都是客，全凭嘴一张"的唱词。她知道这是老乔的良苦用心，一旦接手酒店，整日送往迎来，成本利润，工商税收，这些应酬就会占去几乎所有的时间，哪还有心思去想那个杳无音信的韦君？

当了樱花楼老板的吴可渐渐地就变了一个人，她不再怨怨戚戚，而总是把一张灿烂的笑脸呈现给每一个前来就餐的游客。几个星期过去，她变得丰腴了，开朗了，她靠自己高雅的谈吐、端庄的举止和温馨的服务赢得了众多回头客，她自己也成了樱花楼的一张亮丽的名片。

老乔的心理负担并没有因樱花楼的红火而减轻。因为吴可的年龄在一年年变大，而自从经历了韦君这场情变之后，吴可再不谈嫁，她把所有的心思都用在了经营樱花楼上。这也是老乔所不愿意看到的，但老乔也无计可施，韦君的教训使老乔变得谨慎了。他希望吴可能自己校正心仪，早日找到可心之人，这样，自己才能彻底解脱。

F

外表神采奕奕的小婷,内心却充满了无以言表的酸涩。

军医大学毕业的她,之所以选择这座以军港著称的小城,并不是因为这座小城的浪漫,而是因为它的宁静。当时,在青岛和旅顺两个基地之间她权衡了许久。她没有回山东半岛,而是义无反顾地来到了旅顺,因为她希望自己的军旅生涯能像这个有着良好祝愿的名字一样一帆风顺。

但命运偏偏与愿望相违,一阵感情的飓风,将她的生活之舟荡进了多浪区,为此,她经历了一次人生的跌宕起伏。

小婷当上军医接诊的第一个患者是秋。

秋是一位年轻英俊的艇长,肩扛一杠三星的上尉军衔,高高的个子,宽宽的胸膛,是一个典型的军人形象。秋是因为风湿病来就诊的。风湿病是海军官兵最头痛的疾病,复发率甚高,明明治愈了,出海几次又犯了。为此,军医们也煞费苦心地研究这一困扰海军的顽症。

秋的风湿病不重,只是关节处有轻微的红肿,考虑到他的职业生涯还很长,所以首长命令他尽早到医院治疗,而且要根治。

秋对小婷说:我的病不重,只要调理调理就好了。

小婷却不同意秋的说法:风湿病如果到了关节红肿的程度,就不能说不重了。

秋的脸色变了,他用力拍了拍自己的腿关节,像是拍着一截与己无关的木头一样道:重不重我心里清楚,不就是有点发麻吗?消消炎就可以了。

小婷没有说话,因为戴着口罩,说话也不方便。她仔细为秋检查了一遍,很麻利地开了住院单。

这点小病还需要住院吗?秋捏着住院单问。

小婷摘下口罩,很严肃地说:你的病必须住院治疗。

摘下口罩的小婷令秋一下子呆住了,秋从没有见过这么美丽的军人,他愣了好一会儿,突然问:你是新来的?

小婷没有想到秋会提这个问题,她点点头,把口罩重新戴上,要开始接待下一个患者。秋只好走了,临走时,秋对小婷说:服从医生的命令,我马上就去办住院手续。

秋住院了,不知是不是巧合,小婷在门诊只工作了两天就被调到了住院部,而且恰巧成了秋的主治医生。

秋异常兴奋,小婷一进病房,他就像老熟人一样迎上去,欢迎小婷医生。他带头鼓起掌来。病房里其他几位患者都是清一色的水兵,他们都跟着秋一起鼓起掌来。小婷很不好意思,说:你们这是开晚会吗?这可是病房,要肃静!

小婷给每个患者做例行检查,待最后,她来到秋的病床前,秋问:我需要住多长时间?

应该是三周左右。小婷说,你的病切不可掉以轻心,如果不做彻底治疗,你的艇长生涯就会到此为止了。

秋瞪大了眼睛,道:你在吓我?

小婷严肃地说:我又不熟悉你,我吓你干什么?我是提醒你要重视治疗工作。

秋的神色暗淡下来,刚才的兴奋如风卷残云,从脸上消失得无影无踪。他呆呆地望着窗外,木然地任小婷在他的膝关节处敲来敲去。

小婷看出了秋的变化,检查之后她拍了拍秋的关节处,微笑着对秋说:你不要有什么心理负担,只要安心治疗,治愈不成问题。

　　秋还是没有说话,目光依然投向窗外。从窗子望去,便是海鸥飞翔的大海,大海中,一艘灰色的护卫舰正在徐徐驶向远方。

　　小婷离开病房时,秋甚至没有说句再见,这让小婷感到了一种负担:是自己刚才的话说重了? 小婷想,怎么一个堂堂的上尉军官,竟经不起医生的一句劝告呢?

　　一连两天,秋始终闷闷不乐。小婷坐不住了,她是个容不得别人有委屈的人,尤其是自己的患者。秋脸上的愁云一直笼罩在她的心上,她决定和秋谈一谈。

　　小婷来到秋的病房,对秋说:我们到外边散散步吧。

　　秋答应了,他随着小婷来到楼外。

　　医院的绿化相当出色,简直就是一个绿树掩映的公园,错落有致的银杏、芙蓉和古槐,隔开了夏日的骄阳和城市的喧闹,使这里成了一个疗养的世外桃源。

　　小婷和秋在一个由百年老藤所"编织"成的凉棚下坐下来。小婷抚摸着那盘根错节、枝虬蜿蜒的藤干道:这棵老藤,不知曾给多少患者搭过凉,但不同的患者在这里的收获是不一样的。强者,在这里休养生息,蓄势待发;弱者,在这里怨天尤人,萎靡不振。这形形色色的人,都留在了老藤的年轮里,强者成了一朵朵紫色的小花,弱者则化作了一片片枯叶,这就是老藤的世界。

　　你是在讲故事吗? 秋问。

　　不,这是一个军旅作家写的一篇散文,我们每个医生都读过。这个作家在这里住过院,和你患的是同一种病,就是在这棵老藤下,他写了这篇《老藤的世界》。

　　这个作家现在干什么? 秋又问。

他是军区的专业作家,去年听说他跟考察船去了南极,写了很多优秀的报道,荣立了一等功。

秋似乎从报纸上读过这位作家的事迹,原来这个作家竟在这里住过院,而且患的是与自己相同的病。

小婷问:从这位作家身上你能想到些什么?你能不能说出来?

秋明白了小婷的用意,他曾担任过两年的指导员,做战士的思想工作他不外行。

我不是个弱者。秋说,你可能不知道,半个月后,我们部队有一次远航的任务,这次任务对我太重要了。

可你是个病人呀。

秋摇摇头说:你知道一个登山队员最大的愿望是什么吗?那就是要登上世界最高峰。而一个海军,一个和平时期的海军战士,他最大的愿望就是在服役期间能参加一次远航!

小婷点点头。

秋继续说:我从小有个爱好,就是喜欢探险,在探险中能获得一种从没有过的刺激。每一次奇特的经历,其刺激都是不同的,那是一种人生最高层次的体验。所以,与其让我索然无味地过日子,还不如轰轰烈烈地死去。

你这话从何而来?小婷疑惑地问。

我一直在担心一种结果的出现。这种结果就是,因为我患了风湿病,我就会怕风、怕水、怕船。如果真是这样,那么我就无法出海,无法去神秘的雨林,无法去攀登绝壁悬崖,我的一生将会在平淡中度过,就像要吃一辈子不加盐的菜一样,我怎么能忍受得了?

小婷从秋的这番话中,对这位颇具军人性格的上尉有了新的认识。对秋的人生追求,小婷一时无法做出评论,因为这种人生与自己的平平淡淡才是真的生活观念反差太大,但她感觉到了秋这种追求的吸引力。

一位哲人曾经说过：人生就像一段旅程，应该经历些什么，取决于你所选择的方向和方式。小婷想，自己所选择的方向和方式，决定了自己的经历，就像无风的海面，就像默默开放又默默凋落的樱花，不会有秋所向往的那种起伏、那种刺激。

你还是安心治疗吧，半个月的时间，我会尽最大的努力使你康复，争取参加这次远航。小婷安慰秋说，风湿病是常见病，你不要背这么大的包袱。你要学习那位和你患同一种病的作家，人家后来不是参加南极探险了吗？

秋沉默了许久，突然说：你真好。

小婷笑了笑，她觉得眼前这位年轻的军官真有点孩子气的天真，便说：我怎么好？

秋道：你不仅能看出患者的病，还能看透患者的心。

小婷笑了：我可没有那种特异功能。

走出了老藤的世界，秋显得神清气爽。回到病房，他情不自禁地把刚刚听来的那个作家的故事讲给了同病房的病友，兴致颇高的秋还虚构了一些细节添入其中，使他的故事更加可信而感人。秋的乐观情绪感染了同病房的每一个人，大家对治愈自己的病都充满了信心。

小婷在秋的治疗上倾注了超乎寻常的精力，不到两周，秋真的出院了。

还是在那个老藤的世界里，秋动情地对小婷说：谢谢你，使我能如愿以偿。不过，参加此次远航，我希望能给你带回一件礼物，不知你喜欢什么。

我不需要礼物。小婷说，你能健康地返航就是最好的礼物。

一言为定！秋说，远航回来，我就把自己作为礼物送给你，只要你喜欢。

小婷的脸一下子红了,她生气地说:谁喜欢你? 我只是关心患者。

秋连忙立正敬了个礼,假装严肃地说:报告医生,语文老师曾讲过,喜欢的前提是关心,关心的发展是喜欢,关心和喜欢都是一种爱。

小婷被秋逗笑了。

秋接着道:比如说我自己,我本来不喜欢住院,因为你的关心我住进来了,住了半个月,我发现自己喜欢住院了,一时要离开,又有些依依不舍,你说该怎么办?

小婷听出秋的话想表达什么,便和他开了个玩笑,说:能怎么办? 最好的办法就是接着住下去。

秋竟认真地点点头,道:一辈子住下去,就会一辈子得到你的关心,可是,如果你调走了呢?

贫嘴! 小婷用力推了秋一把,说,赶紧回去准备远航吧,不要只想着礼物不想着任务,你可是个艇长。

秋如期参加远航了。出航是秘密的,没有多少送行的人,只有几位首长和参加远航的官兵们一一握别。正要登艇时,一位随行的军医递给秋一盒四四方方的膏药,说是小婷让给的。药很普通,就是一般的风湿止痛膏,但秋感到这所代表的不仅仅是关心。秋很为自己的聪明庆幸,他已经安排好了远航期间的一切,那就是六封写给小婷的信。在岸上执勤的战士将把他早就写好的信,每周寄出一封,直到两个月的远航结束。他之所以想到这样一个办法,是因为在海上是无法寄信的。

秘密的远航开始了。

小婷收到了秋的第一封信。信中除了描述某海域的神奇之外,主要介绍了秋的童年及家庭。

细心的小婷凭邮戳看出了秋的把戏,但读一读秋的信令她心里很温暖。

秋的第二封信,讲的是他的小学和中学生活。秋的小学表现不够好,曾因上课时给老师画像而遭到全班同学的口诛笔伐。中学时秋专心学习,却因学习方向与父母发生矛盾,当工程师的父母希望他报考理工科的大学,秋却十分向往军校。最终,父母没有说服他,秋还是考取了舰艇学院。

秋的第三封信,讲的是大学生活。秋的大学生活是完全军事化的,这使他本该丰富多彩的学习生活成了一个古板的公式。全班是清一色的小伙子,唯一接触到的女性是给他们讲授电子课的一位中年女教官。这种严肃而单调的军校生活对这些未来的海军军官影响不浅,很难想象,如果没有这种军校生活做铺垫,将来舰艇上的生活会是怎样度过。

秋的第四封信讲了自己的初恋。秋的初恋是不成熟的初恋,这不成熟的初恋给他的唯一教训就是:在恋爱问题上,一定要当仁不让。他在训练基地当指导员时,和连长同时爱上了一位大队长的女儿。大队长的女儿在地方一所中学当教师,长得嫩嫩的,碰一下都会出水的样子。因为是大队长的女儿,平时的接触不算少,女孩子对秋和连长都很好,秋和连长便暗暗地较劲儿。与连长相比,秋要更自信一些,连长虽然身材与自己不相上下,但形象与自己比相形见绌,因为连长的脸上,红色的青春痘总是此起彼伏,把一张本来就发红的脸弄得一塌糊涂。秋每次看到连长对着一张小镜子挤脸上的青春痘,便暗暗为自己有一张干净的脸而庆幸。连长总是不停地给大队长的女儿写情书,写出的情书也不邮寄,直接让通信员送去。秋却不以为然,他只是偶尔送一本畅销的小说,圣诞节送一张贺卡什么的,他相信这个女孩子的眼光,相信她会做出正确的选择,更何况大队长对自己比对连长更赏识。但秋错误估计了形势,在连长一封接一封情书的进攻下,大队长的女儿"投降"了。当连长兴高采烈地把求婚成功的消息告诉秋时,秋一下子蒙了,只是盯着对方满脸的青春痘发怔。连长颇为自负地道:爱情是什么?爱情就是一场攻坚战,搞文雅的我不如你,攻坚夺隘我却比你强。你以为你清高人家姑娘就会主动来跟你套近乎?你犯了战略上的错误。一个姑娘,最重要的是什么?就是她的虚荣心和自尊心。我之所以成功,就是极大地满足了姑娘的虚荣心和自尊心。秋后悔莫及,他所能做的,只能是无奈地叹息和祝福战友。

　　秋的第五封信则很细腻地写了与小婷相识的感受。全信没有提到爱,但全篇都充满了爱,小婷从来没有读过这么令人心动的信,她想,如果自己作为一个局外人来读这封信,无异是在读一篇名家名作。秋在这封信中描述了自己三个层次的感情历程:第一个层次是表象的,用十分朴素的语言写了对小婷的印象,这印象就是一幅清纯的油画,画中的小婷冷峻中透着热情,看这幅画,能给人一种品茶的意境;第二个层次是矛盾的,写秋决心要摆脱这幅油画的诱惑,因为秋担心自己的陋室悬挂不起这幅惊世之作,在这里,秋列举了种种理由为自己开解,但每一个理由都非常苍白,最后又都成了舍我其谁的依据;第三个层次写了自己的承诺,说自己已经从大队长的女儿那里得到了教训,作为一个军人,要有挺身而出的勇气,他愿意做这幅画永远的观众,像达摩面壁那样,用自己的恒心和毅力,把自己的身影永远地印在这幅画里,使这幅一个人的肖像画最终变成两个人。全信语言恳切而不虚华,感情真挚而不造作,再心冷的女性都会为之动容,更何况一向善解人意的小婷。

秋的第六封信写了自己的勃勃雄心。他相信自己在部队里会有一番作为,凭能力,凭素质,凭毅力,凭事业心,他在进行了一番论证之后得出结论:如果时事造化,他将成为一代海军名将。在写了自己的远大抱负之后,聪明的秋还写了另一种可能,那就是如果造化弄人,他将解甲归田,辟一方鱼塘,种一畦青菜,牧一群白鹅,过一种自然的田园生活,并说自己是一个能伸能屈,高可夺龙门之彩、低可忍胯下之辱的大丈夫。

看了六封信,小婷不能自已了。

当秋远航归来时,小婷出现在欢迎的人群里。

作为艇长,秋第一个走下船舷。在与欢迎的首长们一一握手之后,秋便高昂着头在人群中搜寻什么。躲在一边的小婷知道秋在寻找自己,便有意躲在了秋的身后。当寻找了好一会儿的秋很失望地收回目光时,小婷一下子出现在他的眼前。秋没有表现出应有的激动,而是两眼顷刻间涌出泪水来。正是这泪水,冲垮了小婷的最后一道心理防线,她暗暗下了决心:不能让这个可爱的大孩子再失望了。

小婷成为秋的妻子之后,曾反思这段场面,如果秋当时只是表现出热情,哪怕是当众拥抱她,她都不会那么快被秋俘虏,但秋一流泪,她便心软了。看来,男人的眼泪是具有极强的腐蚀力的。

新婚的日子是甜蜜幸福的,秋和小婷成了人们羡慕的佳偶。他们的结婚照被全城有名的照相馆放大后,在橱窗里挂了近一年,以至于许多战友都开玩笑让他们请客,说照相馆肯定付给了他俩一大笔广告费。

秋和小婷各有自己的努力方向,一个一心钻研军事,一个潜心从事医疗。这不同的出发点,使两人间形成了一种热爱生活、追求事业的合力,有了这种合力,两个人的世界就变得丰富多彩。

事情的发展常常难遂人愿,后来一切的变故都是源于秋关节中所潜伏的风湿病。

　　在一次出海后,秋再次住进了医院,医生们的会诊结果就像一纸死刑通知一样令秋崩溃了。

　　秋不能再出海了,应从水面转为岸勤。

　　小婷也不能相信这一结果,她请了军内外最有名的风湿病专家来给秋会诊,结果都是一致的,秋不再适合出海。

　　小婷知道,不让秋出海,就等于将一只海鸥斩去了翅膀,秋的一切的一切,都将黯然失色。

　　无可奈何的秋成了岸上的一名政工人员。不久,由于他总是沉默少语,难以胜任部队的思想政治工作,他又被调到某仓库当管理人员。秋所负责的仓库位于大山深处,储存的都是战备物资,平时没有什么业务,显得很清闲,官兵们养鱼种菜,过着半军半民的日子。

　　一天夜里,秋突然对小婷说:我要求转业。

　　转业?小婷没有思想准备,一下子愣了,她从来没想过一个年轻的军官会这么早想到转业。

　　为什么非要转业呢?小婷问,你的专业是军事,不能出海,在岸上不也同样当海军吗?

　　我的决心下了,我必须转业。秋很坚决。

　　转业不是件简单的事,地方上安置也有困难。我们两个在地方上没有一点关系,如果把你安排到一个朝不保夕的企业,你可怎么办呢?

　　我不需要安置,我想自己干点事。

　　你真的认真思考过?

　　是的,我想我应该在商海里拉起一支属于自己的舰队。我从来不怀疑自己。小婷,你就支持我吧,我不会令你失望的。

小婷的心悬了起来,她不喜欢大起大伏的日子,她只希望平平淡淡,可是,她所选择的男人却总是打破这种平淡。

她了解秋,自从离开了战舰,秋就像变了一个人。她知道秋在思考什么,她曾预料了多种可能,却唯独没有想到秋会选择离开他所深爱的海军。她相信秋的决定是经过深思熟虑的,因为他不是个草率的人,秋每做一件事都是经过周密安排的。于是,小婷决定不再动摇秋的决心。

小婷说:只要你认为行,你就决定吧,有道是夫唱妇随嘛。

秋被批准转业了。他在一个事业单位里挂了个名,便停薪留职,办了一家贸易公司。

秋做的第一宗买卖是玉米生意。

秋的一个战友在吉林省的一个产粮大县担任粮库主任,秋拎着一个皮包找到了这个战友。一见面,秋就亮出了底牌:我在部队干不下去了,要到地方上闯一闯,所以主动要求转业,办了个公司,但一没资金,二没职工。要说有什么,那就是大江南北都有我的水兵战友。现在,我想做一笔粮食买卖,需要你帮我。

秋的战友姓高,曾给秋当过业务长,做人很有水兵的性子。高主任听完秋的话后说:咱先不谈买卖,咱俩先喝酒。

秋说:喝吧,这顿饭我请你,只要你能给我玉米!

高主任笑了:你请就你请,不过标准由我定。

两个人来到饭店,高主任点了两道菜,一盘是肝尖,另一盘是腰花,点了一瓶玉泉酒。高主任道:我给你省点钱,等你赚了钱,再用海参、鲍鱼招待我。

两个老战友连干了三杯后,高主任谈到了正题:老艇长,你一开口我就知道你是想来赊我的玉米。你叫我为难呀,你知道,我的前任就是因为赊出去几百吨玉米没能收回钱来犯的事呀。

你的前任我不管,我只是要你来帮我。秋毫不松口。

你想要我干什么呢? 高主任问。

我已经联系好了一家南方饲料厂,他们需要六百吨玉米,就在旅顺的羊头洼交货,你说这样的机会我不找你找谁?

你算过价格了吗? 运费、短程运输、码头占用费,这些成本你都算过了? 高主任问。

你以为我是个草包吗? 没有把握的事我什么时候干过?

高主任沉默了好一会儿,道:好吧,我帮你一把,但这笔交易的资金往来不能用你的账户。我们俩签协议,由你来帮我们卖玉米,所得利润我们五五分成。这样,你可是什么也不用投入了,除了你的精力外。

秋的眼睛湿润了,他像喝白开水一样把大半瓶白酒一口气喝了下去。喝完后,他伏在桌子上醉了。

第二天,高主任到宾馆奚落秋:好你个老艇长,说好了你请我,可你先喝醉了,害得我埋单不说,还得把你背到宾馆来。你可让我把人丢尽了,满楼的服务员都看我。

这笔玉米生意,秋分得了三十万元。

有了这三十万元,秋的目光开始投向市场上紧俏的汽油。

倒油,倒油的没有不发的。秋拿着刚刚挣来的三十万元对小婷说。

倒粮,你有个仗义的战友;倒油,你去找谁帮你呢? 小婷问。

事物是普遍联系的,我不信找不到倒油的关系。秋依然充满信心。

机遇总是偏向有心人。

秋只身前往北方某个产油城市,在火车上结识了夏。

夏是某石油管理局的一个处长,恰恰分管该局的销售计划。夏是一个刚过而立之年的职业女性,气质超群,干练有为。她刚刚在大连参加完一个全国性的会议,乘火车返回单位。很凑巧,她和秋同在一个卧铺车厢。

由于路况老化,火车很颠簸,躺在上铺的夏大概是睡着了,一本翻开的书掉到了地上。秋顺手捡起来,正要递上去,书的名字一下子把他吸引住了。

《旅顺》!

你怎么会有这本书? 秋问。

夏抬起头往下看了看,反问:我怎么不能有这本书?

秋感觉到自己问得唐突,便又说:噢,不,我是说这本书平时很少见的,我几次想读,都没有机会,没想到在这里见到了。

夏被秋的解释引起了兴趣,她问:你了解这本书吗?

噢,知道一点。秋说。

夏从上铺坐起来,拢了拢齐耳短发,好奇地问:你为什么对此书这么感兴趣?

因为我是个海军的艇长,这本书中所描写的每一处海域,我都驾船去过。

夏越发感兴趣了,她从上铺跳下来,仔细打量了一番秋的装束,道:我昨天刚刚参观过海军的潜艇,海军官兵真是了不起,那么艰苦的条件,一出海就是两个月,多不容易呀!

可我们已习以为常了,当兵嘛,就是奉献。秋满不在乎地说。

我对军人很有好感,不过在陆海空三军中,我最喜欢的还是海军,因为我非常喜欢大海。

秋很内行地解释道:现在的海军也不再是单纯的海军了,海军中也有空军,叫海军航空兵。

对了,你说你是艇长,你扛什么军衔? 夏问。

中校。秋有些不自然,自己毕竟已经转业了。

中校同志,既然你喜欢这本《旅顺》,我就把它送给你好了。希望你能成为上校、大校,乃至将军。但要记住,千万不能当旅顺要塞的斯达尔克。

谢谢。秋红着脸说,我不会当斯达尔克了,因为我刚刚转业。

你这么年轻就转业? 不是太可惜了吗?

我也不想转业,可我患上了风湿,不能再出海了,我还赖在部队干什么?

夏点点头,信手翻了翻放在床上的小说。

你转业后干什么工作呢?

秋很激动地说:我现在是背水一战。

夏疑惑地问:怎么解释? 中校军衔,安置不会成问题吧。

我选择了自己干,我年纪轻轻,不想过那种半退休式的生活。

有性格。夏赞同地点点头,问,那么,你究竟干什么呢?

秋说:我自己注册了个贸易公司,我想做汽油生意。

夏吃了一惊,重新打量了一番秋,道:汽油生意很不好做的,没有关系,没有路子,油会从天上流下来吗?

我也知道自己没有关系,没有路子,可我的感觉告诉我,我应该做油的生意,汽油也好,柴油也好,只要是油我就做。我已经与海无缘了,我相信我与油有缘。

夏越发吃惊了,眼前这个气度不凡的小伙子真令人不可小视,他的这番话好像有所准备一样。

你认识我,或者是听人介绍过我吗? 夏问。

秋摇摇头道:我们只不过偶然坐一个车厢罢了,我怎么会听人介绍过你? 你是做什么工作的?

噢,机关工作。夏放心了,她相信对方不知道自己是个专门管油的处长,否则,两人的交谈不会这么无拘无束。

夏又问了一些有关水兵的事。

秋也难得有机会重叙自己那些传奇的军旅生活,他绘声绘色地向夏描述了深海里的遭遇、公海上的巡弋和热带雨林边的停泊,夏听得入了迷。直到车厢里来了两位年老的旅客,秋才打住自己的讲述,歉意地对夏说:对不起,我再讲下去就影响别人休息了。

夏点点头,正要上上铺,却被秋挡住了。秋说:女同志上去下来不方便,还是你睡下铺吧。

夏要说什么,秋已经麻利地跳上去,幽默地说:别担心,我是标准体重。

夏笑了。

摇摇晃晃的火车,把夏夜拉长了,秋和夏醒来时,窗外还是一片朦胧。

秋想去洗漱,又怕吵醒了别人,便用耳机听起了随身携带的收音机。

收音机里正在播放一则新闻,说是一个私自炼油的农民把前去检查的人员放火烧了,造成了两死一伤的惨重后果。秋想:油这种东西,可是容易惹火烧身的,自己选择做油的生意,到底是福还是祸呢?

清晨的松嫩平原,充满着大草原的气息。夏拉开了车窗,对上铺的秋说:快到了。

秋关掉收音机,坐起来说:快到了,一个新的战场。

夏笑了,道:对你来说,是个陌生的战场,对我来说,却是可爱的家乡。

列车驶进了车站。

夏在走出车厢时,从坤包里抽出一张名片递给了秋,道:如果有什么需要我帮忙的话,你可以来找我,中校。

谢谢你的小说,我读完后一定寄还你。秋接过名片,只一看,便如中了弹一样僵在那里。

老天爷,这位女士就是自己此行想方设法要公关的处长呀。

秋草草地收拾了一下行李,快步走出车厢,急急忙忙去追赶夏。追出车站,恰好看见夏正要进入前来接站的轿车,秋远远地"哎"了一声。夏看到了他,友好地向他摆摆手,钻进轿车走了。

秋站在广场上,望着远去的轿车,心头忽然生出一种感觉:这个原本陌生的城市一下子变得亲切了。

秋住进靠近车站的一个宾馆,宾馆的名字很奇怪,叫多恼河宾馆,看来,住进这个宾馆的人肯定都少不了烦恼。

秋仰面躺在床上,手持夏的名片,脑子里总是浮现车上的情景。这么一个年轻可人的女子,竟是个手握重权的处长,而这么重要的职位,怎么会是个没有一点官气的女子执掌呢?秋的脑子很乱,他想按名片上的电话号码给夏去个电话,可他几次拿起电话又放下了,他不知道自己该在电话里说什么。

中午,秋托的一位战友来到了多恼河。这个战友是秋战友的战友,在管理局机关工作,秋本来是想通过关系让他引见夏的。

战友是局老干部处的副处长,人很朴实,一见面就对秋说:我和夏不熟,我只能引见一下,至于能不能批来油,我不知道。

秋说:你能引见就够朋友了,剩下的事我自己做。

战友说:夏刚刚出差回来,我约了她明晚出来吃饭,她还真给面子,要知道,夏是很难请的。她很清高,都三十二了还没有嫁人,全局上下,没有一个能令她动心的男人。

秋的心弦动了动,这个风采照人的夏,原来还没有嫁人。

秋在那本《旅顺》的陪伴下,艰难地熬过了一天一夜。次日傍晚,战友亲自驾车拉他来到了一家大酒店,酒店的名字又十分奇怪,叫燃情岁月。

走进一间装修考究的包间,战友说:夏是女同志,为了场面上活跃一点,我还请了个女同学作陪。

秋点点头。战友不愧是做老干部工作的,办事考虑得很周密,这样的宴请,不找个女同志照应着,夏肯定会不自然。

战友驱车去接同学了,留下秋一个人等夏。

秋的心跳得很快,这种等人的感觉只有和小婷认识时才有过,怎么会出现在等夏的时候?秋独自在房间里走来走去,一副六神无主的样子。他本来为夏准备了一份海产品,可有了火车上这一面,他无论如何也不敢把礼物带来。他后悔自己在火车上那么无所顾忌地夸夸其谈,现在要低声下气地求人家,这种角色上的转换太难了。

夏准时到了,一进门便向秋伸出手道:谢谢你的邀请。

秋蒙了,结结巴巴地问:怎么……你知道我请你?

难道我连谁请我都不问就会来赴约吗?夏反问了一句,接着又说,老干部处的于处长说来自旅顺的一个经理想认识我,我就猜到了你,这大概是第六感觉吧。

秋说:谢谢你的小说,我认真读了一遍。

那不是我的作品,你再怎么读与我何干?夏并不领情。

可那是你送我的书。秋解释说。

好了,我们不再谈小说了,你请我是为了油吧?夏单刀直入。

秋点点头,接着又摇摇头。

你这是什么表示,又点头又摇头?夏问。

秋坦白地说:没见到你时,托人请你,是想通过你的关系批油,所以我点头;等在火车上认识了你,现在再请你,就不光是为了油,还为了认识你,你是个叫人心神不宁的人。

我怎么会叫人心神不宁呢?夏笑着说。

秋羞红着脸说:我也不知道,反正自从见到了你,这两天我的心境总是乱糟糟的。

真是奇谈怪论,要我看,你是在火车上暴露得太多,怕我对你有个坏印象吧。

秋正色道:我以人格担保,我在火车上所说的一切都是真实的。

夏扑哧一声笑了。夏的笑具有一种神奇的感染力,尤其是夏的那双眼睛,仿佛深藏着一串串宝石,溢出的光彩令人心旷神怡。

夏说:我如果对你所说的话反感,今天就不会来了,中校同志。

这时,战友领着一个端庄的女士赶来了,战友一双怀疑的目光在秋和夏身上转了转,问:你们俩认识吗?

没等秋说话,夏就回答道:刚刚认识,不过有点一见如故。

战友介绍了他带来的女子,姓陶,是战友的儿子的老师,在一所小学教音乐,人很大方,也很随和,民歌唱得很好,曾在市里获过奖。

四个人寒暄一会儿,便坐下来用餐。

今天的宴请战友是下了番功夫的,菜点得不多,但特别精致,每道菜上都精心雕了花,显出酒店的档次。

战友问夏喝什么酒,夏把球踢给了秋,道:客随主便,请秋给我们点酒水吧。

秋明白夏这是在考验自己的品位,因为餐桌上点酒的水平,往往决定了点酒者的档次,其中的学问是奥妙的。点茅台、五粮液,给人一种奢的感觉;点 XO,又给人以浮的印象;要是点地方的名酒,又多少有些俗的味道。秋想了想,也不征求一下其他人的意见,就像在艇上下命令一样,对服务小姐说:来两瓶法国波尔多产的红葡萄酒吧,要稍稍冰一下。

夏惊诧地望了秋一眼,心想:这家伙怎么这么有眼光,一下子就把酒选对了。因为夏在所有的应酬中,几乎只喝矿泉水,只有在极小的圈子内才少喝一点红酒,而且必须是法国波尔多出产的纯正红葡萄酒。这一点,外人是很少知道的,连在座的于处长都不知道,难道说这个海军中校……夏不敢再想下去,秋刚才点酒的口吻使她顷刻间变小了,她觉得自己不是一个手握重权的处长,而只是一个柔弱的女人。

酒桌上的气氛很轻松。

陶老师很规范地唱了两首歌,一首是《祝你平安》,一首是时髦的《泰坦尼克号》主题曲《我心永恒》。

轮到秋了,秋有些紧张,因为秋不怎么会唱歌,但今天不唱是不行的,秋只好借着音响的掩饰,唱了一首《绿岛小夜曲》。

听完秋的歌,夏笑着问:你觉得我们这座城市像绿岛吗?

秋连忙说:我没有当囚犯的感觉,怎么会觉得这个城市像绿岛呢?

夏收住笑容,忽然若有所思地说:我觉得这个世界就是一座绿岛,我们每个人都是上帝所关押的犯人。

秋擎起一杯酒,声音很低地揶揄夏:说这话的人,应该是站在太空的圣人。

夏又笑了,拿着歌本翻了翻,点了一首《军港之夜》。

夏的歌声太迷人了,那是和苏小明风格相异的一种气声唱法,让人感觉她是用心在唱,用情在唱,用眼睛在唱。秋被深深地打动了。这首描写自己生活和战斗过的军港的歌,他每次听都会有不同的感受,但今天从一个素昧平生的女子的口中唱出,他感到一种莫大的慰藉,一种被理解的幸福。秋暗暗地和着音乐的节拍,两行热泪汩汩而下。

晚餐结束了,秋送走了夏,当战友载着夏消失在华灯闪亮的夜色里时,秋才忽然想起:今晚没有谈主题——油。

因为夏,秋开始喜欢这座并不美丽的城市了。秋给这座城市取了名,叫"绿岛"。取这名字的动机秋也说不清楚,他只觉得不用这个名字似乎就是对夏的不敬。

秋以一个军人锲而不舍的韧劲儿在"绿岛"上打着持久战。在夏的帮助下,秋的生意越做越大,两年下来,秋已经成了腰缠万贯的大老板。

但是,正在秋雄心勃勃,准备扩大他的生意时,夏出事了。因为群众举报,夏被纪检部门调查了。调查的结果是四个字:滥用职权。

平心而论,夏没有接受过秋一分钱的好处,她为秋所办的一切事,所得到的就是秋每周都让花店给她送去的鲜花。夏很喜欢花,在秋之前,没有人给她送过花,因为在这个并不开放的北方小城,人们还没有送花的习惯。这一切,都让敢作敢为的秋给改变了。秋送的花很特殊,他没有送玫瑰,每次送的都是被勿忘我簇拥的各种菊花,因为秋觉得菊花最能代表自己。

夏被免职了,在免职决定宣布的头一天,夏住进了医院。

秋来看望她,脸色惨白的夏只是苦笑。

一连两个晚上,秋没有合一合眼。秋在经历了一番痛苦的思想斗争后做出了决定,他要让夏获得她应有的幸福。

秋回到旅顺,与小婷谈了自己的想法。

小婷很平静,只是说,怜悯和施舍的爱情是靠不住的。

秋眼睛红红的,说:是我害了她,她是管局最年轻的后备干部,就是因为帮助我,她的政治生命结束了。

小婷说:我和女儿自己生活没有问题,你的事你自己决定吧。

小婷的眼泪没有在秋面前流出来,她知道秋正在遭受良心上巨大的折磨,她只是拍了拍秋那有些杂乱的头顶道:人善莫经商啊。

秋返回了"绿岛",当天,他给病床上的夏送去了一大捧鲜花,但这次他送的不是菊花,而是九十九朵玫瑰。

就这样,秋永远地留在了"绿岛"。

G

女司机是无意中发现路边的苏振欧的。

她对这位来自北京的大学教师印象颇佳,所以她弄不清这位很有身份的大学教师怎么会醉成这个样子。

车到黄金山酒店时,苏振欧已经无法唤醒了。见酒店大厅里人来人往,女司机没有把苏振欧扶下车,她不希望在众人的注目下扶着一个醉汉走进酒店,这样会损害苏振欧的形象。所以,她掉转车头,拉着昏睡的苏振欧直奔樱花楼。

已是午后三点,在樱花楼就餐的游客都已离去,所以酒楼显得很安静。忙了一上午的吴可正在翻阅一本杂志,见女司机急急忙忙地走进来,吴可起身相迎。

老同学,又给我拉来一个什么贵客?

不是贵客,不会送到你这儿来。女司机看了一眼静静的酒楼,对吴可说,苏老师喝醉了,送到酒店不好看,我把他给你送来了。

你搞什么名堂! 吴可急了,脸色红红地说,你把他送到我这里算什么事?

你别误会嘛。女司机说,他是个外地人,我不知道他在这里有没有熟人,我就知道他到你这里来过,你说我还能把他送到哪里去? 总不能把他拉到我家里吧?

吴可很为老同学的这份侠义心肠而感动,她问:苏老师和谁喝酒? 怎么没有人送他?

我哪知道他在哪儿喝酒? 我是在路边捡到他的,当时他还很清醒,可上了车他就昏睡不醒了。

女司机和吴可一起把苏振欧扶下车,一直扶到吴可自己的房间,扶上床,叫他继续睡。

女司机仔细打量了一眼吴可这艺术品位很高的卧室,对昏睡中的苏振欧道:你这个人蛮有福气,醉入兰房,寒过神仙呢。

不要贫嘴! 吴可责怪道,我总不能让他在服务员的宿舍睡吧。

安顿好苏振欧,吴可和女司机走出房间。女司机说:我还要忙生意,什么时候他醒了,你给我打个传呼,我来接他回黄金山。

吴可推了她一把,道:他要是吐在了我的房间,要罚你来收拾。

女司机扮了个鬼脸说:你不折腾他,他就不会吐。

吴可推了她一把说:快走吧走吧,千万别再给我拉来个醉鬼。

女司机驾车走了。望着远去的出租车,吴可摇摇头,回到大厅,依然翻阅她的杂志。

苏振欧的确醉得很沉,在吴可温馨清雅的房间里他睡得很香。吴可进来看过他两次,见他睡得安静,便去忙大厅里的接待了。

接近傍晚,樱花楼又喧闹起来,一辆辆旅游车把一批批中外游客送来樱花林,不少导游都把晚餐安排在了樱花楼。

老乔也带着艾莲、小小和晴子来到了樱花楼。吴可因忙于接待几批国外游客,只是和老乔打了个招呼,老乔则自己选择了大门边的一张方桌,点菜就餐。

没等吴可打传呼,女司机便赶来了。她和吴可来到苏振欧睡觉的房间,苏振欧恰好刚刚醒来。见到吴可和女司机,苏振欧一下子从床上弹起来:我怎么会在这里?

你醉了,是她把你送来的。吴可说。

我不是打车回酒店了吗? 在哪儿又遇到了你?

女司机笑了笑:你幸亏是打了我的车,要是打了孙二娘的车,恐怕已经变成人肉包子了。

谢谢你。苏振欧说,不过,你把我送到黄金山酒店就好了,为什么要把我拉到这里来丢人?

你醉得不成样子,我怎么送你回酒店?酒店的大厅里人来人往,你那样进去才叫丢人呢。到这里来,除了吴可,别人谁也不知道。女司机停了停又说,到这里来是你的福气了,吴老板的闺房哪个男人来睡过?恐怕你是第一人了。

苏振欧简直无地自容,他对这个有着香甜面包一样感觉的吴可十分敬佩,所以,他不希望自己在对方的心目中留下个不好的印象。可这个令人哭笑不得的女司机,偏偏好心做了这桩坏事,要知道,他宁愿在陌生人面前丢十次脸,也不愿在自己在意的人面前丢一次脸。这下子可倒好,小婷已经对自己有了成见,没想到在吴可的眼里,自己的形象又毁于一旦,难道自己在在意的女性面前就这么倒霉吗?

苏振欧想整理一下弄得很乱的床,被吴可阻止了。他低着头小声说:对不起。

吴可笑了笑,问:苏老师怎么会喝那么多酒?酒喝多了可是会伤身体的。

老同学见面,多喝了点。苏振欧说。

吴可点点头,道:可以理解,酒逢知己千杯少嘛,人都有这种情况。

女司机对苏振欧道:今晚你应该请客,你遇到了两个好女人。

苏振欧为难地看着吴可。吴可推了一把女司机,道:做好事是你,做坏事也是你。苏老师喝成这样,晚上怎么请?

喝不喝一回事,请不请又是一回事,哪怕是一杯茶,也算个心意吧。女司机坚持自己的意见。

我请客,一定请。苏振欧说,不过要等明天请,我还要照顾一下我的学生,我出来快一天了。

那就一言为定,明天请! 女司机兴高采烈,她一挥手说,走,我现在送你回去。

三个人刚刚走到大厅,突然有人喊:苏老师!

苏振欧定睛一看,原来是艾莲。

你怎么会在这儿? 老乔的一双眼在镜片后瞪着,问,是中午在这里吃的饭吗?

小小的脸色有些怪,她的目光在吴可和女司机身上转来转去。

苏振欧万万没有想到会在这里遇上老乔和自己的学生,他一时不知说什么,倒是一旁的吴可替他打了个圆场。

苏老师中午喝高了,在楼上喝茶休息了一会儿,这不下来和你们一起吃饭嘛。

女司机识趣地告辞了。

苏振欧在餐桌旁坐下来,揉了揉太阳穴,对大家说:中午喝多了,老同学十多年不见,高兴过了头,应该检讨。

检讨? 小小说,同学相会检讨什么? 不过,怎么不见你的同学呢?

噢,他们走了。苏振欧搪塞说,我感到很疲劳,就在这里睡了一会儿。

大家不再说什么,草草地吃了晚饭,便辞别老乔和吴可,由晴子驾车返回黄金山酒店。

从离开樱花楼到回到黄金山酒店,大家谁都没有说话。苏振欧试图找个可谈的话题,但一时找不到,只好像个做错了事的孩子一样,低头垂目,一言不发。

回到房间,小小连脸都没有洗,便仰身躺在床上,望着天花板出神。

小小不知道苏老师在樱花楼做了些什么,但凭女性的敏感,她感到苏振欧这一下午的消失十分可疑。尤其是那个女司机,一看就是个多情之人,苏老师要是被她缠住,那后果就不堪设想了。因为在小小的心目中,苏振欧是个缺乏同异性交往经验的男人。

艾莲推门进来了。艾莲刚刚冲了澡,显得很精神,她看到小小这副模样,猜出了其中的缘故。她坐在沙发上对小小说:你在生苏老师的气?

小小没有回答,索性闭上了眼睛。

你应该相信苏老师的为人,他只不过是在那里休息了一个下午。

小小依旧不说话。

你在吃那个女司机的醋吗?你太小瞧苏老师了。

小小坐了起来,对艾莲说:你知道什么样的女人最有魅力吗?

艾莲想了想道:因人而异,不能一概而论。

从苏老师一注意这个女司机开始,我就在思考这个问题。小小说,美女和汽车,是现代男人的两大兴奋点,而能驾驶汽车的女人,是最能刺激男人的女人。

这又从何谈起?艾莲不解地问。

你想想,最新的汽车广告为什么都要用靓女做陪衬?这是因为广告商抓住了男人的心理。女人,一般是以柔弱为美,而汽车则是钢铁所制,以弱驭强,本身就是一对矛盾的体现。所以说,征服一个女司机,要比征服一个一般意义上的女人更富有刺激性。

你讲得不无道理,不过,苏老师可不是个寻求这种刺激的男人,他是个地地道道的正人君子。艾莲说。

但愿如此。小小喃喃地说。

艾莲想和小小探讨一下有关课题的事,但小小一点兴趣都没有,艾莲只好去找晴子。

艾莲走后,小小决定去找苏老师谈一谈。

苏振欧正在头疼,他把一条湿毛巾敷在头上,躺在床上闭目养神,他为自己今天的失态懊悔不已。他给刘欣挂了个电话,石琳告诉他说刘欣喝醉了,还没有睡醒,还说小婷也来过电话,问他住在什么地方,石琳已经告诉了她,估计她可能会到酒店来看他。

苏振欧不相信小婷会来看他,因为小婷的态度说明了她对这段往日的恋情在进行冷处理。对这一点苏振欧十分理解,以小婷现在的状况,采取理智的态度是正确的,这也符合小婷的性格。

冯小小敲门进来了,问:苏老师怎么不看电视?

苏振欧坐起来,他猜到了冯小小会来找他,刚才冯小小在樱花楼的神色他看在眼里,他知道冯小小会有许多想法。

请坐吧,小小。苏振欧很客气。

冯小小坐下来,眼睛却没有离开苏振欧的额头,苏振欧用手扶着那条湿毛巾,一下子把他变成了陕北老乡。

苏振欧拿下顶在额头的毛巾,拍拍脑门说:头疼,冷敷一下会好些。

小小没有答话,把目光移向身旁的电视,并顺手打开了电视。

电视锁定在香港卫视中文台,正在播放一部日本电视剧。

沉默了好一会儿,苏振欧有些不自然,他问:小小找我有什么事吧?

小小反问:没有事就不能来坐坐吗?

苏振欧说:当然可以。旅客须知里写了,晚十一时之前,客人是可以来访的,现在还不到九点嘛。

小小话里带刺儿地说:想不到苏老师还有时间研究旅客须知。

苏振欧辩解道:住人家的店,就要懂人家的规矩,看一看须知有问题吗?

那么,苏老师能不能比较一下黄金山酒店和樱花楼两处的须知,看哪一个须知制定得更合理?

苏振欧的脸一下子变红了,他很严肃地说:小小,你不要在猜测的前提下搞三段论。

冯小小很老到地说:我没有对你得出个不好的结论呀。刚才有人还说苏老师是个地地道道的正人君子呢,我也一直这么认为。

我称不上什么正人君子,但我起码是个老师,老师应该怎么做,我心里还是有数的。

冯小小终于提出了自己的疑问。

苏老师,能不能问你个问题?

如果不涉及个人隐私,你可以随便问。苏振欧说。

我看我还是不问的好,冯小小的眼里盈上了泪水,起身道,我告辞了。

苏振欧站起来,对走到门口的冯小小说:小小,我是你的老师,不是你的同学,你有什么问题可以开诚布公。

冯小小没有回头,对着门道:苏老师还记得柳永的那首词吗?有几句是这样写的:今宵酒醒何处?杨柳岸,晓风残月。

苏振欧大步走过去,一下子把冯小小的肩膀扳过来,两眼直视着冯小小道:你是说我去狎妓了吗?

冯小小的泪水涌出来。

小小,你怎么能这样看待自己的老师?!

我没这么看。

可你在这么想。

我为什么会这么想,总会有个前提吧!

苏振欧松开了手,退到沙发上坐下,对冯小小说:小小,你走吧,我不想向你解释什么,我只希望你不要那样看我。

冯小小轻轻地推门走了,苏振欧看出小小的肩头在抖动,他的头不禁一阵涨痛。

次日,老乔来带他们去蛇岛。

蛇岛是旅顺西北海域上的一个面积不足1平方公里的小岛。岛上林草茂盛,土层肥厚,在树木草丛中生存着2万多条剧毒的蝮蛇。因此,这是一个地地道道的毒蛇王国,每年夏季,来岛上探险的游人络绎不绝,蛇岛也就因此而闻名于世。

乘船去蛇岛大约需要一个小时,老乔已经买好了船票。

吃过早饭,老乔带领一行人驾车来到羊头洼港,登上一艘可乘40余人的小快艇,直奔蛇岛而去。

蛇岛的码头十分窄小,浪又很大,快艇登岸很困难,折腾了好一会儿,有人开始晕船,而晕船反应最严重的则是冯小小。冯小小脸色煞白,额头沁出一层冷汗,像是要虚脱一样。艾莲在一边抱着小小,目光却求救地投向老乔。老乔也无可奈何,他对苏振欧说:晕船是没法子的事,挺一挺就过来了。

苏振欧自己也有点晕船,但他尚能挺住。他走过去握住小小的手说:挺一挺就上岸了。

小小的手很凉,苏振欧顿生怜惜之情,他附在小小的耳边道:什么时候精神都不能垮,精神好,什么难关都能挺过去。

冯小小的眼角涌出了泪花。艾莲焦急地望着舱外,老乔喊了一声:靠上了,好了!船果然靠上了码头。

苏振欧扶起冯小小,对艾莲说:我来照顾她吧,她太弱了,需要照顾。

艾莲开玩笑道:不仅需要照顾,而且更需要关心。

苏振欧瞪了艾莲一眼,道:老实人怎么也说起风凉话了?

下了船,冯小小的状态好多了,她对苏振欧说:不用您扶了,下了船我就好了。

沿着蛇岛蜿蜒的登山小路,游客们往山坡上端登去。蛇岛上的蛇仿佛约好一样,一下子都藏匿起来,游客们快登上山顶了,却连一条蛇也没有发现。

年轻的女导游有些奇怪,她对游客们说,这种情况她还是第一次遇到,成千上万条毒蛇怎么会都不见了呢?

游人们都登上了山顶,站在海风劲吹的蛇岛顶端,大家都有些失望。老乔对苏振欧说:这种情况有点反常,说不准天气会有变化。

不是有天气预报吗?如果有大的天气变化,气象台会预报的。苏振欧说。

老乔紧皱着眉,自言自语道:天有不测风云呀。

导游为了化解大家的失望情绪,在绘声绘色地介绍了一番蛇岛的特点后,让大家在岛上拍照留影。因为晕船,冯小小很疲惫,她走到一棵枝叶繁茂的柞树旁,靠着树干坐下来休息。

苏振欧拿了一瓶矿泉水,向冯小小走过去。他走近小小时,发现一截黑乎乎的"树枝"正从冯小小头部上方往下移,突然,那截黑色"树枝"的前端竟吐出两条一伸一缩的红舌来,那红舌正在一点点接近冯小小的头顶。

不好!苏振欧失声喊道,小小,别动!说完,苏振欧箭步冲过去,用手中的矿泉水瓶向那条正在徐徐下滑的蝮蛇横扫过去。那条粗大的蝮蛇被苏振欧扫中了颈部,整条身子从树上弹出去,在空中翻滚几圈儿,跌落在不远处的草丛里。

冯小小吓呆了,愣在那里好半天,猛地扑进苏振欧的怀里抽泣起来。

游人们都围过来,刚才这一幕太惊险了,大家都在倒吸凉气。导游小姐的腿一直抖个不停,因为她知道,要是被蝮蛇咬中头部,眼前这个女大学生就没命了。老乔向苏振欧伸出拇指说:苏老师,你真了不起,你这是救了冯小小一命啊!说完,老乔蹑手蹑脚地走进那片蝮蛇跌落的草丛,察看了半天,对大家说:没事,那蛇早跑了。

晴子不解地问:乔老师,蛇跑了没事,你是说蛇死了就有事了?

那当然。导游小姐接话说,打死一条蝮蛇,轻则罚款,重则拘留,蛇没有死,是不幸中的万幸呢,因为这里是保护区。

苏振欧刚刚有些后怕,他想,要是在这里被拘留,自己可就"出名"了。

艾莲从苏振欧怀里扶过小小,对小小说:怎么这蛇偏偏就看中了你?你小小的魅力也太大了。

小小抽泣着说:我这是祸不单行。

艾莲说:你这是吉兆呀,大难不死,必有后福,苏老师成了你的救命恩人了。

冯小小点点头,很感激地望了望苏振欧,她心想:假如苏老师真的为此事被拘留,她舍命也要到拘留所去陪他。

经此一吓,游人们都没了兴致,纷纷嚷着要下岛返航。

然而,老乔的预言灵验了,天空不知何时变得暗淡起来,海面上风从浪生,浪助风威,码头上的小快艇被一排排巨浪拍得咚咚直响,开船是不可能了。

大家的情绪都激动起来,这样的天气,可怎么下得了岛呀?有的游客开始埋怨导游,说旅行社只顾赚钱,连这样的天气都敢出海。还有的游客出言不逊,骂骂咧咧闹着索赔。

老乔听不下去了,他说:你们不要怪导游,这样的天气是个意外,我们来时海上不是很好吗?天气预报和地震预报是一样的,不是百分之百精确,有一两次意外不足为奇。值得庆幸的是,我们没下岛就起风了,要是在海面上遇上这样的风,我们恐怕就葬身鱼腹了。

经老乔这么一讲,大家变得安静起来。岛上有两处工作人员居住的小房子,导游把大家安顿好,又请工作人员和岸上取得联系,岸上答复说,暂不派大船来接,待风停再返航。

风越来越大,像是要把小小的蛇岛吹向大海深处一样,每个人都感到了脚下的震动。大海像一锅沸水,在岛的周围涌起不规则的巨浪,有的浪花竟溅到距离海面几十米高的房屋窗子上来,在窗子的玻璃上留下一道道水流,像是屋外下起雨来一般。

这一次蛇岛之行肯定会难忘的。老乔说,我来过蛇岛多次,这样的经历还是第一次。

人生履历中有过一次历险的活动,以后就会处变不惊了。苏振欧道,从这个意义上讲,此次蛇岛之行,会成为人生的一笔宝贵财富。

艾莲道:我肯定要写一篇游记,题目就叫《蛇岛历险记》,小小将是游记的主人公,苏老师将是我讴歌的英雄。

我写一首诗。小小说,诗的题目已经想好了,就叫《我的头顶有一条蛇》。

哎呀,这题目太吓人了。晴子吐了吐舌头。

苏振欧说:这题目好,只要看了题目,就能抓住人,看了第一行,就想看第二行。只不过在内容上需要升华,升华就需要有亮点,亮点是诗的眼睛,眼睛一亮,一首诗就活了。

艾莲推了推小小说:你多幸运,小小,苏老师在给你讲课呢,你这是吃小灶呀。

冯小小笑着点点头,道:不是我自己吃小灶,大家不都跟着听吗?

苏振欧察觉出在众人面前这样谈话有些不妥,便转移话题说:乔老师给讲个故事吧,让大家都开开心。

老乔想了想说:好吧,我就给大家讲个蛇岛的传说吧。

大家的注意力都集中到老乔的身上,这样的鬼天气,听一个动人的故事,可以说是最好的调剂了。

我们所在的蛇岛,不是一座孤岛,它的周围还有鸟岛和猪岛。这三座岛屿各有特色,蛇岛产蛇,鸟岛有鸟,而猪岛却没有猪,过去只有麻风病院。

我讲的故事是从猪岛开始的。猪岛上的麻风病院,收治了一个来自三十里堡的小伙子。小伙子姓贾,是个农民,不知怎么就患上了麻风病,为了不传染给别人,村里派人把他送到了猪岛上的麻风病院。

进了麻风病院,就像进了人间地狱一样,除了两个年老的医生外,其他所有的人都面目狰狞,缺鼻子烂手指,令人毛骨悚然。

姓贾的小伙子不想在猪岛上待下去,上岛的第二天他就萌生了逃离猪岛的念头,所以,在岛上的日子,他天天琢磨着逃离猪岛的办法。

猪岛是个很奇怪的岛屿:放牛,牛生野性;放猪,猪长獠牙。在建麻风病院之前,这里曾关过犯人,结果,犯人宁可吞铁钉自杀,也不愿在岛上待下去。最后,这里就成了人们闻风丧胆的麻风病院。但猪岛的好处在于它有淡水,而蛇岛和鸟岛缺少的就是淡水,这也就是猪岛能住人,而鸟岛和蛇岛没有人烟的原因。

因为猪岛恐怖,几乎没有人到这里来赶海,而蛇岛和鸟岛则常有渔民去抓蟹子、捡海参。所以这个贾姓小伙子设计了自己的逃跑路线，就是先奔蛇岛，然后通过赶海的渔民，再搭船返回岸上。

小伙子带了些淡水，在一个夏夜里划着岛上的一只舢板出发了。他的病不算重，只是脸上、身上长了些脓疮，这对他的体力影响还不大，所以，从猪岛划到蛇岛还是有可能的。

由于逃跑心切，小伙子忘记了带火柴。当他划到半夜时分，凉飕飕的海风一吹，他才想到了火的问题，回去是不可能了，唯一的办法就是向蛇岛方向划。终于，在太阳就要升起的时候，他划到了蛇岛。船到蛇岛时，划了一夜船的小伙子再也无力控制这艘小小的舢板。顺着涌起的大浪，舢板像一块被抛出的木板，箭一样地冲向礁石，舢板被撞坏了，小伙子拎着那桶救命的淡水爬上蛇岛。

本以为在蛇岛很容易就能遇上赶海的农民，但因连续的恶劣天气，一连三天，蛇岛的周围不见一个人影。小伙子没带食物，饿极了，他就抓岛上的蛇吃。小伙子应该是这一地区生吃毒蛇的第一人。

或许因为毒蛇吃得多了，到了第四天，他在一块大礁石上昏倒了，当他醒来时，他已经躺在了一条大机帆船上。

也该小伙子命大，一条到蛇岛附近搞军事训练的机帆船救了他。当时机帆船上有一个排的民兵，排长是一个海霞式的铁姑娘，此次军事训练是她的创意。本来她想亲自驾船横渡海峡去山东，因为上级首长不批准，她便带着清一色的女民兵驾船到蛇岛附近这片危险的海域来拉练。在用望远镜观察时，女排长发现了这个趴在礁石上的小伙子，她当时激动万分，她想她一定是发现了一个敌特分子，女民兵为国立功的机会终于来了！她当即就下了准备战斗的命令，所有的女民兵都子弹上膛，虎视眈眈地盯着远方礁石上的那团黑影。

快到礁石时,女排长亲率三个勇敢的女民兵泅水包抄过去。当四支半自动步枪齐刷刷地指向那个趴在礁石上的小伙子时,女排长发现她们搞错了,她们遇到的不是一个敌特分子,而只是一个遇难的农民。

小伙子获救后,在女排长家休养了几日。女排长的父母都是厚道的农民,对满脸满身血痂的小伙子悉心照料。谁也想不到,一个星期过后,小伙子身上和脸上的血痂都脱落了——小伙子的麻风病痊愈了。

消息传出后,村里的赤脚医生找来了镇里和区里的医生对小伙子进行了会诊。在详细地询问之后,医生们从小伙子在蛇岛遇险的经历中得出了结论:黑眉蝮蛇能治疗麻风病!

蛇岛从此名声大振,一个不到 1 平方公里的小岛令国家乃至世界瞩目。蛇岛管理处成立了,蛇岛医院建立了,蛇岛进行旅游开发了。这一切,都缘自那个小伙子的搏命一逃。

讲到这里,老乔打住了话头,因为导游小姐正在偷偷地笑。见老乔不讲了,导游小姐问:那个女排长后来怎样了?

老乔卖了个关子,让大家来猜。

有人猜她当了干部,有人猜她在家务农,还有人猜她嫁给了那个小伙子做媳妇。

老乔对苏振欧道:苏老师,你说说看。

没等苏振欧回答,小小马上接话道:这还用猜吗？那个女排长肯定嫁给了那个小伙子。

何以见得呢？老乔问。

因为他们两人间有一种救命之情嘛,那个小伙子想报恩,最好的办法就是娶她做太太了。

众人都笑了。

艾莲揶揄道:有救命之恩非得娶或嫁吗?

小小坚持说:这不违反逻辑。

艾莲接着说:刚才苏老师对你可是有救命之恩,你将做何选择呢?是选择嫁给苏老师吗?

没等小小说话,苏振欧狠狠地瞪了艾莲一眼,训斥道:你开什么玩笑?我们是在谈论乔老师所讲的故事,你把我扯进来干什么?苏振欧发现,小小的脸红了,把娇小的身体隐在晴子的身后。艾莲的话太直接了,小小没有一点思想准备,这使她十分尴尬。

老乔说出了故事的结局。谁也没有想到,这个结局竟带有一些悲剧的色彩。

那个铁姑娘排长真的收留了这个九死一生的小伙子。当时女排长还没有对象,家人也正为她的终身大事发愁,突然间从蛇岛上"捡"来这么一个棒小伙子,岂不是天成的好事?

小伙子就住在女排长家,女排长的父母把他当成未来的女婿来看待。但这段爱情没有结出婚姻的果子,小伙子鬼使神差地爱上了村里的一个女民兵小曼。

小伙子和小曼好上后,女排长很快就发现了。女排长处理这一问题的态度出人意料地冷静,她把小曼和小伙子叫到一起,问:你们是真心相好吗?

两个人都不敢回答。

女排长说:如果是真心的,你们明天就去登记!

两个人原以为女排长会大发雷霆,没有想到女排长会逼他们去登记。但这么快去登记也是他们不想做的,毕竟刚刚开始相恋。

女排长见小伙子还在犹豫,便毫不客气地下了命令:要不明天去登记,老老实实做一个渔民;要不明天就滚蛋,回三十里堡种你的庄稼。

事到如今,小伙子已经别无选择。

小曼问排长:为什么要这么做?排长眼中含着怨气,冷冷地道:我不想我的一排姐妹都成了他的俘虏。

事情的结果是小曼没有嫁给这个小伙子,因为小曼的家人坚决反对这门亲事。小曼的父母为此把小曼锁在家里半个月。小曼的哥哥还把小伙子叫到海滩上狠狠训了一顿,告诉他如果对不起人家女排长,还有什么脸在这个村子里混!

小伙子最终离开了这个渔村,在离开时,小伙子给女排长的父母跪下了,流着泪说对不起两位老人。女排长的母亲也流泪了,她问小伙子:俺闺女长得也不丑,哪一点配不上你呢?小伙子说:不是她配不上我,而是我配不上她。我一看见她,两腿就发抖,我要是娶了她,这日子怎么过?

老乔的故事讲完了,众人都有些失望,这样的一个结局多少令人有些伤感。

这个故事能说明什么呢?艾莲问小小。

小小摇了摇头,她对这个故事的结局大为不悦,她对老乔道:这不符合逻辑,那个小伙子没有任何理由这么做。

可这是一个真实的故事。老乔不紧不慢地说,真实的东西有时就是不合逻辑。

艾莲点点头,小小张大了嘴。

老乔的话太有哲理了,艾莲从老乔的话中想到了苏振欧与小小的关系,这种师生之间的单相思看起来不怎么合逻辑,却是真实的,难道老乔讲这个故事,是在向他们暗示什么吗?

小小则从老乔的话中联想到了那个令她很无奈的女司机,这么短短的几天,苏老师与这个女司机频繁接触,这种不合逻辑的事难道就不会发生点什么真实的内容吗?

苏振欧对老乔的这个故事也颇感兴趣,他想:这是多好的电视剧素材呀! 至少可以拍四集,第一集叫《亡命猪岛》,第二集叫《与蛇共舞》,第三集叫《生死之交》,第四集可以叫《泪洒渔村》。这样一部电视剧拍出后,收视率肯定高,因为这个故事的背景好,广阔的大海、神秘的岛屿、多情的女民兵排长、豪爽朴实的渔民,这样的背景甚至可以叫作"海上香格里拉"。

沉默的晴子看起来好像无动于衷,其实她的内心也不平静。晴子想到了这样一个问题:为什么女排长会担心自己一排的人都成了小伙子的俘虏? 难道说这个患过麻风病的小伙子真的那么有魅力吗? 难道那个村里没有一个男子汉能比得上这个外来的农民吗? 这个女排长太可悲了,自己"捕获的猎物"不能属于自己,这是多伤自尊的事呀。晴子又想:那个小伙子肯定有什么过人之处,因为他本身就像一个谜,女孩子对谜一样的男人有一种本能的向往,因为谜是需要破解的,需要破解的东西都具有磁性。这就像这座城市,因为有太多的谜,所以具有很大的吸引力,在自己的家乡,多少老人梦寐以求,怀着一种朝圣般的心理想来这座城市探访。但是,因为各种各样的原因,他们来不了这里。晴子之所以搞这样一个课题,就是想探寻一下这个城市的谜底。

海面上风势有所减小,但让涌动起来的大海平静下来还需要很长的时间。导游用电话与岸上联系,要求派一条大船把游客们接回去。她的这一建议得到了游客们的一致拥护,唯有老乔心里抖了一下,他知道,这样一来,旅游公司要赔上很多钱,因为一条大船往返两个多小时,其耗费是惊人的。

当一条大马力拖轮载着这批历险的游客返回岸上时,时间已近午夜。因为没有受到伤害,旅游公司又安排得很周到,所以游客们也没有吵吵闹闹,一个个都很疲惫地乘车返回各自的住处。老乔一行没有坐旅游公司的车,由晴子开车返回酒店。路上,老乔问大家:这趟蛇岛之行印象怎么样啊?

大家都在想该怎样回答老乔,晴子却脱口回答道:有了这趟蛇岛之行,我什么地方都敢去了。

H

从蛇岛返回的苏振欧一直睡到次日中午,如果不是一阵急促的电话铃声把他唤醒,他会继续睡下去。

他操起电话,电话里传出老乔的声音:晴子出事了!

原来一大早晴子就驾车去了水师营,然后又去了龙塘,无意中闯进了军事管理区,现在正在公安局接受调查。

苏振欧脑袋"轰"的一声大了,他知道旅顺是个局部开放城市,因其重要的国防作用,有相当一些地段是禁止外国人进入的。晴子是个日籍留学生,一旦误入这些区域,麻烦可就大了。

老乔已经在公安局了,苏振欧草草地洗了把脸,带上所有的证件及学校的介绍信,急匆匆步出酒店。

事又凑巧,在门口等候的出租车正轮上那辆红色的桑塔纳,女司机樱花一样的笑容格外灿烂。

真是缘分呀,苏老师。女司机主动推开车门。

你怎么像个影子一样? 真是奇怪。苏振欧钻进车内,坐在副驾驶的位置上,道,你总是在我需要的时候出现在我的身边。

女司机麻利地操纵着方向盘,依然笑着说:顾客就是上帝,谁敢远离上帝呢? 苏老师要去哪里? 该不是樱花楼吧?

快一点,我们去公安局。

公安局? 上那儿干什么? 女司机问。

我的学生出了点麻烦,我去处理一下。苏振欧故作轻松地说,不过也没什么,去解释解释就可以了。

女司机下意识地加快了车速,她从苏振欧的神情里看出了此事非同小可。

在公安局的一间很整洁的会客室里,苏振欧见到了晴子,老乔也在场,正向一位民警解释什么。

晴子坐在一张办公桌旁,正在接受一位民警的询问。桌子上摆着晴子的相机、几卷富士牌胶卷和一个笔记本。

事情的经过是这样的:

晴子一大早就独自开车去了水师营,去找她认为是松原田的那个哑巴的孙子,晴子急于解开这个百年之谜。

那个哑巴的孙子刚刚出差回来,他很热情地接待了晴子。听完晴子的介绍后,他拿出了爷爷的照片。晴子一看照片,心就凉了半截儿,因为照片上的人与爷爷没有一点相似之处,又询问了一些情况,也都与父亲介绍的情况不相吻合,晴子失望了。在她要告辞的时候,哑巴的孙子无意中提供了另一条线索:他爷爷有个非常要好的同乡,在南路旁的一个渔村,这个人在新中国成立后就去世了,听父亲讲,爷爷活着的时候每年都去给这位同乡扫墓。

晴子要了这个渔村的地址,驾车就往南路赶,她相信自己的感觉,这个百年之谜肯定会解开的。

在一片古槐掩映的山坡后,晴子找到了这个小小的渔村。按照哑巴的孙子所提供的线索,晴子打听到了一户姓宋的人家。

在路上时晴子就暗暗在想:"宋"和"松"音近,这会是简单的巧合吗?

宋家的主人是一位小学教师,四十几岁的年龄,人长得很斯文,从肤色看与当地的渔民有着明显的区别。

晴子没有说明自己的身份,她说自己是北京一所大学的学生,正在搞一个关于日俄战争在旅顺的课题。在查阅档案时,她查到了一个失踪者的名字,叫松原田,所以,她想了解一下松原田这个人当时是不是活了下来,活下来的日子是怎样度过的。

宋老师仔细地打量了晴子一会儿,突然问:你怎么会找到我们家?

我是听水师营的一个人介绍的,那人说他的祖父和你家过从甚密,他祖父在世时,每年都来你家看望。

你说的是哑巴伊藤。宋老师肯定地说。

哪个伊藤?那个哑巴叫伊藤吗?晴子眼睛一亮。

外人都叫他哑巴,其实他是个不会说汉语的日本人,名字叫伊藤。宋老师肯定地说。

你是怎么知道的呢?晴子简直要跳起来了,她所期望的谜底终于要揭开了。

你所找的松原田就是我的曾祖父。当时我的曾祖父是一名随军伙夫,伊藤是个炮兵,两人从二〇三高地战场上逃了出来,这就是他们两人"失踪"的过程。

宋老师讲得很平常,晴子听起来却犹如一声声惊雷。她努力控制住自己的眼泪,恳切地请求宋老师详细地介绍一下他曾祖父的事情。

宋老师很健谈,他笑了笑说,这是现在,我可以大胆地讲,要是二十年前,你借我个胆子我也不敢讲。现在就是日本警察来了,也不会再把我曾祖父当逃兵押回去,因为他和伊藤都已入土半个多世纪了。

宋老师依旧很平常地介绍了他曾祖父松原田那段鲜为人知的经历。

松原田在日本时自己经营了个小餐馆,生意很红火,日俄战争爆发后,松原田被征入伍,为日本第三军炮兵做随军伙夫。二〇三高地的争夺战异常惨烈,整队整队的士兵暴尸战场。生就胆小的松原田早就萌生了逃跑的念头,只是暂一时没有机会。一次,他在和同样厌战的伊藤交谈时,伊藤说出了要逃跑的想法。恰好松原田因为做饭常常到当地菜农那儿买菜,认识了几个热心的中国人,因为松原田买菜时从不耍威风,颇得这些中国人的好感,所以,他们都愿意冒风险将松原田和伊藤隐姓埋名藏起来。

松原田和伊藤利用被炮弹炸碎的尸体搞了个假现场,把沾满血污的军装在一个弹坑边乱扔开来,把饭挑子洒了一地,伪装出一个被炮弹击中的现场后,两个人逃到水师营藏了起来。他们留起辫子,穿上当地百姓的大襟衣袄,扎起裤管,俨然成了当地的农民。由于战乱兵荒,日军并没有做什么调查,就这样,两个人就成了当地的农民。伊藤因学不会汉语,就一直装哑巴,松原田后来搬到了龙塘,改名叫宋元田,两个人都娶妻生子,生存了下来。松原田在一九五〇年去世,享年七十岁。伊藤比松原田多活了十几年。两个老人生前再没遭遇什么坎坷,平平淡淡地度过了一生。

宋老师说完,起身打开一个木箱,翻出一摞发黄的纸和一张镶框的照片。

瞧,这是我曾祖父用日文写的身世,这是他的照片。宋老师把照片递给晴子道。

晴子双手颤抖地接过照片,只看一眼,她的泪水就止不住泪泪流下来。照片上的老人和自己的父亲太像了,简直就是一个人,只不过照片中的老人目光忧郁,似有无限愁肠凝结于此,令人戚戚焉。

晴子接过那摞发黄的纸一看,果然是用日文写的一部自传。晴子如获至宝,有了这份珍贵的文物,他们的课题会不亚于一颗氢弹,引起全世界的轰动。

宋老师,我可以复印一份资料带走吗? 我和我老师的课题非常需要它。晴子试探着问。

宋老师小心地拿回资料,摇摇头说:不行,我让你看是为了证实我没有编故事,至于这份自传,我还不想把它发表,这也是知识产权。

它对于我来说太重要了,宋老师,您能不能给个方便? 我只要一份复印件。晴子央求说。

宋老师摇摇头,很坚决地说:不是我不给你方便,我也算是个有文化的人,我知道这份资料的价值,换了你,也不会轻易给别人的。

我可以花钱买它吗? 晴子又试探地问。

宋老师笑着摇了摇头,环视了房屋的四周道:你看我的家境,至少应该是个小康,还不至于拿曾祖父的遗物卖钱。

那么,您留着它做什么用呢? 晴子几乎绝望了。

宋老师想了想,有些不好意思地:不瞒你说,我想写一部书,一个关于亲自经历日俄战争,在中国的日本逃兵的书。我想把这部书献给中、日、俄三国人民,让他们牢记这场战争的罪恶!

晴子不说话了,宋老师的想法和自己不谋而合,这个不紧不慢的中年人让晴子感受到了一种精神,这种精神藏而不露,却又摄人心魄。由此,晴子想到了中国的太极拳,她十分迷恋这种充满文化色彩的拳法,那一招一式所透射的绝不仅仅是力量,那还是一种精神的体现。

无可奈何的晴子只好退而求其次:那么,我翻拍一张这位老者的照片吧,我想做个永久的纪念。

宋老师犹豫了一会儿,点了点头,道:你翻拍吧,但不要用于发表,否则我会跟你打官司的。

晴子顾不上回答,急忙用相机翻拍了松原田的照片。之后她又问:松原田老人还有其他的遗物吗?

宋老师摇了摇头说:没有了,年代太久远了,除了这张照片和这份自传,其他什么也没有留下来。

晴子又端详了宋老师一番,在这个第三代的混血人脸上,已经看不出一点他的曾祖父的特征,但眼前这个人又确实和自己有着那么一点血缘关系,论辈分,自己应该是他的长辈呢。

宋老师,我能不能到老人的墓地去一趟? 晴子问。

宋老师被眼前这个女学生感动了,他奇怪地看了晴子一眼,道:你这个大学生还真有点打破砂锅问到底的劲头哩,就凭你这份做学问的苦心,我就陪你上一趟山!

老人的墓地在一座面海的小山上,山上长满了成片的黑松,黑松间又夹杂着一些刺槐,从黑松与刺槐的间隙望进去,便可见一座座低矮的坟丘。宋老师带着晴子在林间东转西拐,来到了一座青砖垒成的三角形坟墓前。或许是久无人来的原因,坟墓的四周长满了荒草,给人一种很凄凉的感觉。

拨开墓碑前的杂草,墓碑上的字清晰可见。这块用黑色大理石制成的墓碑上刻着这样几个字:"宋公元田之墓"。立碑人是宋寿柱,时间是一九五一年冬月。

晴子分析,这个宋寿柱大概就是宋老师的祖父了,从石碑的选材可以看出,这个宋寿柱在当时应是有一定经济基础的人。

宋老师在坟前鞠一躬,晴子则把来时顺手采的一把映山红放在墓碑前,然后用相机将墓碑拍了下来。

站在墓碑处向海上望去,晴子忽然发现这是个风景绝佳的地方,在山下临海的沙滩旁,有几排造型别致的平房,看上去像是军用的,因为有三三两两的水兵在出出进进。晴子又拍了几张风光照,看看时间已近中午,便和宋老师一起下山。走到半山腰,有一条小路斜插向村子的东北角,那里便是村里的小学校,宋老师与晴子在小路旁告别。宋老师说:快到我的课了,早晨我还没请假,我就不陪你了。

晴子很感激地谢过宋老师,便沿着原路向村里走去。

或许是晴子的装束与村民差别太大,或许是她的披肩长发过于招摇,也或许是晴子脖子上的相机太引人注目,当晴子走下山坡时,一个穿迷彩服的军人迎上来拦住了她。

小姐,请出示一下您的证件。军人很有礼貌地说。

晴子点点头,不假思索地掏出学生证递了过去。看过晴子的学生证,军人的脸变得严肃了,军人说:小姐,您未经允许就私闯军事禁区,而且还进行拍照,因此,需要对您进行调查。

这是军事禁区吗? 晴子傻眼了,说,我不知道呀。

军人不再说什么,用手机打了个电话。不一会儿,一辆军用吉普车开过来,从车上下来一男一女两位军人。那位女军人很客气地对晴子说:请上车吧,小姐,您必须接受我们的调查。

就这样,晴子被送到了公安局。

苏振欧对晴子的私自外出感到很恼火,但又为她终于解开了一个百年之谜而高兴。他以一个老师的身份向公安人员表示,愿意接受公安部门的处罚。

一旁的老乔暗暗叫苦,要知道,出现这样的事,是可以把人驱逐出境的。

公安局的工作效率很高,他们与苏振欧所在的学校取得了联系,在准确无误地核实了苏振欧和晴子的身份后,对他俩进行了简单的批评教育后就放行了。

处理此事的民警说:你们是老师、学生,这次就不罚你们款了,但要记住,下不为例。再在军事禁区里乱闯,我们就只好把你送回日本了。

人是放了,但笔记本和胶卷却全留下了,晴子拍的几张照片嫌疑很大,需要做进一步鉴定,这让晴子心疼不已。

回到宾馆,艾莲和小小都在大厅里焦急地等着,她们不知道晴子到底出了什么事。听完老乔的简单介绍后,小小兴奋地说:下次该艾莲出事了。

你这是什么意思?艾莲抓着小小的手要问个明白。

小小眨了眨眼睛道:你们想想看,上次我在蛇岛出了一次事,这次晴子又在海边出了一次事,下次轮也该轮到你艾莲啦!

你个乌鸦嘴!艾莲拧了小小一把,对苏振欧道,我们都出一次事,苏老师可就要吃不了兜着走了。

苏振欧苦笑着说:公安局已经和学校联系过了,说不准我回去要交一份检查呢。

小小抢着说:苏老师您别怕,要写检查我替您写,我可以以您的语气写,保准系主任看不出来。

胡扯!苏振欧瞪了小小一眼,道,我一个老师连写检查都作弊,还怎么为人师表!

艾莲在一旁道:写就写呗,反正那东西也不装档案,多写几次还能练练笔。

苏振欧被逗笑了,对老乔说:你看看,老乔,和这几个学生在一起,我哪里还有老师的尊严?

老乔摇摇头道:苏老师,你们师生关系这么融洽,我都有点忌妒了。

晴子忽然说:乔老师,我们的东西在龙塘,我是不是可以去取回来?

140

老乔瞪大了眼睛道:你还敢去那里呀?再被抓住,你就会被遣送回国了。

老乔要过车钥匙,回去请人开车了。苏振欧则对三个学生吩咐:都到我的房间,我们开会!

看到老师真动了气,三个学生都不再说话,悄悄地跟着苏振欧上楼回房间。

苏振欧在会上重申了三条纪律:

一、不许私自外出,单独行动;

二、边考察边思考课题的切入角度;

三、要讲一点师道尊严。

苏振欧刚刚宣布完,小小就问:这样一来,剩下的这些天是不是就不能和苏老师开玩笑了?

苏振欧想了想道:玩笑可以开,不过要注意场合、环境。同时,不要开过头的玩笑。

艾莲皱着眉头说:苏老师,您的年龄还不算大嘛,怎么有点老夫子的味道?

就是。小小帮腔说,樱花之旅应该是浪漫之旅,苏老师这么一要求,不就成了寂寞之旅了?

苏振欧放缓了语气说:我这是为你们好,你们在这里要是出个什么事,我负不起责任呀!

晴子也搭话说:老师,我们都是成年人了,我们都有责任能力了。

你还讲责任能力,你都差一点被拘留你知道吗?你要是真进去了我们怎么向学校交代?苏振欧狠狠训了晴子几句。

晴子的眼里盈满了泪水,她说:我真的没有看见那块写着"军事禁区"的牌子,不知者不怪嘛。不过这件事都怨我,我向大家道歉,对不起啦。

小小看不过去了,说:苏老师别这么凶呀,晴子已经被吓了一回,您要是再吓她,吓出病来怎么办?

苏振欧也感到自己刚才的话说重了,便叹了口气道:我总算明白了一个道理——男人和女人,永远是一对矛盾。

离开苏振欧的房间,几个姑娘都有点闷闷不乐。艾莲提议去二楼打保龄球,小小和晴子没有说什么,就跟着艾莲往电梯去。晴子一边走一边说:今天这事全怪我,连累了两个姐妹,所以今天打球我请客。

艾莲说:那不行,谁输了谁请客。

小小是三个人中球技最差的,但她不服,道:我也有赢球的时候,别以为你俩一定打得过我。

来到电梯旁,恰好上行的电梯在本楼层停下了,电梯门一开,三个姑娘都呆住了:冷山从电梯中走了出来。

喂,你们好。冷山着一身米色的休闲装,脖子上挂着相机,很友好地跟大家打招呼。

小小和晴子把目光投向艾莲,她们以为是艾莲约来了冷山。这一看,顿时把艾莲的脸看红了,艾莲对冷山的突然造访也是莫名其妙。

你怎么来了? 艾莲问。

冷山很有修养地回答道:你能来,我为什么不能来?

我是说你怎么来的? 艾莲又问。

飞机。冷山回答得很简洁。

不是。艾莲有些语无伦次,我是说你怎么知道我们在这里?

我虽然是个编辑,但同时也是个记者呀,记者的鼻子是最灵的。冷山说,好了,别审问了,你也该请我到房间里坐坐吧。

小小和晴子都很有礼貌地与冷山告辞,各自回到房间,艾莲和冷山有些尴尬地站在走廊里。艾莲眼睛盯着地毯上的图案,用脚尖在地毯上轻轻地画着什么。

冷山轻声说:我是有急事才来找你的,还是到你房间说吧。

进入房间,还没有坐下,冷山就从包里拿出两份表格,道:我是被邀请来参加樱花之旅的,顺便给你带两张表格。

艾莲接过表格一看,是冷山所在杂志社的录用合同。

冷山说:我们单位今年要录用几个采编人员,我推荐了你,因为你在我们的刊物上发表过不少作品,所以领导很快就批了,让你正式填表。

谢谢你这么关心我,可我还没有思考这个问题。艾莲说。

这是个难得的留京机会,你千万别感情用事,因为这件事与我们的关系无关。冷山为艾莲对此事的冷漠感到很焦急。

艾莲犹豫了,平心而论,冷山所工作的杂志社一直是自己十分向往的地方。虽然后来因为冷山的文章她对冷山产生了看法,但对这家杂志社她还是颇有好感的,因为这毕竟是在全国有较大影响的一家杂志社。

要知道,冷山,我如果真的这么做,会欠你一辈子的情,我不想背着包袱生活。艾莲想了想,还是拒绝了冷山。她不敢看冷山的眼睛,她是怕这录用的背后是冷山精心设计的感情交易。

冷山哈哈笑了,他拍着沙发的扶手,继续开导艾莲:你想想,如果不是我给你送表格来,如果是你在报纸上看到我们单位的招聘启事去应聘,如果是一个你从来不认识的人事部职员给你送来这份录用合同,你会怎么处理呢?也会像对待我一样这么回答吗?

那……当然是两回事。艾莲回答道。

这不就行了吗?我一开始就告诉你,要把你工作的事和你我

143

之间的关系分开,这是两回事,你怎么总是把两者搅在一起呢?换言之,你能被我们单位录用,不是靠我的关系,而是靠你的作品、你的实力,如果你不具备这些,我再怎么推荐也是白搭。

艾莲不自觉地点了点头。

冷山继续他入情入理的动员:现在的大学生分配,实行的是双向选择。这双向,一方面是你,另一方面是我们单位,我在其中充其量也就是传递信息。所以说,你应聘与否,与我没有利害关系,我也没有什么私利可图,因为你去的是我的单位,又不是我家。

你别讲了,冷山,我同意不行吗?艾莲担心冷山再说下去不知会说出多么令人难堪的话,便拦住他的话,低下了头。

以你的才气,在我们这家有影响力的杂志社肯定会有所建树的,因为在这个单位里,与你打交道的,和你所要联系的,都是国内外有一定知名度的人。

艾莲抬起头,认真看了冷山一眼,冷山的眼神中闪烁着真诚的光彩,令人无法抗拒。她说:冷山,这就是你为我挖的一个陷阱,我也只能选择跳了。和你分开时,我看不起你,可和你在一起时,我又说服不了你,你真是个魔鬼!

你对我有太多的误会,艾莲。我这次应邀参加樱花之旅,就是想找时间和你聊聊,因为离开北京那个喧嚣的环境,你也许能听进我的话。

不见得。艾莲反对说,我对你是从崇拜到失望,从追求到反叛,从近到远,其中都是因为你写的那些与你的人格不相符的报告文学。

等一会儿我们慢慢谈,现在我们是否去吃午饭?我是拿工资的人,所以我来请你。

艾莲为难了。我们刚刚开过会,艾莲说,老师一再强调,不许单独活动。

可我们不是单独呀,不是你我两人吗?冷山道。

诡辩!艾莲责怪地瞪了冷山一眼,说,好吧,我去跟老师请个假。

苏振欧听说有人要请艾莲吃饭,满脸的不高兴。他对冷山早有耳闻,只是没有见过面,见冷山从北京跑到旅顺来见艾莲,他感到其中奥妙肯定不少。尽管心里不高兴,但苏振欧还是给了艾莲外出吃饭的假,但同时给她规定了一个范围,即要么在本酒店,要么去樱花楼,其他不知底细的地方,一概不准去。

冷山说:到哪里去吃饭无所谓,反正这里的酒店我一家也不熟。不过,我既然是来参加樱花之旅的,就去樱花楼吧,听这个名字就比较有诗意。你说呢,艾莲?

艾莲点点头。其实,艾莲明白苏老师的用意,去樱花楼,那个吴老板不会视而不见。她想,苏老师啊苏老师,有个熟人当耳目,你的心就能放下吗?

两人打的来到樱花楼,丰腴的吴可正在酒楼门口迎候。

欢迎你,小艾。欢迎你,冷先生。苏老师刚刚来了电话,嘱咐我要特别关照你们。

冷山和艾莲面面相觑,人家苏老师一番好心,这叫冷山有些受宠若惊。他问艾莲:你们刚刚来了几天,就有了关系单位啦?

艾莲热情地同吴可握手,又把冷山介绍给吴可,对冷山说:人家吴老板可不是一般的老板,人家是美院毕业的画家呢。

冷山四处望了望,赞叹说:怪不得这么有品位呢,画家办酒楼,可谓凤毛麟角。

吴可将二人引导到一张临窗的桌子旁坐下。冷山用食指敲了敲洁白的台布,又端详了一下擦得锃亮的餐具,不由得点点头,对艾莲说:你老师的眼光不错,这酒楼的档次不低。

一身和服打扮的女服务员走过来,向两人深深地鞠了一躬,请艾莲点菜。艾莲把菜单推给冷山,道:你是美食家,还是你来吧。

你这是批评我还是表扬我?冷山很机警。

艾莲微笑着说:你走南闯北,什么样的酒店没去过?所以我说你是美食家,我这是表扬你见多识广。

冷山点点头,道:这么说也不为过,我这个人在中国,除了台湾,其他的省份全去过,每到一地,都要品尝当地的地方小吃,每次吃后都要写写札记,积攒到现在,已经可以出两本书了。

冷山不愧是见过世面的人,一点菜就显出是吃海鲜的行家。他点了海参蘸酱、葱油海螺、家焖加吉鱼和虾仁玉米四个菜,又点了一道海胆芙蓉汤,外加一瓶长城干红。点完菜,冷山笑笑说:我还是节约一点吧,否则该给你留个花钱大手大脚的印象了。

菜和酒都上来后,服务员给两个人各斟了半杯酒。冷山很客气地对服务员说:谢谢你,小姐,我们想谈点工作上的事。

服务员微笑一下走了。艾莲却歪着头问:你为什么要让这位可爱的小姐走呢?难道我们俩谈的话还怕人家听吗?

我不是这个意思,冷山说,反正菜也上齐了,让小姐站在这儿多累呀,她可以忙些别的事情嘛。

没等冷山再说什么,艾莲主动端起杯,她很爽快地说:来,我敬你一杯,谢谢你来看望我,并帮我找到了工作单位。

冷山没有端杯,抄着两只手,也歪着头问:仅仅这些吗?

天哪,你还需要什么?艾莲故作惊讶。

冷山把酒端起来,很严肃地说:我要你给我一个公正的评价。

艾莲低下头,双手握住那杯红酒,沉默了好一会儿,还是摇摇头说:我不能说违心的话,尽管你帮助了我,但我对你的评价并没有改变。自从读过你那部报告文学集,你在我心目中的形象就毁了,你再怎么挽救也是枉然,因为你所歌颂、所赞美的,正是我所深恶痛绝的。

你指的并不是我所写的全部作品吧? 冷山问。

当然。艾莲说,你的绝大多数作品都充满了真善美,可是,你的那部报告文学集改变了我的印象。这就好比你正在吃熏肉大饼,本来吃得香香的,恰在狼吞虎咽的时候,你突然咬到了一块腐肉,我想,你原来吃下去的肯定会吐出来。

你太求全责备了,艾莲。冷山把并未喝的两个半杯斟满,然后轻轻地放下酒杯,叹了口气道,其实,写企业家也好,写政治家也好,在本质上并没有什么区别。其原因就是写作者有两种担心:一是怕企业界的铜臭玷污了自己的声誉,二是怕所写的内容经不起时间的考验。

艾莲并不为冷山的分析所动,她抄起筷子道:饿着肚子谈理论,空洞乏味。你这是请客,还是想兜售你的理论?

冷山不好意思了,为艾莲夹了一个海参,道:对不起,我光顾着说了。

两人刚刚吃了几口菜,吴可过来敬酒。吴可很客气地问:我来敬酒是不是打扰你们谈话?

艾莲忙起身道:哪里,我的老师对您都刮目相看,我一个学生更是要仰视您了。

吴可敬了一杯酒,对艾莲说:一会儿我送你们一个礼物,我想你们会喜欢的。

吴可走后,冷山问艾莲:你刚才说你们老师对她刮目相看,这是什么意思?

噢,没有什么意思。艾莲说,我们在这里吃过几次饭,我们的朋友老乔向我们介绍了这位老板,我们苏老师对她印象特别好。你要知道,人家不是个简单的酒楼老板,人家是受过高等教育的大学生。

冷山点点头,小声道:这个吴老板很有气质,只不过应该减减肥了,再胖下去,恐怕你们的苏老师会伤心的。

你这人说话太损。萝卜白菜,各有所爱,杨贵妃不是个胖子吗?唐明皇多么爱她,人家爱出一个经典来,又是比翼鸟,又是连理枝。有道是:己所不欲,勿施于人。你以为苏老师像你一样偏爱苗条的吗?艾莲说完这番话,不觉有些后悔,因为自己属于那种偏瘦的女子,自己这样说,是不是太直接了?因为冷山从来没有说过自己喜欢偏瘦的女子。

说得好,说得好。冷山举杯道,为你这一针见血的批评,我敬你一杯!

在两人离开樱花楼时,吴可果然送给了两人一份礼物:一张两人就餐时的速写。

画面上,一位与冷山颇为神似的男士正在高谈阔论,夸张的脖子和嘴唇显示出一种与众不同;画面上的女士则含蓄羞赧,低眉含目,似在听男士的理论,又似在思索什么。两人形成一种鲜明的对比,一阳一阴,一张一弛,一高一低,使画面生动而和谐。

你偷画我们?冷山端详着画面说。

为你们留个纪念罢了。吴可笑了笑。

你只画了一张,我们可有两个人。艾莲摊开两手说,你是给他还是给我?

给你们两个人,希望你们共同拥有。吴可依然甜甜地笑着。

冷山很激动。太好了!他说,你所赠送的礼物,是我们的第一笔共同财产!

艾莲脸红了,忙对吴可说:你别听他瞎说,他的脑子和正常人的不一样。

从樱花楼出来,艾莲回到了黄金山酒店,而冷山则去了另一家宾馆。冷山给艾莲留了地址,让她把表格填好后,马上传真给杂志社,其他的事就不用她管了。

回到酒店,苏振欧正在大厅的沙发上等她。见到艾莲,苏振欧看看手表,问:你喝酒了?

艾莲说:喝了,少量的红酒。

嗯,把握得不错。苏振欧说,在这里有人请你吃饭,你是不是感到很荣幸?

我和冷山很早就认识了,没有什么新鲜感。艾莲不懂苏老师的意思。

苏振欧停了停又说:艾莲,你是个直来直去的女孩子,我希望你不要与小小和晴子谈你出去吃饭的事,尤其是小小,你明白我的话吗?

艾莲想了想道:我明白了。

I

在冷山请艾莲吃饭的当天傍晚,苏振欧独自一人悄悄走出了酒店,他想到小婷家里去看一看。

小婷的住址是刘欣告诉他的,刘欣用将近半天的时间把小婷的遭遇和盘托给了苏振欧。末了,刘欣说:振欧,如果你能为小婷做点什么,你就应该做了。小婷是天底下最好的女人,这你比我还清楚。

苏振欧这次走出酒店没有遇到那辆熟悉的桑塔纳,他想,这个红车天使也真是善解人意,要是让她拉着我去夜访一个女同学的家,自己多少会有些尴尬。

苏振欧正在庆幸自己的运气,只听突突突一阵摩托车的声音在身后突然刹住。苏老师! 一个熟悉的女子的声音传来。苏振欧回头一看,差点晕过去,又是那位女司机!

女司机披散着刚刚洗过的长发,穿着一身宽松的类似睡衣的连衣裙,很潇洒地骑着一辆崭新的摩托车,正在热情地向他打招呼。

你怎么换了摩托车? 苏振欧疑惑地问。

今天我休班,来洗个海水澡。女司机爽快轻松地说。

什么? 才五月你就敢下海,而且穿得这么少,你不怕感冒吗? 苏振欧抖一抖身上的西装,他为这个野性十足的女子的举动感到惊诧。

我是冬泳爱好者,冬天都照常下海,已经习惯了。女司机轻描淡写地说,苏老师,你是散步还是去会朋友? 怎么不打个的?

我去见个同学,正要打的走呢。苏振欧不小心又说出了实话。

女司机笑了,道:我猜出来了,你是去见上次没见到的那个人。好吧,帮人帮到底,我带你去吧。来,上我的车吧,骑摩托和坐轿车是两种滋味儿。

苏振欧打量了一眼女司机的穿戴,摇摇头道:我还是打车去吧,和你骑一辆车招摇过市,会给你招来议论的。

封建! 女司机给摩托车加了一下油门,道,这话是一个大学老师应该说的吗?

苏振欧无法推却,只好跨上女司机的摩托车,可跨上后,两只手却不知放到哪里,放到膝盖上,又坐不稳,放到后面,姿势又不雅。车一加速,猛地把他闪了一下,惊慌间,他一下子抓住了女司机的两肩。

女司机被抓得抖了一下,大声说:你这样扳住我的肩头是危险的,我把握不了方向。

苏振欧只好放开两手,但松开手后他又很难控制重心,只能在后座上胆战心惊地摇来晃去。

按照苏振欧所说的地址,女司机找到了一排旧式的红砖平房。女司机将摩托车停下来,对苏振欧说:我不再往前去了,你自己走一段吧,我回去换一换衣服,两个小时后再开车来接你。

苏振欧想拒绝,女司机已经一溜烟骑走了。他自言自语道:两个小时,这是她给我的假吗?

小婷住的平房原是日军军官宿舍,虽是平房,但院落都非常好。绿篱围成的院子里栽着几棵枝冠很大的核桃树,核桃树下是修剪一新的草坪,草坪上有几丛枝秆粗壮的月季花。

苏振欧理了理被风吹乱的头发,轻轻按了一下门铃。

151

一会儿,穿着一件黄色羊绒衫的小婷推门出来了。见是苏振欧,小婷先是惊喜地笑了一下,接着马上恢复了常态,很客气地把门打开,说:你怎么会找到这里来,振欧? 这条街这么偏僻。

　　苏振欧没有说什么,他不能说是一个女司机把他送来的,那样会引起误会,他又不能说是自己找来的,那样又觉得在欺骗小婷,所以他只好缄口不语。

　　进到客厅,苏振欧才发现小婷家里有客人,一个看上去很有气派的中年男人。

　　小婷给苏振欧介绍说:这是老黄,地方上的一个处长。接着又把苏振欧介绍给了这位黄处长。

　　看来黄处长在这里坐了很久,茶几上的烟灰缸里已有十几个烟头,而且室内也被熏得乌烟瘴气,苏振欧一进来就感到两只眼睛火辣辣地发痒。

　　小婷,你有客人,我改日再来吧。苏振欧想转身告辞。这时,黄处长站了起来,对小婷说:我还有别的事,我先走吧,你的同学来了,我也不便再久留了。

　　小婷点点头说:那好吧,老黄,我就不远送了。

　　苏振欧隐隐感到小婷对这个黄处长有些冷淡,但因不知他们是什么关系,所以也不便深想。他打量了一下小婷的房间,雅致大方,每一件家具、每一处装饰都经过精心的选择,恰到好处。

　　见小婷一时无话,苏振欧便问:你的女儿呢? 她一定很可爱吧,她叫什么名字?

　　小婷笑了笑:叫小欧,在幼儿园是长托,只有周六、周日才回来。

　　苏振欧心里猛地一颤,想,小婷的女儿取名小欧,该不会与自己是偶然巧合吧? 他从一本书中读过,父母给孩子起名,往往都深含着一种寄托,那么小婷为孩子取名欧,寄托的是什么呢?

小婷整理了一下茶几上的烟灰缸,问苏振欧:你吸烟吗?

苏振欧摇摇头:一般不吸。

小婷问:那么就是不一般的时候吸了?

偶尔吸一支两支,没有成嗜好,也从来不买烟,所吸的都是别人敬的香烟。苏振欧没想到小婷反应这么快,一句简单的回话也能找出破绽。

小婷沏上一杯茶,双腿并拢坐在沙发上,说:听说那天你没少喝,你对酒比对烟更感兴趣吧?刘欣是个很能喝酒的人,那天都喝醉了,看来你很有战斗力呀。

苏振欧想了想,道:我愿意喝点酒,到朋友家里做客时,朋友往往都拿出酒来边谈边喝,哪怕是刚刚吃过饭。苏振欧故意说了个谎,他想,如果小婷也能拿出一瓶酒来,气氛会比现在宽松得多。

果然,小婷起身走进厨房,片刻间,拿出一瓶红酒和一只高脚杯。

小婷把酒打开后,斟了满满一杯,放在茶几上,道:朋友来了有好酒,豺狼来了有猎枪。这好像是哪一首歌中唱的。

苏振欧盯着那只斟满的酒杯,过了好一会儿,对小婷道:我们的老家有这样一句话,一人不喝酒,两人不赌钱。

小婷愣了愣,只好又去拿了一个酒杯,歉意地说:对不起,我对酒精过敏。

酒虽然斟上了,但两个人都没有喝。苏振欧一时找不到话题,便又提起那位刚刚告辞的老黄。他问:小婷,这位黄处长是做什么工作的?

见问到老黄,小婷无奈地笑了笑,说:他在地方机关里工作,原来是我的一个患者,妻子前几年因车祸走了,人也活得挺累的。

那么,他找你一定不怀好意吧。苏振欧脱口而出,说出后又感到此话不对,但说出的话就像泼出的水,明知有误也无法收回了。

不能这样说人家,黄处长是个诚实的人,他对我没有坏意。小婷对苏振欧的说法不能同意,但她似乎理解苏振欧的心情,所以并没用过重的语气来回答他刚才的话。

我的第六感告诉我,这个黄处长肯定在打你的主意。苏振欧解释说,当然,人家有这种想法并不是坏事。

小婷纠正道:这不能叫谁打谁的主意,从某种意义上讲,我们是同病相怜。

苏振欧的心猛地一缩,噢,怪不得小婷对自己不冷不热,原来其中有一个黄处长。

小婷,你认真地思考过你的未来吗? 你能不能谈谈你的打算? 苏振欧开始切入正题。

未来? 小婷笑了笑,说,思考那么多问题干什么? 我每天都在忙着给患者看病,只要一上班,两只耳朵就被听诊器塞着,除了患者的心跳,其他什么也听不到,你说怎么去思考? 至于打算,还是有一点的,一是想尽快晋高职,二是有机会想出国研修一两年。

苏振欧道:你作为现役军人,出国研修恐怕不太容易吧,如果在地方,只要能落实经费就可以出去了。

小婷点点头:可我还不想离开部队,我对部队特别有感情。

说起对部队的感情,苏振欧心中泛起一丝涟漪,他歉意地说:小婷,你还记得中学时我们策划的那次"军营一日"活动吗? 正是那次流产的活动,使你对我冷淡了。这么多年,每次想起那件事,我都懊悔不已。

过去的事你还记着它干什么? 小婷淡淡地说,那时我们都小,难免意气用事。

小婷，我这个人爱怀旧，这是我的一大缺点。

做学问的人都爱怀旧。小婷语气肯定地说，因为做学问就是把过去的事情加以归纳分析，得出一个这样或那样的结论。

苏振欧一下子被小婷的话噎住了，小婷用一句简单的话说出了一个复杂的大道理，也揭示出一个带有普遍性的现象，因为生活中的确这样，爱怀旧的人如果不是上了年纪，大都是做学问的人。

你可以做一个兼职的心理医生。苏振欧说。

我可没有那个本事，我只不过习惯了用平常心来看待人和事。

小婷，我有个想法，不知该不该说。苏振欧看看两杯一口没喝的红酒，他想，不能再遮遮掩掩了，这样的环境不坦露自己的心迹，还等待什么呢？

小婷依然笑着说：你瞧，做学问的人就是想法多，不像我们当医生的，没那么多想法。

刘欣把你的一切都告诉我了，我权衡再三……没等苏振欧再说下去，小婷打断了他的话，道：你不经我同意就做我的学问吗？我没有什么好研究的，你就不用再劳神费心了。

苏振欧没有勇气再说下去，他想，应该给小婷思考的时间，这种心照不宣的事，靠的是相互理解，说出来反而更不好。苏振欧灵机一动，换了一个话题，继续向核心逼近。

我想调到这里来工作，你能不能帮我联系一下？

小婷摇摇头说：不行，你不要做这种只有小孩才会做的决定。

我真的想来，我是赤条条来去无牵挂。苏振欧看上去决心很大。

这里没有你的讲台，也没有你要做的学问。凭一时冲动做出决定，十有八九会后悔的。你从农村拼到北京，是多么不容易的事，老家的人都认为你给他们长了脸，现在你又想舍弃这一切，你的脑筋是不是出了问题?

这并不是草率行事。苏振欧诚恳地说。

小婷欲言又止。

苏振欧心中暗喜。从小婷的神态可以看出,她对自己的这一决定只是口头上反对,这说明小婷的心里还深藏着自己的影子。

你愿意"接收"我吗?苏振欧几乎是一语双关了。

小婷的头更低了。

你肯帮助我吗,小婷?你怎么不说话?苏振欧步步紧逼。

小婷突然抬起头,双眼盈满了泪水。她一字一句地说:振欧,你要是调来旅顺,那我就要求调往青岛。

苏振欧一下子僵在那里,一时不知说什么好。

小婷扭头望着窗外,窗外已经是茫茫夜色,什么也看不见,但小婷还是望着夜色出神,仿佛那夜色里有一个人也在望着她一样。

苏振欧懂得自己该告辞了。他站起身,用力揉了揉自己的鼻子,对小婷说:小婷,我该走了。

小婷把目光收回来,并未加挽留。她起身到壁橱里取出一件叠得整齐的白色军用衬衫,双手递给苏振欧:振欧,我还想送你一件礼物,不知你肯不肯收下。

苏振欧接过衬衫,顿时百感交集,想不到十几年后的今天,小婷会送自己与上次一样的礼物。很可惜的是,两件同样的衣服所表达的含义却是不同的:第一件,所表达的是体贴,是朦胧的爱慕和对未来的美好向往;而第二件,所表达的应该是理解,是军人的职业和委婉的歉意。

苏振欧接过衬衫,忽然有一种易水送别的悲壮涌上胸怀。他认真地看着小婷那双依然湿润的泪眼,有些发颤地说:小婷,如果你愿意,我现在就把它穿上!

小婷低下头抽泣起来,两肩一耸一耸,一头灯光下柔软而泛着光泽的秀发丝丝缕缕地从前额上滑落下来。

苏振欧想劝一劝她,但又不知说什么,只好一步一回头地往门口走去。

我走了,小婷。苏振欧轻声告别。

小婷没有动身,仍然站在那里抽泣。

愁肠百结的苏振欧离开了小婷的家。马路旁一棵百年槐树下,一辆红色的桑塔纳静静地泊在那里。苏振欧冷冰冰的心因为这红色,方有了一丝暖意。

女司机大概是睡着了,苏振欧敲了敲车窗的玻璃,车门才打开。

我以为你会让我在这里等一夜。女司机说。

你不该等我,我也不值得你等。苏振欧感到这个女司机太好了,自己这样做有些于心不忍。

言必信,行必果。女司机说,既然做出了承诺,我就应该来接你。只不过,你比我们约定的时间晚了两个小时。

苏振欧看看表,时针已指向了十一点,他不好意思地说:老同学,一见面话多了些。说完这句话,他下意识地往后看了一眼,发现小婷正站在门口无声地望着他,他想摇下车窗玻璃摆一摆手,可是感到两只手是那么无力。他闭上眼睛,疲惫地对女司机道:开车吧。

回到酒店后,苏振欧彻夜难眠,他的脑子里总是汪着小婷的那两眼泪水。他想了很多很多,但他还是不能理解小婷。如果仅仅因为那个老黄,小婷是不会拒绝自己的,因为那个老黄不会是小婷所钟情的人,那么除了老黄,还有其他人吗?

苏振欧分析,小婷拒绝自己的原因是一种单纯的自卑心理。

因为她结过婚,又有了孩子,而自己却是一个职业、地位都还算过得去的大学教师。小婷是担心她配不上自己,或者是担心自己这是因一时的怜悯之情而做出的冲动之举。

凌晨五时许,小婷给苏振欧来了个电话。

苏振欧操起电话时,他没有想到会是小婷,因为小婷并没问过自己住哪一个房间。

是振欧吗? 我是小婷。话筒里一个柔软而又亲切的声音沁人心脾。

是我。你怎么知道我房间的电话? 苏振欧颇感惊讶。

小婷开了个玩笑:我在侦察连实习过。

苏振欧心里涌上一阵甜蜜,他喜欢小婷的这种幽默。

振欧,我想请你去看铁山角,愿不愿意去?

当然愿意去。苏振欧几乎是迫不及待了。

那好,今天上午恰好我休班,我们六点半出发怎么样?

苏振欧想了想,说:好吧,不过我们怎么走?

我开车去接你。小婷说,我借了一辆车。六点二十,我准时在酒店门口等你,我准备了早点,你就饿着肚子上车吧。

苏振欧放下电话,想到的第一件事是怎么和三个学生交代,自己和小婷到铁山角,是不能让学生们知道的。他想叫醒小小,想了想又放下了电话,心想,还是和艾莲交代一下吧,艾莲遇事要比小小冷静一些。

苏振欧拨响了艾莲房间的电话,告诉艾莲,自己今天要去参加一个同学聚会,让她们三个人等老乔,今天的一切活动由老乔安排,午饭和晚饭都不要等他。

交代好这一切后,苏振欧认真地洗了脸,对着镜子仔细梳理了一下头发。忽然,他发现自己的耳边生出两根白发,他的心为此沉了一下。这是他第一次发现自己有白发,在此之前,他一直以自己满头油亮的黑发为骄傲。没想到这次富有诗意的樱花之旅,竟让他平添了两根白发。他叹了口气,心想,不知后脑上还有多少根呢,白发这种东西,不生则已,一生则不可收拾。

苏振欧换了一套随身带来的运动装,提前下楼来到酒店的大厅,没想到在大厅里遇见了刚刚晨练归来的晴子。

晴子红润的脸上挂着汗珠儿,她手里拿着一束叫不上名字来的野花,一身白色的休闲服,浑身上下都充满了青春的活力。

晴子和老师打了个招呼,问:老师也晨练吗?

不是。苏振欧回答完,又有些后悔,连忙改正道,噢,也算是晨练吧,一会儿要去爬山。

要爬山就去爬电岩炮台吧,那里的景色太美了。晴子说。

电岩炮台我们不是去过了吗? 我想去爬别的山。苏振欧没有说要去爬老铁山,他担心晴子提出要跟他去。

晴子不懂苏振欧此时的想法,竟跟着苏振欧走出酒店的大门,并说:苏老师,我就再陪你爬一次吧,哪座山都可以,我们可以来一次爬山比赛。

你已经一身汗了,快回去冲澡吧。晨练,一定要适可而止。苏振欧一脸严肃。

我的运动量我心里有数,再说你一个人去爬山有什么意思?

你怎么知道我是一个人? 苏振欧拧着眉问。

你不是一个人? 难道小小在外边等你吗? 这时候,小小只会睡懒觉。晴子睁大了眼睛说。

苏振欧无可奈何地对晴子说:我已经约好了一个同学,你就上楼去吧,改日我们再比赛。

晴子点点头,却不肯上楼。

苏振欧无法撵走晴子,又担心小婷来后看到晴子引起误会,便央求晴子道:晴子,你别在这里陪我了,我约的这个同学是个女同学,你是个聪明的人,别难为我好吗?

晴子这才明白苏振欧的真实用意,她点点头,回到大厅,走到门口时,她突然对苏振欧说:苏老师,我认为你应该善待小小。

没等苏振欧说什么,晴子推门进去了,苏振欧却被晴子的话戳痛了神经。作为老师,他一直想和小小保持一种正常的师生关系。但如今的女大学生个个都敢爱敢恨,小小对自己的爱慕之情一点也不加掩饰,弄得人人尽知,可自己对小小仅仅是有好感而已,有好感和爱慕之间是有相当一段距离的。他曾经分析小小为什么这样做,因为小小从来没当面向自己表示过什么。后来,他想通了,小小的这种做法叫作"以外促内",在美女如云的大学校园里,小小这样做,就等于在他的头上插上了一面旗子,这面旗子表明:此君已名花有主,请君勿动。小小满脑子都是鬼点子,苏振欧想,这种战术可谓一箭双雕了。

一辆军用吉普车开进酒店大院,在清一色轿车的停车场上,这辆军用吉普车格外引人注目。苏振欧想,这车肯定是小婷开来的了。果然,一身军装的小婷从吉普车上跳下来,急匆匆地向酒店大门走来。

苏振欧迎上来,快和小婷走到对面了,小婷才认出一身运动装的苏振欧。

出去游玩怎么还穿军装?苏振欧问。

我开军车,必须穿军装。小婷说。

苏振欧惊讶地问:你什么时候学会开车的?技术过关吗?

小婷笑了笑说:你忘了,我在侦察连实习过,当侦察兵的还能不会开车吗?

160

苏振欧在副驾驶的位置上坐定,看着小婷很娴熟地发动车、挂挡,很羡慕地说:我也想学车,只是没有机会,今天看你会开,我的手就更发痒了,我明天就让晴子教我开。

　　晴子?晴子是谁?小婷问。

　　我的学生,一个日本留学生。苏振欧回答道。

　　沿着平坦的乡间公路开出去大约半个小时,吉普车驶进老铁山的盘山路。

　　老铁山位于辽东半岛的最南端,林木苍翠,峰峦起伏,因是候鸟迁徙途中的必停之处,被辟为国家级自然保护区。每年秋冬之交,总有成千上万只南飞的候鸟在此停留歇脚。它们一边觅食补充体力,一边期待着北风刮起的日子,等到风起,各种候鸟便展翅高飞,借助强劲的风力,漂洋过海,去寻找新的生活。春天也是如此,北飞的候鸟在经历了漫长的海上飞行之后,落脚于乍暖还寒的老铁山,在此休整后,再继续往北飞行,直至遥远的西伯利亚。在老铁山的最南端,有一道斧劈刀削一样的山脉直插海中,这便是与胶东半岛遥遥相对的铁山角。作为"大连八景"之一的铁山角,是游客们十分向往的景区,但因地险路远,能来此一饱眼福的游客并不多。小婷之所以陪苏振欧来此游览,也是担心苏振欧无缘观此胜景。

　　盘山公路很窄,小婷车虽然开得不快,但苏振欧十分紧张。本来他想找个话题和小婷聊一聊,看到山路如此险峻,他怕说话分散了小婷的注意力,只好全神贯注地盯着车前曲曲弯弯的山路。

　　别紧张,振欧。小婷看出了苏振欧的担心,便安慰地说,这条路我走过几次,我会做到安全第一的。

　　苏振欧点点头,把两只紧紧抓住扶手的手松开,拢了一下前额上的头发,道:吉普车我很少坐,有点紧张。

是啊,这种车大部分都装备部队了,地方上很少见。小婷拍了拍手中的方向盘说,不过,开这种车很刺激,它毕竟是越野型战斗指挥车。

车子驶进一个叫作老铁山灯塔的院子,再无路可走了,只能步行上山。

小婷从车上拎下一个军用背包,往苏振欧怀里一推,道:这是我俩此行的全部给养,你负责背着吧。

苏振欧接过沉甸甸的背包,他不知小婷都准备了些什么食品,凭感觉这背包里应该有饮料或酒之类的东西。

从老铁山灯塔的院子上行十几分钟,便可见一高大的白色灯塔,这就是已有百年历史的老铁山灯塔。远远望去,这灯塔就像传说中的海神娘娘一样,一袭白色的衣裙,面海迎风,给茫茫大海中的船只指引着航向。

看到灯塔,总能联想到一些高尚的东西。苏振欧感慨地说,我觉得灯塔就是佛,是最实际的佛,它是真正地普度众生。

你还研究佛教吗? 小婷问。

我只是对佛教感兴趣,谈不上研究。苏振欧想了想又补充说,不过我信佛还是有条件的,因为我是个大龄未婚青年,就像人们常说的苦行僧。

小婷为自己问了这样一个问题感到后悔,她开玩笑说:刚才你说看到灯塔总能联想到一些高尚的东西,现在你联想到了和尚,看来你对和尚评价不低嘛。

苏振欧说:和尚的确很高尚,你想想,一个做和尚的遇美女能坐怀不乱,对酒肉能视而不见,整日清汤寡水,守灯读经,这样的日子,不高尚能熬过来吗?

那你就去当和尚好了。小婷说。

苏振欧还击道:我如果去当和尚,岂不是剥夺了一个女性做妻子的权利,你说对吗?

小婷不再回话了,在这一轮对话中,她感到自己输给了苏振欧,她对苏振欧敏捷的思维很佩服,因此,她不想继续这个话题。她此行的目的非常明确,就是选择合适的地点,用合适的语言来结束她和苏振欧这种感情上的纠葛。小婷有小婷的想法,她不希望苏振欧在她的问题上越陷越深,不能自拔。

两个人在灯塔下的台阶上坐下来休息,脚下就是那道斜插海中的山梁,有三三两两的游人正沿着山梁往下走,去探寻铁山角的奥秘。

我们吃点早餐吗? 小婷问,你没吃早餐就能爬山,说明你真行。

我现在不想吃。苏振欧说,古语说秀色可餐,此话果然有理,我今天眼前有山海秀色,身旁有绝代佳丽,我已经满足了,从精神到胃肠,都感到空前充实。

小婷重新系好背包,摇摇头说:和秀才一道出门,最大的好处就是能减肥。

短暂休息后,两个人小心翼翼地向山下那道伸入海中的山梁走去。此时的苏振欧,绝没有想到小婷约他此行的真实用意,他完全沉浸在对大自然的陶醉之中,显得兴高采烈,那只沉甸甸的军用背包被他拎在手上甩来甩去,全然不顾包里面是他们的早餐和午餐。

来到距海面十几丈高的一处悬崖前,所有的游人都不得不停下脚步——前面再无路可走,几块突兀的岩石挡住了去路,跨过岩石,就是波涛汹涌的大海。

看到游人都在此拍照留念,苏振欧才后悔没有带相机,他对小婷说:我们两个还从来没有照过相吧,中学毕业照中唯独缺少你。

小婷没有说什么,而是指了指远处的海面说:你往海面上看,看看能发现什么?

苏振欧顺着小婷所指的方向望去,发现几只渔船正在一起一伏地作业,便说:你是说那几只渔船吗?

小婷摇摇头,又说:你再仔细看一看。

苏振欧又认真瞭望了一番,说:远处隐隐约约好像有一座岛,不知叫什么岛。

小婷说:你看到了水上的一部分,那的确是一座岛,属于山东省管辖的长岛列岛,也就是八仙过海想要到达的目的地。这个岛平时是难得一观的,因为距离太远,大部分时间都是云雾笼罩,只有在万里无云的晴天,游人才能见到它的真实面目。

苏振欧点点头道:看来我们还是很有福气的。

不过,你还没有发现水下的一部分,你再仔细观察一下那海水的颜色。

苏振欧这才细心辨别了一下海水的颜色。不留心则已,一留心就会发现,沿着铁山角向海中延伸,东西两侧的海水竟是两种颜色,黄海水蓝,渤海水黄,一黄一蓝、一清一浊,可谓泾渭分明。

奇怪,铁山角有什么法力能把本来一个完整的大海一分为二?苏振欧问,这是什么原因呢?

小婷没有去解释这一自然现象,她问苏振欧:由这一奇观,你能联想到什么呢?

橘生淮北则为枳,橘生淮南则为橘。都是连为一体的海水,随着地域的改变而改变了颜色。苏振欧说出了自己的想法。

这是有名的黄渤海分界线。如果没有这条线,渔民们是很难区别两海的;有了这条线,就等于有了分水岭。小婷进一步解释说,渔民们在穿越此线时都会默默地祷告,就像轮船在穿过赤道时人们会庆贺一样,这已经成了一个具有生命力的习俗。

这的确是奇观,不过国内外的游客对此都知之甚少,我想主要是缺少包装,缺少宣传。这么好的自然景观,应该是樱花之旅最亮丽的一站才对。苏振欧问小婷,你说我讲得是否有道理?

小婷说:你思考问题的角度像个市长。你如果真来这里,当个旅游局长没问题,不过,前提是我有任命权。

苏振欧不好意思地笑了。

小婷拉着苏振欧在一块平坦的大石头上坐下来,问:你还不想吃东西吗?

苏振欧回答说:你饿我就饿,反正我俩是一致的,你没吃早饭我也没吃,你爬山我也爬山,消耗一样,目标一样,走的路也一样,所以只能有饭同吃。

那我们就吃饭吧。小婷打开了背包,背包里装满了面包、香肠、熏鱼和几罐啤酒,两条洁白的餐巾和两把亮晶晶的叉子在阳光下格外耀眼,看来小婷是经过精心准备的。

我们是不是选择一棵树?苏振欧问。

春天的太阳不比阴影更好吗?小婷坚持道,我们这是阳光浴了。

两个人都饿了,所以吃得格外香。苏振欧擎着一罐啤酒对小婷道:最难忘的一顿饭,也是最好吃的一顿饭。

小婷也擎起一罐啤酒,对苏振欧道:也是告别过去的一顿饭。

苏振欧疑惑地望着小婷,似乎在问:你这话是什么意思呢?

振欧,我今天请你来的目的是想告诉你,我们应该忘记过去。这几天我一直很苦恼,本来我已经习惯了平静的生活,但你的到来把一切都搞乱了,我担心再这样下去,我会支持不住的。真的,振欧,希望你能理解我。

苏振欧几乎要咬破自己的下唇,他对小婷的决定并不感到意外,因为这几天小婷的表现已经把一个否定性的信息传递给了他。但这毕竟是层谜底,今天由小婷自己来揭穿,这叫苏振欧没有一点思想准备。

你选了这么好的地方,就是为了告诉我这样一个结果吗? 苏振欧表现出超常的冷静,他始终认为小婷所说的不是她的心里话,有些时候,情人间的直觉出奇地准,其中似乎有着某种感应。

我之所以选择这里,是为了让你看一看黄渤海分界线。你想想,同样都是海水,黄海的水蓝,渤海的水黄,两海之间都分得那么清,何况人呢?

你这是哪里的逻辑? 这没有可比性嘛。苏振欧第一次感到小婷有些时候很奇怪,她的思维有些叫人难以适应。

这是大自然的逻辑,古人不是讲天人合一吗? 自然界的规律同样适用于人,所以你我之间就像这黄渤海一样,被一座"铁山角"永远地割开了。

我想知道这"铁山角"指的是谁,是那个老黄吗? 苏振欧目光逼视着小婷问。

老黄只不过是我的一个患者,像这样关心我的患者还不止老黄一个,军内军外都有。我所说的"铁山角"是我的前夫秋。

苏振欧心里动了动,他知道小婷所说的是实话,秋肯定是一块坚定不移的心理障碍,无论对小婷还是对他苏振欧,这块心理障碍就像航道上的一块暗礁,影响着他们爱情的航船。

你们不是已经离婚了吗? 而且是你成全了秋的一切,难道你还有与秋重结秦晋的想法吗?

小婷望着大海中那条时隐时现的分界线,侧脸向着苏振欧说:

我没有和秋重归于好的想法,秋现在的情况我也一无所知,我说秋是"铁山角"是因为秋曾经娶过我。小婷停了停接着说,女人一结婚,就等于打了五折。

我不在乎!苏振欧表现出一种英雄般的气概,他也把目光投向远处,与小婷形成了一幅凝视大海的双人剪影。他说:我们不是在中世纪,结婚和离婚,仅仅是一种形式。

不。小婷反驳说,我把婚姻看得很重,因为婚姻中包含着种种责任。

这并不矛盾呀。苏振欧说,婚姻是以契约的形式来规定男女双方的责任和义务,这不是一般的契约,是人类进步的一个典型标志,对此我绝不敢轻视。但人毕竟是自由的,一张契约并不是就把自己卖给了对方,如果双方达成共识,离合就是一件平常事。

你说服不了我,振欧,你就对我高抬贵手吧。

苏振欧激动了,他把手中的一罐啤酒一口气灌下去,喘息着说:十年了,十年之间我经历了许多事,但我没有爱情的经历。为什么?就是因为你,我总是把每一个熟悉的女性和你做比较,结果只能是放弃。因为你在我记忆中的印象太深了,我心目中唯一的那个空间被你占有了。你给我的那件军用衬衣,我至今珍藏着,我希望有一天我穿着这件衬衣和你在草坪上打羽毛球。

你不要说了,振欧。你知道,我不能毁了你。你是一个令家乡人骄傲的高考状元,如果你娶了我,你在乡亲们眼里同样会打五折。另外,我也不会信任你,有了秋这次教训,我不会重蹈覆辙。

你是担心我将来会变?

将来的事谁能预料呢?社会在变,一切都在变,变也有变的理由嘛。你还记得《诗经》里有一首叫《氓》的民歌吗?我至今能把它背下来,你肯听吗?

苏振欧点点头。

小婷轻轻地吟道：

> 氓之蚩蚩，抱布贸丝。匪来贸丝，来即我谋。
>
> 送子涉淇，至于顿丘。匪我愆期，子无良媒。
>
> 将子无怒，秋以为期……

苏振欧听不下去了，作为中文系的教师，他对这首诗太熟悉了。这是一首记述一名女子从恋爱、定约、结婚到操劳、受虐、被弃全过程的诗，倾诉了弃妇悔恨交加、愤懑不平的痛苦心情。

你不要再背下去了，你的用意我明白了。

苏振欧不再说话，一个劲儿地喝酒，小婷带的啤酒都被他喝光了。

他希望小婷阻止他喝酒，但小婷没有那样做，只是坐在那里欣赏他旁若无人的喝相。他清醒时看到小婷的最后动作是向他摊开两手，做出一个无可奈何的姿势。

我把酒全喝光了，什么样的酒我都能喝下去。这是他面对小婷那两只摊开的手所说的话。小婷没有把他送回酒店，她把他带到自己的家中，看着他熟睡后，自己去医院上班了，把烂醉如泥的苏振欧留在了家中。小婷在茶几上给他留了这样一张纸条：

振欧：

　　醒后可以回酒店，也可以在这里继续休息。我今晚上夜班，不能给你准备晚饭。若还想喝酒，冰箱里有昨晚打开的那瓶红酒；若回酒店，请把我家的门锁好。

小婷

苏振欧醉得很沉,直到午后三点多钟才睡醒。他醒来睁眼就寻找小婷,当他发现这是小婷的家时,他暗暗吃了一惊,他不知道自己都做了些什么,也不知自己是怎么到这里来的,直到发现茶几上的纸条,他才松了一口气。他不能在小婷家中再待下去了,小婷这样一个独身女人家中睡着一个大男人,这算什么事情?自己真是糊涂透顶,几罐啤酒,竟醉成这个样子,真是个十足的狗熊!

　　苏振欧锁好门,像个做错了事的孩子一样,逃也似的离开了小婷的家。他拦住一辆的士,直奔黄金山酒店。车上,他重重地叹了口气,自言自语道:兵败铁山角噢。

169

J

　　苏振欧和小婷去了铁山角后,老乔来带女生们去土城子参观。小小说:参观土城子这样重要的地方,是不是等苏老师一块去?艾莲和晴子也都说好。这样,老乔和三个女学生就待在房间里打扑克。

　　老乔教她们一种叫"活对儿"的打法。这种打法在当地特别流行,无论是街头树荫下的离退休人员,还是在地头休息的农民,只要有闲暇,人又够,肯定要甩上几把"活对儿"。

　　"活对儿"的打法很大气,需要三副或六副扑克牌,有很强的参与性。其打法是两人一对儿或三人一对儿。与同样人数组成的对手竞争升级,可由三升到十,谁先升到十谁就赢。

　　老乔和艾莲一对儿,小小和晴子一对儿,老乔在简单地做了示范之后,大家进入角色都特快,玩得也都很投入。老乔和艾莲很顺利地赢了第一局后,小小和晴子总结失败的教训,很快就扳回一局,双方打了个平手。

　　小小觉得这种玩法并不神秘,关键在于记牌,就提议说:我们能不能赢点什么?

　　晴子首先赞同:好呀,谁输了谁讲故事。

　　艾莲摇摇头,说:讲故事是乔老师的长项,我们能不能来点别的?

　　小小说:我看可以。今天我们就来个绝对隐私大曝光,谁输了,谁就给大家讲讲自己的初恋。

老乔眨着眼睛道:你们三个鬼东西,想掏我的心窝子,你们怎么知道我会输?

不想讲就不能输,这个规则对每个人都是公平的。小小说,我们不也一样吗?

第三局老乔果然输了,因为艾莲做了手脚,该出的牌不出,该得的分不得,老乔孤军奋战,成了三打一。这不能算,老乔说,你们三个人在设陷阱,合谋算计我这个老头子。

三个女学生不干了。小小说:我们讲好了,规则对每一个人都是公平的,你不先讲还怎么往下玩?

晴子道:乔老师,您的感情生活肯定像一口井那么深邃,您就取那么一小桶水,让我们分享一下您的幸福不好吗? 我们都是搞文字的,丰富的感情经历和人生阅历比什么都重要。

小小接上说:乔老师,您是个传奇式的人物,想必您的感情经历会像樱花一样浪漫。可是您如果只把它藏在心里,您的经历就转化不成全人类的财富,如果您把它奉献出来,它会打动多少人的心啊!

艾莲在一旁不说话,只是抿嘴笑。

老乔叹了口气,说:我这样的年龄,哪有什么像样的初恋? 那个时候,即使有感情,也只能是革命的感情,不,应该叫革命的友谊、阶级的感情。

晴子道:这样好,说明您的感情具有鲜明的时代特征。

我的初恋发生在我的中学时代。老乔说,那是一段不成熟,但让人刻骨铭心的感情经历。

当时,我读书的学校有一个年轻的女教师,是从北京的一个话剧团下放来的,因为当地缺老师,镇里就安排她在镇中学教书。这个老师姓何,叫何叶,老师、同学都不叫她何老师,而称她为何叶老师。何叶老师气质典雅,声音甜美,听她讲的语文课简直是一种享受,即使是一篇阶级斗争味儿很浓的批判稿,她也能念得抑扬顿挫、韵味无穷。我当时是个有名的调皮学生,曾给每个老师编过一个顺口溜,但对何叶老师我异常敬畏。上课走神时,只要何叶老师那双明亮的大眼睛照一下,我就会立刻精神百倍。我想,和我同样处于青春期的其他少年肯定都有类似的感觉,因为何叶老师的眼睛太亮了,一下子能照透你的心。

当时,我们对何叶老师的情况知之甚少,只听说她是因为犯了右派那样的错误而下放到这里的。很少有成年人和她接触,老师们也都不愿和她交谈,所以她很孤独。没事的时候她会拿支箫,在学校北面的麦地旁吹那首古老的《苏武牧羊》。

我当时不知道《苏武牧羊》是一首什么曲子,一次何叶老师正在吹时,我小心地走过去问:何叶老师,你怎么总是吹同一支曲子呢?

何叶老师笑了笑,意味深长地说:我喜欢这支曲子。

可是这曲子听起来叫人很伤心呀。我说,每次听这支曲子,我都会产生一种被遗弃的感觉。

你的感觉很对,何叶老师说,这说明你有艺术潜质,你应该搞艺术,不能满足于捕鱼种地。当然,捕鱼种地也是很光荣的事。

何叶老师的这句话,是对我钻研艺术的最早启蒙。如果说我后来在艺术上能钻研点什么,那都缘于何叶老师对我的鼓励。

何叶老师住在学校里。那是一间破旧的红砖房,窗子上的玻璃都被打碎了,何叶老师用塑料布把它钉起来,窗子里用白布做了窗帘。每天夜晚,这扇窗子都会透出柔和的灯光,一直亮到很晚很晚。我当时在学生宿舍住宿,在操场上疯够了,就和同学们坐在篮球架下闲聊,有时就由这暖暖的灯光说到了何叶老师身上,大家都猜测何叶老师的身世。有的同学说何叶老师是一个艺术大师的女儿,因为艺术大师的父亲被打成右派,她便被下放到了这里;有的说何叶老师是个国民党高级军官的女儿,她的父亲至今还被关在战犯管理所,她为了换一个生存环境才来到这里。

同学中有个叫大炮的,一向以说话云山雾罩出名,他长着一双亮晶晶的小眼睛,满脸没有四两肉。他说:你们都错了,何叶老师的底细我最清楚。同学们听他这么一说,都停住了议论,想听他说个究竟。大炮神秘兮兮地说:何叶老师是因为离婚才到这里来的。同学们都不相信,当时"离婚"是个具有贬义的词,何叶老师怎么能和离婚联系起来呢?再说何叶老师年纪轻轻的,也不像结过婚的样子啊。

当时我不知什么原因就有点对大炮恼,便没好气地说大炮:你别瞎掰了,何叶老师不是你所说的那样。大炮却不服气,道:我敢打赌,我说的话百分之百准确。我听他这么一说,越发生气了,便嘲笑大炮说:你大炮能百分之百准确?谁不知道你说话云山雾罩?

大炮平时最忌恨人家说他云山雾罩,我这么一说,他就火了,说:谁云山雾罩了?谁云山雾罩了?你这么向着她,她是你老婆吗?我当时也火了,说:你这么说老师的坏话就不行。大炮说:你说不行我偏说,何老师就是离婚、离婚、离婚!我当时一股火蹿到头顶,不假思索,挥拳冲着那张快速翕动的嘴就是一拳,这一拳,竟把大炮的门牙打掉了两颗。

事情闹大了,自然由何叶老师出面处理,因为何叶老师是我和大炮的班主任。

当着何叶老师的面,大炮已经漏风的嘴再也不敢说"离婚"两字了。他只是一个劲儿地哭,说:我将来怎么办将来怎么办?牙掉了再也夯不吐来了。因为漏风,他把"长"说成了"夯",把"出"说成了"吐"。

当时我也没有把大炮的话告诉何叶老师,只是说因为打球争执起来,结果把大炮的门牙打掉了。

何叶老师狠狠地批评了我,记得她当时用了几次"野蛮"这个词。我并没有因为何叶老师批评我而生气,反而觉得为何叶老师出了一口气,心里美滋滋的。

事后,何叶老师用自己的工资去县城为大炮镶了两颗包金的门牙,这是在大炮的坚持下镶的。当时还没有那么好的镶牙技术,镶牙都是包金、包铜、包铁。大炮说不能便宜了我,要镶就镶最好的。大炮以为是我拿钱,殊不知我家里连镶包铁的牙的钱都出不起,所以这钱就由何叶老师出了,而大炮也就成了同龄人中唯一一个镶牙而且还是镶金牙的人。这对金牙给大炮的脸增色不少,以致在课堂上朗诵鲁迅的《一件小事》时,满口都是闪闪的金光。

出了这件事后,一天,何叶老师把我叫到她的办公室。我去的时候,别的老师都回家了,办公室里只有何叶老师一个人。这是寒假前最冷的时候,何叶老师正在生炉子,炉火不太旺,何叶老师的两只手都冻得像萝卜一样。我当时想,这样冻肿的手指,箫是没法儿吹了。

你坐吧,乔。何叶老师呼唤学生时,总爱用最简洁的语言。

我靠着炉子坐下来,眼睛盯着老师的那双手。

我知道你和大炮打架的原因了。何叶老师说,是别的同学告诉我的。

大炮太没礼貌了,敢对老师说三道四。我说,不过,出事以后大炮再没说过。

你为什么要打他呢?何叶老师说,大炮说就说他的好了。

我当时昏了头,不假思索地说:我不允许他这么说我喜欢

174

的人。

何叶老师愣了愣,用煤钩捅了捅炉火,对我说:你应该说喜欢的老师,不要说喜欢的人。

这不一样吗?反正我就是喜欢你。我似乎不是在和老师说话,那并不旺的炉火把我的顾忌全烘跑了,我竟然说出了这样的话。

火焰映红了何叶老师的脸,那个美丽的瞬间一下子凝固在我的心里,我不得不承认,那是迄今为止我所看到的最动人心弦的脸。

我应该比你大七八岁吧。何叶老师说。

我说:大十七八岁又能怎样?我不在乎。

何叶老师笑了笑,说:等你长大了就知道了。不过,我今天找你来想告诉你,以后不管别人怎么说我,都不允许你再和人家打架了,你懂吗?

我说:我不懂,别人侮辱你我就是要反击,就是要同不良现象做斗争。

乔,到什么时候都要学会忍耐,要忍耐、忍耐,再忍耐。你不是常听我的《苏武牧羊》吗?苏武忍耐了十八年,在冰天雪地的贝加尔湖,比比这位老人,我们有什么忍耐不了呢?

我并不完全懂何叶老师的话,但我还是点了点头,因为我听出这番话很有分量,有一种沧桑感。寒假后,何叶老师回北京了,再也没有回来。再后来,何叶老师出了名,成了全国很有影响的话剧表演艺术家,当然,这是十几年以后的事了。

老乔讲完了。大家听得都很动情,老乔有这么一段朦胧的初恋,这是三个人没有想到的,因为三个人始终认为老乔的青少年时代是玩世不恭的。

175

小小眨着眼睛问:你后来和何老师还有联系吗?

老乔说:有过联系。何叶老师在结婚前给我写过一封信,告诉我说她要结婚了,她的爱人是一名电影导演,人很不错的。

难道说她对你没有一点交代吗?艾莲问。

老乔摇摇头说:她能交代什么?她一开始就把我当作学生看,我是单相思。

晴子道:乔老师,你应该去找她,说不准她现在也是独身,和你一样,那么你们是不是就可以有个好的结局了?

老乔又摇摇头,说:美好的东西就让它永远留在记忆里吧。我记忆中的何叶老师永远那么漂亮,如果我现在看到她,那么我心底的那个何叶老师就会被一个白发苍苍的老太太所代替,这又何苦呢?

老乔提议继续玩牌。

四个人又玩了一局,这局小小和晴子又赢了。老乔说:初恋只有一次,我已经讲完了,这回该轮到你了,艾莲。

艾莲想了想,说:我没有正经八百的初恋,就是因为投稿认识了冷山,后来因为他写一本书我开始疏远他,现在我们的关系还是那么半死不活的。比起乔老师的经历,我只有羡慕的份儿了。

这算什么故事?晴子说,我们想听细节,没有细节就不感人。

艾莲说:我的初恋本身就不感人,因为我们在一起谈论的都是文学。冷山这个人也像个冷血动物一样,很难看到他有什么激情。我们接触这么长时间,连握手的次数都是有限的,在男女之事上,他是个纯粹的正人君子。

艾莲的故事没有掀起什么波澜,老乔提议继续玩,他说:总不能我们两个再输吧。

正玩着,苏振欧回来了,他一进屋就对大家说:对不起,对不起,让你们耽误了一天。

小小噘着嘴道:光说对不起有什么用? 您还是来替我打牌吧,我希望您输一回。

同学聚会有意思吗? 苏老师,他们是你中学同学还是大学同学? 艾莲问。

噢,是中学同学,现在都是军官,多年不见,变化都很大。苏振欧边想边说。

苏老师很浪漫嘛,同学会选择了爬山。晴子说。

爬山? 爬什么山? 小小问。

苏振欧急忙接话说:你们不要以为我的同学都是军人,他们也都很文雅呢,把聚会的地点选在了铁山角。不过,铁山角真是个好地方,黄渤海分界线,还有百年灯塔,站在铁山角,就像站在了历史的交汇处。

晴子羡慕地说:这么好的地方,您带我们去好了。

小小用怀疑的目光在苏振欧那套运动装上打量了好一番,突然问:苏老师,你们今天有几个同学聚会?

苏振欧的脸一下子红了,他不能撒谎,又无法说出实情,便对老乔道:乔老师,你看小小在审问我呢。

老乔笑着对小小说:小小这是关心老师,也关心老师的同学。要我看,苏老师一进来就说了两声“对不起”,这说明他后悔没把我们大家都带去。但你们三个也有你们的收获嘛,你们用牌做钥匙打开了我的心扉,把我深藏在心底的那瓶“老酒”给喝了。

艾莲对苏振欧说:我们今天真是有意外的收获,乔老师给我们讲了他的一段故事,特感人,我想将来我会为这段故事写个电视剧剧本。

苏振欧感谢老乔为自己解了围,但也因没有分享到老乔的这瓶"老酒"而遗憾。他说:乔老师有着传奇的经历,想必他的故事也是传奇故事。

大家正在闲聊,刘欣来了。他把苏振欧叫到走廊里说:我出事了,振欧,你能不能帮我想想办法?

出了什么事?苏振欧一时被搞糊涂了。

还不是因为樱花之旅。刘欣沮丧地说。

樱花之旅和你这个办军人服务社的有什么关系?苏振欧越发不解了。

刘欣一边叹气,一边叙说了事情的经过。

原来,一心想赚点大钱的刘欣最近也瞄上了旅游,他在各个景区景点转来转去,被一张广告吸引住了。那是一张樱花之旅浪漫情人游的广告,广告上说只要是情人,旅行社可以提供一部汽车、一名司机,在整个风景名胜区游玩三天,而且租车费和景点门票半价。刘欣从这则广告上受到了启发,经过一番冥思苦想,他想出了这样一个点子——樱花之旅樱花小姐伴君游。即想参加樱花小姐伴君游的,先到他的服务社登记,交上一笔费用,他给每位游客安排一位樱花小姐,至于到哪个景点,去哪处海滩,则由樱花小姐和游客商量,时间是早八时到晚八时,超时费用加收一半。应该说刘欣的这一创意有新意,但他在经营操作上惹出了麻烦。刘欣深知凡是光顾此游的大都是醉翁之意不在酒,所以他在选择樱花小姐时动了一番脑筋。本来,他应该在受过专业培训的导游中挑选,但刘欣没有这样做,他想,那些导游员整日风吹日晒,脸色与樱花小姐之名不匹配,自己要选,必须选择那些花容月貌的。于是,他去了些歌厅、桑拿、酒楼等,用对半分利的许诺,拉来了十几个水灵灵的樱花小姐。

刘欣印了一大批广告,由这些女孩子到车站码头广泛散发,很快,游客们都知道了有这么一种独特的"1+1"旅游。

刘欣预料得完全正确,他的生意出奇地火爆,前来登记预约的络绎不绝,一些急于返程的游客甚至愿意出两倍的价钱希望他早日安排。这样,刘欣所招聘的樱花小姐的数量就与日俱增,仅仅三天时间,他手中的樱花小姐已有三四十人,他也的确挣了一笔快钱。

小婷听说此事后来找过刘欣,说:你这样做早晚会出事,你一没有经营许可,二没有导游资格,你这不是违法经营吗?刘欣却不以为然,他说:我只在樱花之旅这半个月内干,樱花之旅一结束,我的买卖自然也结束了,樱花小姐们也都各奔东西。这属于临时行为,也没法儿审批。再说,我这也是为发展旅游做贡献了,填补了旅游项目中的一个空白,旅游部门应该奖励我才是。小婷说:你这么做有涉黄的嫌疑,你要是被抓起来我可没法救你。

这事还真的叫小婷说着了。刘欣满怀信心地经营到第五天,旅游部门来检查了。来检查的干部一张脸拉得老长,在询问了小婷曾说过的几个问题后,马上勒令刘欣停业,等待工商、公安和旅游部门联合处理。这样一来,刘欣心里发毛了,他想去找小婷,想想小婷的话又不好意思去,想来想去想到了苏振欧,他便驱车直奔黄金山而来。

苏振欧听完刘欣所述说的原委,感到此事并没那么简单,说从轻处理从重处理都可以,关键是这些樱花小姐都陪客人干了些什么。

刘欣说:我也不知道他们出去都干了些什么,这种"1+1"的旅游一出门他们就自由了,游客付多少小费我也不管。但好在我的管理规定上有一条,即不许提供色情服务。不过话又说回来了,这事主要靠游客的觉悟,至于他们商量出怎么个游法我也不知道。

坏了,苏振欧说,你这是犯罪,甚至可以定为组织、容留妇女卖淫罪,你清楚吗?这种罪量刑最高的可判死刑。

刘欣的腿当时就软了,鼻尖上沁出一层汗珠儿。他抓住苏振欧的两只手,说:振欧,你一定要救我,我当时真是想挣钱想昏了头,怎么能想出这么个点子?说实话,我一共收入八万块钱,对半分给小姐们四万块,我剩四万,我愿意把这钱都交给公安局。

这恐怕不是钱能解决的问题。苏振欧说,我在这里人生地不熟的,你还是尽快去找小婷,让小婷帮你想想办法。

刘欣急三火四地去找小婷了。

苏振欧回到屋内,一脸的愁容立刻引来了大家的关注。老乔放下了扑克牌,问苏振欧:苏老师你怎么了?遇到什么麻烦了吗?

苏振欧点点头道:我的同学遇到了麻烦。苏振欧接着便把刘欣的事简单和大伙说了说。

晴子惊诧地道:这样的事不能说是犯罪,在日本这种旅游方式很普遍的,只要游客愿意。

艾莲说:可这是中国,中国是社会主义国家,怎么能容忍这种现象存在?

小小说:我看你这个同学该处理,搞这种东西本身就居心不良。我现在担心我们中间是不是有人参加了这个樱花小姐伴君游。

苏振欧生气了,虎着脸对小小说:你老是怀疑一切,这是你的一大弱点你知道吗?朋友之间,最宝贵的是信任,离开了信任,什么都会贬值的。

小小不说话了。她刚才的担心是真实的,苏老师一讲这个事,她马上就联想到了苏老师失踪的大半天,凭女人的直觉,她感到苏老师今天这大半天肯定是和一个女人在一起,苏老师一进屋时的神情已经说明了这一切。刘欣又是苏老师的同学,安排一个樱花小姐陪苏老师转一转景点也是顺理成章的事,所以,她刚才才说出那番话。不过说完后她又有点后悔,自己这么一说,让苏老师太没有面子了,如果苏老师真的没去,岂不是天大的冤枉?

我是开个玩笑,苏老师,您别生气。小小道歉说。

老乔故作严肃地说:小小这玩笑开得太大了,可以把你的苏老师开进公安局的。

怕什么? 艾莲说,身正不怕影子斜,苏老师顶天立地一条汉子,会做那种事? 身边佳丽三千,哪能三心二意?

苏振欧被艾莲逗乐了,说:我又不是皇帝,哪来的佳丽三千? 你这话是褒还是贬? 你们别老拿我开心好不好? 我现在正为同学的事上火呢,你们不知道,刘欣很不容易,他一出事,就全完了。

老乔说:我去找找镇长吧,他也许能有什么办法。说完,老乔就在房间里给镇长打电话,很不巧,镇长出国了,去了韩国。

这是天意,看来刘欣在劫难逃了。小小自言自语。

忽然,苏振欧想起了也来参加樱花之旅的冷山,他对艾莲道:这事只能靠你了。

靠我? 艾莲大惑不解,我能有什么办法呀?

你的朋友冷山不是来了吗? 你去找找他,他能来参加樱花之旅,肯定有当地相关部门的邀请,这就说明他肯定认识某个重要部门的决策者。再说记者又是无冕之王,调动调动关系肯定会起作用。

让我去求冷山,说实话我真的不情愿,可是,既然苏老师说话了,我就试试吧。我现在就去找他的电话,但愿他没有参加你同学搞的这个樱花小姐伴君游。艾莲说完回自己的房间了,冷山给她留了手机号,估计联系是不成问题的。

艾莲给冷山打了个电话,电话里没多说什么,只是说有急事需要他帮忙,问他能不能来一趟。

冷山正在一个叫九头山的地方采访,接完电话后说:好吧,我现在就过去。

艾莲从自己的房间回来,苏振欧关心地问冷山能不能来。艾莲说他正在一个叫九头山的地方采访,估计过一会儿能过来。老乔说从九头山到这里,少说也得半个小时,要是没有方便车,时间会更长。

艾莲说:要采访肯定会有车,只是我担心他来了也解决不了问题。他一个杂志社的记者,能有多大能耐? 要是一个中央级大报的记者嘛,或许还有用。

小小说:艾莲,你可别把人看扁了,冷山的社会交往不一般呢,看那个样子就是在社会上混出来的,不像咱苏老师,特单纯。

苏振欧解释说:你说得对,我在学校里教书,社会关系就那么大个范围,他们当记者的,天南海北尽管跑,熟人自然就多了。

小小开玩笑说:苏老师您也别自卑,并不是所有的女孩子都喜欢社会关系复杂的人。我总觉得人还是单纯一点好,太复杂了总叫人不托底,我想艾莲比我更有体会。

艾莲有些不悦,数落小小道:你别一打一拉好不好? 你想夸苏老师你就夸好了,干吗把我和冷山给扯进来? 我和冷山不是枝节上的分歧,而是文学观念的不同,对他的为人,我还是比较托底的。冷山是个很富有同情心的人,他人也不复杂。

正说着,冷山来了,一进门就说:我来晚了吧,什么事要我帮忙? 你们快说吧。

怎么,你还有接待任务,去采访国家领导人吗? 艾莲问。

没有什么任务了,我想我来晚了,所以让你们快说。冷山解释说。

小小给冷山倒了杯茶,说:你来得够快的了,乔老师说了,从九头山到这里最快需要半个小时,你恰好用了半个小时,这说明你是最快的。

冷山不好意思地笑了笑,对大家道:艾莲在电话里说有急事,我不知道什么事,所以不敢耽搁。

苏振欧很受感动,不管冷山能不能帮上这个忙,单凭人家的态度就算很好了。他说:真不好意思,不是艾莲有事,而是我有事求你。我们几个人实在没辙了,便想到了你,你这个大作家大记者,说不准能帮我们一下。

什么事就说吧,苏老师,别说我们之间有点关系,就是都不认识,单靠我们是北京老乡,我也该有力出力。关键是我的劲儿能不能使上。冷山说得很实在。

苏振欧详细地介绍了一下事情的来龙去脉。

冷山想了想,说:这事很麻烦,说多大就多大呀。

苏振欧点点头。

艾莲在一旁道:我们请你来,就是想大事化小,就看你的章程了。

冷山又想了想,语气很肯定地说:工商界的人我不熟,旅游口、政法口我倒是有些关系,我只能试试看了。不过你们的期望值不要太高了,我只有五成的把握。

五成就了不起了,你真是神通广大。老乔惊喜地夸奖说,连我这个当地小有名气的人都束手无策,你一个外来游客却能办到这程度,说明天外有天啊。

正说着,屋内的电话响了,是酒店总机转来的电话,说找苏振欧。苏振欧接过电话,来电话的是小婷,说派出所刚刚把刘欣带走,刘欣的服务社和饭店都被封了。

苏振欧放下电话,脸色都变了,说:公安局行动太快了,一个小时前刘欣还站在这里,一个小时后就被抓进去了,事情很少有回旋的余地了。

冷山放下茶杯,说:我现在就回宾馆,我争取尽快给你们消息。

艾莲送冷山下楼上车,别人都知趣地在电梯口停住了脚步,把一个单独说话的机会留给了艾莲。

走出酒店的大门,艾莲不放心地问:你不是在说大话吧,冷山?你要是吹牛,我可就丢尽面子了。

冷山停下脚步,看着艾莲问:我是个言过其实的人吗?

艾莲抿嘴笑了,道:这件事不是小事,说白了是件不该做的事。

那你为什么还要我来做?明知不对还要去做,这好像不是你为人的原则。冷山话里有话。

艾莲脸红了,说:此一时,彼一时嘛。那个刘欣我见过,不是什么坏人,就是想赚点钱,他的点子很有创意,只可惜他没合理合法地去做。

冷山摇摇头说:对不同的人,有不同的标准,你艾莲的准则也是有弹性的。我担心我若真的办成了此事,不但得不到你的表扬,你反而会在心里更讨厌我。

不会的,艾莲说,你要是真的办成了此事,我会重重谢你的。

怎么个谢法?冷山问。

现在不能告诉你,到时候给你一个惊喜。艾莲很神秘地说,当然,你把事情办得越好,你所得到的惊喜就越大。

冷山拍了拍胸脯说:我有信心,你可以检验检验,在我们返京前,此事一定摆平。

艾莲向冷山伸出右手的小指头,说:我们拉钩吧,一言为定!

一言为定！冷山用力钩住了艾莲那根纤弱的小指,说,反悔的人让他肚子疼一年。

艾莲笑了,说:疼一辈子我也不怕,因为我不反悔。

冷山上车走了,开车的司机是个年轻人,车开得很猛。

艾莲站在那里,目送着冷山乘坐的车消失在马路的拐弯处,她揉着刚才被冷山夹疼的那根小指,忽然觉得冷山这个人真的很可爱。

K

傍晚。

草草吃过晚饭的苏振欧心里很烦,他找到晴子说要出去学车。

晴子高兴地答应了,能教自己的老师开车,说明自己也就成了老师,所以晴子心里很高兴。她想叫艾莲和小小,苏振欧制止了,说:还是不要叫她俩了,留点时间给她们写东西吧,我们的主要任务还是课题。

两个人把车开出来,却不知到什么地方去学。晴子说:我们找一条不拐弯的大道,先从基础学起。这样,两人转来转去,转到了刚刚铺就的友谊路。晴子说:就在这里吧,这里又平又直。

晴子把车停在路上,给苏振欧讲起了基本要领。苏振欧一边听讲,一边不时地把目光投向窗外。车窗外的马路上总是有来来往往的水兵,其中有几个女军官竟肩扛与小婷一样的军衔。

晴子发现了苏老师的精神不太集中,便停住了讲解,对苏振欧道:苏老师,您知道学车最重要的是什么吗?

苏振欧脱口而出:记住操作规程。

不对。晴子纠正道,学车和开车,最重要的是精力要集中,切切不可边开车边思考问题。因为您手中掌握的是一个危险性十足的钢铁机器,您的大意会造成各种意想不到的后果。所以说,开车不集中精力,一等于杀人,二等于自杀,您明白吗?

苏振欧第一次发现晴子还这么严厉,不由得有些羞愧。自己一个当老师的,还要学生来强调集中精力的问题,这多少有点令人

186

尴尬。好吧,我一定集中精力。苏振欧说。

晴子又开始了她认真的讲解。

晴子的讲解很细,她从汽车的构造原理,讲到了汽车各种部件的功能。经她这么一讲,苏振欧对汽车有了新的认识,他感到汽车的确是个好东西,现代生活离开汽车简直是不可思议的,难怪美国有那么多汽车旅馆,说到底还是美国人喜欢汽车。

学了两个多小时,苏振欧感到时间不早了,说:我们回去吧,明天找时间再接着学。

虽然苏振欧没有亲自来操纵汽车,一个晚上都是晴子在讲,但他对汽车已经有了本质上的认识,他相信自己会成为一个出色的驾驶员。所以,车开进酒店后院时,苏振欧很兴奋地从副驾驶的座位上跳下来,颇有感情地拍了拍汽车的前盖说:明天,我就亲自来开你了。

一进酒店大厅,见小小正在大厅中央焦急地等他。

你在这里干什么? 苏振欧问。

小小迎上来小声说:有两个公安人员在房间里等您,您看怎么办?

苏振欧感到很疑惑,自己又没做违法的事,公安局来找自己干什么? 该不是刘欣的事吧?

苏振欧急匆匆就往楼上赶,却被小小拉住了衣袖,小小有些恐慌地问:苏老师,您不会有什么事吧?

你怎么了,小小? 苏振欧说,我还能做什么违法的事吗?

小小点点头,两手却紧紧地抓住苏振欧的衣袖,好像一松手,苏振欧就会被抓走一样。

你松手吧,小小,人家要是真想抓我,你这么做也留不下我。苏振欧故意开了个玩笑,不过他的心里却一直七上八下的,公安局找自己会有什么事呢?

回到房间,两名穿警服的警察真的在等他。

你们有什么事吗?没等警察说话,苏振欧先行发问。

两个警察互相看了一眼,其中一个说:您是北京来的苏振欧老师吗?

没错。苏振欧点点头。苏振欧听出来警察用的是"您"而不是"你",这说明自己不会有什么危险,否则警察也不会这么客气。

您有个同学叫刘欣吗?警察问。

有。苏振欧心里明白了,果然是因为刘欣,这样一来,他的心里就踏实多了,他语气轻松地说,刘欣是我中学时的同学,这次我来这里出差,无意间碰上了。

警察单刀直入:今天下午刘欣来找过您吧?

对。苏振欧心想,刘欣的行踪肯定被公安人员监控了,要不怎么会知道刘欣来找过自己?

刘欣交给过您什么东西吗?警察又问。

苏振欧摇摇头,说:刘欣来找我时,我的三个学生和一个导游都在场。他什么也没带,只是来告诉我说他搞的一个旅游项目出了点麻烦,大概没经过什么审批,属于非法经营,问我有没有熟人帮忙通融一下。其他的事我就一概不知了。

警察客气地说:我们只是向您了解一下情况,没有别的事,如果刘欣真的转移了他的非法收入,我们想苏老师会配合我们查找的,更何况刘欣自己迟早也会交代的。

苏振欧下意识地点点头。

警察临告辞时又说:打扰您了,苏老师,我们找您了解情况您别在意,因为您是刘欣被收审前见的最后一个人。

警察走时,发现三个姑娘都站在苏振欧的门口,便有些疑惑地看了看苏振欧。苏振欧介绍说:她们都是我的学生,看到你们来,她们大概不太放心,就等在这里看个究竟。

警察点点头,很有礼貌地摆摆手走了。

三个人拥着苏振欧走进房间,她们发现苏老师的头上已沁出了一层汗珠儿。

小小倒了一杯水端过来,说:压压惊吧,苏老师,没事就好,他们只是来了解了解情况。

苏振欧苦笑了一下,说:我没事,我的同学刘欣的事可能大了。看公安局这架势,恐怕不是简单处理就了事的样子。

小小说:不是有艾莲吗? 艾莲的那个冷山可是打了五成的包票呢。

苏振欧把目光移向艾莲,艾莲也正望着他,见老师看自己,艾莲知道老师对自己所寄予的期望是何等殷切,她没有说什么,只是深深地点了点头。

一场虚惊过去之后,大家各自回去休息。

苏振欧辗转反侧,一直无法入睡。刘欣被抓是小婷来电话说的,而警察却说自己是刘欣被收审前所见的最后一个人,如此推测,刘欣和小婷应该没见过面,可小婷是怎么知道刘欣被抓的呢?

尽管时间很晚了,苏振欧还是决定给小婷打个电话,他知道小婷今晚值夜班,值夜班是不能睡觉的。

电话先是占线,而后又没有人接,但苏振欧还是坚持拨打小婷的电话,他想,也许小婷在查房,没有听到电话铃声。

终于有人接电话了,是一个年轻女性的声音,大概是值班的护士。她说小婷临时换了个班,今晚不在医院。

苏振欧想,小婷一定是为刘欣的事奔忙去了,可是这么晚了,她又能到哪里去呢? 苏振欧放心不下,便又给小婷的家里打了个电话,小婷的家里也没有人。苏振欧的心顿时揪紧了,他想,自己通过冷山来疏通这件事的信息应该让小婷知道,不管怎么说,多一个人想办法总是好的。想到这,苏振欧决定去找找小婷,他估计小婷此时很可能在刘欣的家里,以小婷的为人,她肯定要去安慰刘欣的妻子。

苏振欧悄悄下楼,走到酒店的大厅,忽然发现艾莲正坐在咖啡岛中的茶座里喝茶。见苏振欧下楼,艾莲迎上去说:小小猜您今晚会有单独行动,她特意让我来陪您。

苏振欧为小小的细心而感动,但同时也有一种秘密被揭穿的尴尬,他问:小小为什么不下来等,而是委托你艾莲来等?

小小说,您今晚行动的原因是您同学的事,在这件事上能帮忙的只有冷山,所以小小让我来这里守株待兔,谁知小小真猜对了。

我想去我同学家里看一看,你就不要陪了。苏振欧一是担心这么晚了带着个女学生不太方便,二是怕一旦真见到小婷,会引起小婷的疑心。

您怕什么,苏老师?小小交代的事我不去做,小小会怎么看我?再说我也不是个包袱,真要是有个什么情况,我还可以帮您。

我去安慰一下同学的家人,又不是去打架,还要你帮什么?

艾莲笑了,说:苏老师您好糊涂,这么晚了您独自一人去安慰人家的太太,您觉得合适吗?

苏振欧顿时语塞,心想,艾莲说得不无道理,深更半夜的自己独自去刘欣家,不知内情的人会有许多猜测的。

艾莲见苏振欧犹豫,便说:走吧,我愿意做一根蜡烛,来照亮您孤独的夜晚,让所有可能产生的误会,在光芒中自然地融化。

好诗!苏振欧说,如果不是用在今晚,诗的意境会更美,很可惜用在了我身上,这样你就是一根单纯的照亮的蜡烛。

不要再说了,我们怎么走呢?再耽搁一会儿天就要亮了。艾莲看了看表,自言自语道,我们这次樱花之旅,有您同学刘欣这么一"点缀",可算得上跌宕起伏了。

这都是些偶然的事件。苏振欧说,包括在这里遇上我的同学,事先根本没想到,同学出了这么大的事,也根本没想到。

走出酒店的大门,苏振欧希望能遇到自己熟悉的那辆红色的士。要是那位天使一样的女司机开车,至少他和艾莲回来时不愁车的问题。因为从时间来看,从刘欣家返回时至少应是凌晨。

那辆红色的士没有来,这令苏振欧多少有些失望。他的第六感告诉他:今晚应该坐那辆红色的桑塔纳。

两人搭乘一辆客货两用的达契亚驶向夜幕下的太阳沟。车上,艾莲对毫无倦意的苏振欧道:我是第一次这么晚陪一个男人出来。

苏振欧马上纠正道:你是陪你的老师出来。

我是从性别上分,您是从职业上分,我们俩说得并不矛盾。艾莲接着又说,您对同学的举动说明您是个感情丰富的人。

苏振欧点点头。

应该说艾莲的观察还是很准确的,苏振欧自己也承认他是个感情丰富的人,他的丰富的感情突出表现在对弱者的同情和支持上。系里谁也不知道,他正在用自己并不多的工资捐助一位来自贵州的大学生。这位家境贫寒的大学生因为有他的捐助才得以在北京继续读大学,因为就算把这位来自六盘水的学生父母的全部家产都卖掉,也不够他在北京一个月的生活费。苏振欧丰富的感情还表现在他对女性的态度上,由于他伟岸的身材和丰富的学识,他惹来了不少女性的青睐。对此,苏振欧并不迷乱,总是有节有度地虚与委蛇,婉言拒之。他这么做的原因是他不想伤害人,你想想,一个女人,需要鼓起多么大的勇气才敢对一个男人敞开心扉呀,不管你喜不喜欢,你所面对的都是一番真情。苏振欧有一种观点,只要是真情,就该给予呵护。这种呵护不一定非要一个什么结果,而只是一种和风细雨的过程。

来到刘欣在太阳沟所开的小店,小店的灯果然亮着,苏振欧试着敲了敲门,来开门的竟是小婷。

是你。小婷说,请进吧。小婷没有认真观察前面的苏振欧,却对跟在苏振欧身后的艾莲上下打量了一番,问:这位姑娘应该是你的学生吧?

苏振欧点点头,问小婷:小石怎么样?

小婷叹了口气说:走吧,进去谈吧。

小婷把苏振欧和艾莲领到刘欣和石琳居住的房间,见石琳正趴在床上抽泣。石琳把头深埋在枕头里,两只肩头在微微地抖动,看得出来,石琳对刘欣遇到这件事一点思想准备也没有,她似乎已经崩溃了。

苏振欧一时不知道怎样来安慰石琳,刘欣出这样的事,令他这个同学也颇感尴尬。他想,石琳之所以这么难过,恐怕还有刘欣被抓以外的原因,因为刘欣犯的事,多少有些涉黄的性质。

还是艾莲比较老到,尽管她不认识石琳,但女人在苦恼面前,心灵是极容易沟通的。艾莲弯下腰拍了拍石琳的肩头,说:大姐,您就别哭了吧,哭是解决不了问题的。刘老板的事现在还没有结论,说不准过两天就没事了。

艾莲这么一劝,石琳反而哭出了声。

苏振欧对小婷说:没找找地方上的关系吗?

找了。小婷道,我给黄处长打了电话,黄处长说他管不着这档子事,但他答应帮助疏通。

这个黄处长办事怎么样？苏振欧问。

我从来没求他办过什么事。小婷说,这是第一次,在电话里听得出来,对这件事情他也很为难。

石琳侧了侧满是泪痕的脸,哽咽着说:黄处长肯定办不成这件事。他是我一个亲戚的同事,求他办事非常难。婷姐,别说你打个电话,你就是名烟名酒送给他,他也不会给你办。

小婷说:他不是不想办,而是没有能力办。

艾莲望一眼苏振欧,她想苏振欧应该把冷山的话告诉石琳,不管能不能办成,冷山这百分之五十的把握可以安慰一下处于绝望之中的石琳。

不要难过,总会有办法的。苏振欧对伏在床上的石琳道,我今天领的这位女同学,说不准她会成为刘欣的救星。

石琳听了苏振欧的话,马上抬起头来,疑惑地看了看艾莲,又看了看小婷,道:她一个北京来的女学生,怎么能帮上刘欣呀?

苏振欧说:你可不能小瞧我们这位女同学啊。

艾莲的脸有一些红,她不好意思地说:我哪有那么大能耐? 我只不过认识一个说能帮上忙的人。他说得准不准我还不托底,不过我相信他不是说大话。

苏振欧补充说:我想在我们离开旅顺之前,这件事会有一个结果。

石琳感激地说:谢谢这位同学,谢谢苏老师。艾莲说:你先别谢,你越谈谢,我的压力就越大。艾莲一直在想,冷山还算是个有运气的人,凭空出现的这个刘欣,等于给冷山增添了一块砝码,有了这块砝码,自己和冷山就有了一种双方扯平了的感觉。

苏振欧问小婷:刘欣搞这么个旅游项目你知不知道?

小婷点点头,皱着眉头道:刘欣和我说过这个点子,我以为他在开玩笑,当时也就未置可否,谁知道刘欣的胆子这么大,说干就干起来了。

石琳又抽泣起来,说:当时我就不同意他搞什么樱花小姐伴君游。谁知他太固执,他说就干十天,樱花之旅一结束,他的这个活动就结束,所以他说用不着谁批准,反正是丰富旅游内容。他想得简单,不知道这么做会违法,等出了事儿才想起害怕。这样的事说大就大,说小就小,刘欣自己也没把握。谁知道那些导游小姐单独出去都干了些什么?一对一的事谁也说不清楚。

这个刘欣,真是昏了头!小婷生气地说,这么做等于把自己往监狱里送!

苏振欧却摇摇头道:刘欣这点子不错,只是在实施中太急功近利。你们想,假如他招聘的樱花小姐都是经过正规培训的,假如他规定了必走的路线和景点,再假如他加大一点稽查的力度,他这个办法会很好的,说不准会越办越大,成为一个知名的旅游品牌。当然,这一切都需要批准。

刘欣只不过是个个体户,你说的那些能行得通吗?小婷提出疑问。

苏振欧感到自己对刘欣的要求过高了,是啊,刘欣不过是个个体户,他怎么组织培训?怎么去稽查?

苏振欧和艾莲的到来使石琳看到了希望,所以,当苏振欧说在他们离开旅顺之前这事一定会有个结果时,她的心里稍稍踏实了些。刚才小婷在这里只是劝她,尽管小婷让她别着急,但石琳看出来小婷自己也六神无主。小婷过去一直是她和刘欣工作和生活的支柱,现在连小婷都束手无策了,说明了问题的严重性。因此,任小婷怎么劝,石琳都一个劲儿地哭。现在,苏振欧至少说出一个解决问题的时限,这叫石琳感动不已。

婷姐,这么晚了,你们回去休息吧,我没有事。石琳说,苏老师这么一讲,我觉得刘欣不会有什么大事,我的心也能放下了。

小婷看看苏振欧,灯光下,她发现苏振欧很精神,不像有倦意的样子,但小婷还是说:振欧,我们不会在这里待到天亮吧,石琳太需要休息了。

三个人告别了石琳,来到了凉风习习的大街上。街两旁的龙柏黑黢黢的,似藏着伏兵杀手一样令人背出冷汗。艾莲捅了捅苏振欧的胳膊道:这地方路灯太少了,走起来怪吓人的。

没等苏振欧说话,小婷接上话说:这有什么好怕的? 走惯了就好了。

苏振欧也赞同说:旅顺的治安在全国都有名。过去这里是夜不闭户、路不拾遗,现在刑事发案率也非常低。因为这是座兵城,有几万名解放军保护着,哪个罪犯敢来这里作案?

你对旅顺还是蛮了解的啊。小婷说。

当然,这是爱屋及乌嘛。苏振欧回答道。

小婷有些不自然,她听出了苏振欧的意思,这个苏振欧又含沙射影地表达了他要做的事。但艾莲不懂苏振欧的话中之话,便问:苏老师,您的"屋"和"乌"分别指的是谁?

苏振欧一时不好回答,他借着路灯微弱的光瞅了一眼小婷,忽然灵机一动,对艾莲道:你可以让小婷大夫猜一猜嘛。

小婷说:我猜不出来,我是搞医的,但谁的肚子里有几条蛔虫我却说不清。

苏振欧一愣,道:我只不过用了个中学时代学的成语,怎么能和蛔虫相提并论?

我觉得小婷大夫讲得有道理,您的肚子里肯定有弯弯绕,要不怎么会用这个成语呢? 我清楚这个成语的出处,应该是《尚书大传》，原话叫"爱人者,兼其屋上之乌"。这就说明,您是爱一个人,由此兼爱这座城市,所以您今晚一定要坦白,这个人是谁? 艾莲穷追不舍,叫苏振欧左右为难。

我承认我是爱一个人,然后才爱上这个人所生活的城市。这样回答你满意了吧? 苏振欧眼睛的余光始终盯着小婷,他想看到小婷低垂的脸,他相信小婷的脸一定很红。

您不说我也能猜得到。艾莲说,这个人应该是三个女性中的一位。

三个? 哪三个? 小婷问。

你不要胡说八道,我什么时候有了三个女朋友? 我只是带了三个学生来。苏振欧担心艾莲口无遮拦,把冯小小爱慕自己的事说出来。因为艾莲对他和小婷的事一无所知,她只是把小婷当成了刘欣的朋友或同学,若是艾莲提到小小的事,苏振欧担心小婷会产生许多联想。

我说的三个,肯定不是外地人,因为外地人就不会有"爱屋及乌"之说,从这个成语来分析,这三个人肯定是当地人。

小婷很感兴趣地说:你不妨说说看。你们苏老师本事还不小呢,刚来旅顺几天,就发展了三个当地的女朋友,这么下去,当地的小伙子会找他拼命的。

苏振欧刚要制止艾莲,却被小婷拦住了,小婷对着一脸窘态的苏振欧说:说出来大家分享你的幸福嘛,我也正好看看你这位学生的眼力。

艾莲朝苏振欧说:得罪了,苏老师,我分析一下,您看有没有道理。

苏振欧已经无法制止艾莲的分析了,索性道:你就编故事吧,我知道你有小说家的天赋,只不过我不想当反面角色。

艾莲说:苏老师,您第一个留有印象的当地女性应该是樱花楼的吴老板。那可是个风姿可人的富姐,您虽然不是为了她的钱,但至少您很欣赏她的丰腴。从您看她的目光中我可以分析出您的心理,您的目光充满了饥饿感。这样说可能不礼貌,以我的观察,您对她的目光的确充满了磁性,这种磁性只有相互吸引的异性之间才会产生,比如磁石和铁,换了木头是不会有吸引的效果的。而您和吴老板的目光交流,有一种自然的黏合力。

小婷系好了一枚领扣,对艾莲说:听说樱花楼的老板是个才女,可惜没有一睹芳容。

艾莲说:可以让苏老师去那里请你吃饭,我敢肯定是吴老板埋单。

苏振欧的一颗心悬到了嗓子眼儿,心想,艾莲呀艾莲,你真是哪壶不开提哪壶。你的观察力的确不错,可是你不该在这种场合下说呀,会让小婷产生什么感想? 我苏振欧岂不成了个拈花惹草的花花公子? 他想暗示一下艾莲,可是夜色太浓,中间又隔着个小婷,这叫苏振欧手足无措,暗暗叫苦。

小婷又问:那第二个女性呢?

艾莲卖了个关子,道:这第二个女性可就有点传奇性了。她是一个摩登、开朗、侠义又充满青春气息的女司机。

苏振欧简直要晕过去了,他没想到艾莲对自己的观察不亚于小小,三个学生,有两个在暗中"监视"自己,自己的命怎么会这么苦呢?

谁的司机? 是出租车司机吗? 小婷问。

是出租车司机,我们北京叫的姐,苏老师刚来就结识了这么一位柔情似水的的姐。艾莲说,这个的姐可不一般,只要你坐一次她的车,你就会喜欢这个人。我总觉得她的举止像个欧洲人,她所做的事肯定要弄乱你的思维,然后她乱中取胜,让你的思维跟着她的车轮转。她是个女巫式的美女,如果苏老师再坐几次她的车,恐怕苏老师就不能自拔了。

苏振欧暗暗佩服艾莲的分析。艾莲的快言快语他是了解的,但艾莲能做如此精辟的分析,用如此一针见血的语言,这是苏振欧感到惊讶的。他搞不清艾莲为什么话这么多,为什么今晚要出他的丑。

小婷在默默地听着,她的脑海中仿佛有一张白纸,而艾莲的话就像一支笔,正在描着几幅肖像。几个女性的肖像越来越模糊,而苏振欧的形象却越来越清晰,这个形象使她想起了一个人,那就是《围城》中的方鸿渐,那个对女性大献殷勤的方鸿渐。小婷自从读《围城》开始,就对方鸿渐这个人物很矛盾,她同情他、理解他却又鄙夷他。

艾莲分析完了女司机,小婷没有继续问第三个人,她停住脚步,说:我到家了,谢谢你们陪我走了这么长的路。

苏振欧刚才目光一直牵着地面,他没有注意到已经走到了小婷家门口,小婷这么一说,他才如梦初醒。走得这么快吗? 他问。

小婷很有礼貌地与艾莲握手告别,她对艾莲说:除了作家之外,还有个职业适合你,那就是律师,因为我发现你的头脑总是那么冷静。在这一点上我就不行了,我总爱冲动,一种女人毫无自我保护能力的冲动。

你不想听我说第三个女性吗? 艾莲歪着头问。

有时间我会听的,但今晚不听了,我明天还有手术,我很乏。

艾莲理解地点了下头,对苏振欧说:看在婷姐的面子上,今天先给您一层面纱,下次我可要彻底剥去了,让您不加伪饰地暴露在我们面前。

小婷向苏振欧摆摆手,走进了院子。从小婷的背影上,苏振欧看出艾莲所讲的故事已经给小婷带来了包袱,他一时性急,快步赶过去,拉住了正要关院门的小婷。小婷看了一眼不远处的艾莲,冷静地对苏振欧说:你这是干什么? 这么晚了,我不请你进去了。

　　艾莲是在讲故事,我这个学生就这样,写小说写出了职业病,有事没事总爱评论一番。苏振欧没有松手,他感觉到了小婷现在的激动,因为小婷的声音有些变调。

　　玩笑。小婷说,我都看成是玩笑,你当什么真? 小婷松开被苏振欧抓紧的手,拢了一下耳边的一缕头发,对苏振欧说,你应该打个的士走,这么走回酒店天就亮了。

　　苏振欧呆呆地站在门外,目送小婷开门进屋,脑子里乱糟糟的。他后悔今晚到刘欣家来,后悔带艾莲来,更后悔走这段夜路,如果出门时打个的士,就不会有艾莲这一路令人心惊胆战的分析了。

　　我们走吧,苏老师。艾莲走过来说。

　　一听艾莲的话,苏振欧顿时气不打一处来,他猛地转身抢起了胳膊,低沉却又十分有力地说:你要是个男同学,我今天非给你个嘴巴不可!

　　艾莲吓得一缩脖子,扑哧一声笑了,道:为了一个女人,要打另一个女人,苏老师还不至于堕落到这种地步吧。

　　你坏了我的大事,艾莲,你知道你讲的故事对小婷大夫是多么大的伤害吗? 苏振欧无力地放下扬起的胳膊,无奈地说,走吧,艾莲,我今天最大的失误就是带你来,要是换了小小和晴子,谁也不会在一个陌生女性面前调侃我。

　　艾莲调皮地拦住苏振欧的去路,说:苏老师,您听过我这样说别人吗?

苏振欧想了想,道:没有。

那么我今天这样说您,您知道这是为什么吗?

苏振欧生气地道:你的用意就是让我出洋相,你以为我看不出来?

您错了,苏老师,艾莲小声说,我这是在投石问路。

投石问路? 苏振欧大惑不解。

艾莲得意地说:今晚我这一招成功了,我探出了我想要知道的东西。

你这话是什么意思? 苏振欧说,难道我还有什么不可告人的事情吗?

苏老师,您知道我下边要说的第三位女性是谁吗? 她就是这位小婷大夫。但这位小婷大夫很聪明,她没让我说下去,所以我就没再说。

你到底是什么意思? 你把我都搞糊涂了。苏振欧急不可待地说,你就明讲吧,艾莲,无论你讲多么难听的话,我都不会打你嘴巴。

说实话吧,苏老师,我所讲的吴老板也好,女司机也好,都是问路的石头,通过这石头我在观察小婷大夫的变化。如果小婷大夫能当故事听,这世上就本无事了;如果小婷大夫萌生醋意,那么我的预测就准确了。但结果简直令我吃惊,小婷大夫不但萌生出醋意,甚至对您产生了敌意,苏老师,这不很说明问题吗?

听艾莲这么一讲,苏振欧灰冷的心有些变暖。好个艾莲,鬼点子还真不少。苏振欧问:你并不认识小婷,你怎么会联想那么多?

我一直在想,一个人对一座城市这么有感情,肯定是有原因的,而最容易被人接受的原因就是您所说的"爱屋及乌"。所以我分析,在这个城市里,肯定有一个您所钟爱的女性,因为您对这座城市的感情，就像一种对人的感情，真挚而具体。樱花楼的吴老板、那个善解人意的女司机都是您爱的延伸，而这爱的根源则在这位美丽的女军人。

苏振欧被艾莲说服了，他为艾莲的洞察力而暗暗叫绝，要知道，一个尚未走上社会的女大学生，对社会上最简单同时也是最复杂的男女之情有如此精到的分析，这是多么难得啊！

你怎么会知道我和小婷的关系？苏振欧问，难道这几天我有什么蛛丝马迹被你发现了吗？

这都怪您没有撒谎的心理素质。艾莲说，您每次单独出去，理由总是那么勉强，而每次归来时，目光又总是那么躲躲闪闪，所以我断定您肯定有秘密。今天，您和小婷大夫一见面时，您知道我就在您的身后，小婷大夫对您很冷淡，对我却十分注意。这就说明你们早就是熟人了，因为这种异性间的表面上的冷淡，就像深水无声一样，是很说明问题的。那么她对我的注意，又恰恰反证了她对您的在意。她审视我的目光，虽然是善意的，却充满警惕，这一点，女人的心是最敏感的。

她是个离异的女人。苏振欧说，她的确很不幸，她的不幸来自她的善良。她总是那么善解人意，又总是那么默默地帮助别人，所以，她容易遭受伤害。

艾莲吃了一惊，她分析了这么多，却没有看出小婷大夫是个离异的女人，这样的遭遇对小婷大夫来讲太不公平了。她说：这样一个人见人爱的女人，怎么也会遭遇离婚？

苏振欧叹了口气，道：她和她爱人的离婚，双方都充满了一种扭曲的侠义心理。这件事说起来很麻烦，但透过他们的分手，我越发感到了小婷的善与美。

临海的街道，夜晚格外凉爽，每一阵海风吹过，苏振欧就感到似乎又褪去了一层衣服。艾莲也感到了冷,她轻轻地咳了两声,对苏振欧道:满大街只有我们在走。

我们应该打辆车走,可是这个时候,恐怕出租车司机早就进入梦乡了。苏振欧不由得想起了那个总在他需要的时候停在他身边的女司机。

还是与大城市有差别,这小城的夜晚静得有些吓人。艾莲说。

苏振欧说:这正是小城的特色,它像人一样有灵性,也会在晚上睡去,在白天苏醒。哪里像北京、香港那些大都市,整个晚上都在喧闹,把人的神经绷得紧紧的,那种昼夜不分、白黑不分的所谓都市生活,把人都搞得浮躁了。而这里就不一样了,人们按照太阳的起落来安排自己的生活,一切都那么恬静、自然,可以放松地去学习、工作和生活。所以说,拿这里和北京比,就有一种樊笼和田园的感觉,来到了这里,就好比回归了自然。

艾莲赞同地说:一种充满现代文明的自然,这与陶渊明笔下那种纯粹的田园自然还是有着本质的区别的。

夜走林荫路,不意到海边。苏振欧不觉来了诗兴,信口吟道,举目天尽处,灯火正阑珊。同窗陷囹圄,独自难成眠。樱花若有情,一笑慰乡关。

艾莲的记性好,苏振欧只吟了一遍,她就全记住了。她说:"樱花若有情,一笑慰乡关"这两句真是太好了,把人之情与自然之情有机地结合起来了,巧妙之处在于给人留下了广阔的想象空间。这"一笑慰乡关"至少有两种可能:一种是与小婷一道解决了刘欣的囹圄之难,来告慰故乡和故乡的乡亲;另一种是与有情人终成眷属,夫妻双双同访故里。您说我分析得对不对?

对不对都让你说了。苏振欧心里佩服艾莲的聪明,嘴上却不给她骄傲的机会。

苏老师,有个问题我想问。艾莲忽然变得严肃起来,她想提出的问题已经酝酿很久了,今夜这样的机会使她终于可以提出了。

什么问题?苏振欧的情绪还沉浸在自己的诗作中,刚才他几乎是不假思索就信口吟出这首诗,诗中的每一句都是真情实感的写照。他平时很少作诗,但他很容易就能融到诗的意境中去。他给学生们讲授古典文学时,最喜欢讲的是古典诗词。有一次他讲柳永的《雨霖铃》,当讲到"念去去,千里烟波,暮霭沉沉楚天阔"时,他的眼圈发红了,他的情绪明显感染了课堂上的学生们。当他讲到词的高潮处,即"便纵有千种风情,更与何人说"时,课堂上有好几个女生竟热泪盈眶。课后,冯小小指责他,说他把自己当成了柳永,他未置可否,但自此之后,他的古典文学课就名声大噪,每次上课,偌大的阶梯教室总是座无虚席。

我的问题很简单,但可能会令您为难。艾莲接着说。

艾莲的话让苏振欧从诗中又回到现实,他好奇地问:什么问题?你就说吧。

我的问题是,您将怎样对待冯小小?艾莲很严肃地说。

苏振欧想了一会儿,说:我将像对待你和晴子一样来对待小小,除此之外,再不会有别的。

您应该知道小小对您的感情,而您总是闪烁其词,让小小难辨真伪。

我很喜欢小小的聪明与才气,但喜欢不等于爱。你刚才不是已经分析了吗?我真正的感情寄托是小婷。苏振欧解释完才感到和自己的学生探讨自己的感情问题似乎有些不妥,便说,你不要为小小的事操心了,我相信小小毕业后会调整自己的感情坐标的,因为对所有学生来说,迈出校园,会是海阔天空。

小小真可怜。艾莲叹了口气,又说,我想起了一句歌词,叫"错把春心付东流,只剩恨与羞"。看来,小小要经受这样的相思之苦了。

苏振欧没有说什么,与小小的关系的确很令他头疼。有时他想,毕业后就会好的,将来天各一方,时间会让一切激情的东西褪色的。但有时他又怀疑自己的这种想法,因为从自己对小婷的这种感情经历看,让时间去做漂白剂有时是不灵的。

顺其自然吧。苏振欧这样答复艾莲。

L

苏振欧遭遇了车祸。

刚刚学会驾车的苏振欧第一次驾车出门就导致了一场交通事故。他驾车冲上了小婷所在医院的一个花坛,车子从花坛上翻下来,造成他左臂骨折,轻度脑震荡,与他同车的驾驶教练晴子则受了点皮肉伤,两人双双住进了医院。

出事前,苏振欧来医院找过小婷三次,小婷都以做手术忙为由不见他。苏振欧每次都是以学车为名让晴子拉他来到医院。第一次他下车去找小婷时,他明明从窗子里看到小婷正与几个医生交谈,可进去传话的小护士却出来说,主任正在研究一个手术方案,没有时间会客。他怕晴子等得久了,便返回车上继续学车。第二次,他又和晴子驾车来到医院,并特意让传话的护士说上自己的名字。不一会儿护士出来了,很不友好地说:想看病就去挂号,我们部队医院不允许看人情病。显然,护士把他当成走后门看病的了。苏振欧急忙解释,说自己来看同学,不是看病。护士没听他解释完,就扭头回屋里去了。苏振欧傻乎乎地站了半天,自觉没趣,只好讪讪地走了。第三次再来医院的时候,晴子纳闷地问:苏老师老来这个地方该不是看病吧?苏振欧闷闷地道:我来看一个人,前两次都没有看到,这次一定要看到。晴子说:我陪您去吧,看您这么着急的样子,连车都学不下去。苏振欧摇摇头,说:你别去了,你去只会添乱子。苏振欧心想,上次要不是艾莲给添了这么大的麻烦,小婷何至如此呢?

苏振欧下车去找小婷时,心里纳闷的晴子神不知鬼不觉地悄悄跟在身后。苏振欧来到医生办公室的门前,刚要敲门,一个小护士过来拦住了他,问他有什么事。苏振欧说要找小婷,小护士上下打量了苏振欧一番,问:你叫什么名字? 从哪里来? 苏振欧很客气地说:我是从北京来的,姓苏。谁知苏振欧这么一说,小护士的态度马上有了变化,她很冷淡地说:主任正忙着手术,没有时间会客。护士这么一说,苏振欧心里明白了,一定是小婷交代了护士,要不怎么一提起自己,护士马上就变脸了呢? 苏振欧感到自己的头老大老大,呼吸也不再均匀,他扭头就走,恰好与迎面走过来的晴子碰个满怀。晴子扶住有些冲动的苏振欧,道:找人自己找,怎么非要护士小姐转告? 您直接开门进去不就可以了吗? 苏振欧心想,人家不想见你,你还非赖着见人家干什么? 嘴上却没好气地对晴子说:谁让你跟我上来的? 你懂不懂隐私权? 晴子被说得满脸通红,连忙向苏振欧道歉,苏振欧却一甩衣袖,急匆匆下楼而去。

晴子赶到车旁时,苏振欧已经坐在了驾驶员的位置上。因为苏振欧的悟性好,已经能独立驾车了,所以晴子没有阻止他,便悄悄地坐上副驾驶的位置,来照看苏振欧驾车。正当他驾车沿着院内花坛的右侧驶向大门时,一辆救护车逆行冲上来,正好与苏振欧的车冲个照面。此时的苏振欧别无选择:车的右边是一排停放的自行车,自行车旁,一个戴袖标的老大爷正坐在椅子上晒太阳;而车的左边则是几乎半米高的大花坛;迎面冲上去,肯定要车毁人亡,因为警灯闪烁的救护车肯定拉着急救患者,否则也不至于逆行而上。苏振欧猛地向左打方向盘,性能颇佳的丰田轿车像一匹脱缰的马,斜冲上花坛,在花坛里犁出两道深深的车辙后,又冲出花坛,翻倒在救护车的车后。

这一切都是在瞬间发生的。首先从车内爬出来的是晴子,她的额头上沁着血,一只鞋子不知飞到了何处。晴子想到的第一件事是救人,因为苏振欧已经在车里昏过去,她拼尽全身的力气把苏振欧往车外拖。好在事故发生在医院的院子里,从刹住车的救护车上跳下来几个军医,看自行车的老人以及几个在院内散步的军人患者都参加了抢救。苏振欧被抬进急救室,晴子也瘫倒在观察室里,两个人就这样住进了医院。

医院院内出现车祸的事很快传遍医院,正在写病历的小婷知道这个消息后,马上就有一种不祥的预感。刚才她的心一直在急跳,这种心神不宁的感觉使她在写病历时竟写错了好几个字。苏振欧来找她这三次,她都看到了,她已经吩咐过护士不见这位来访者。自从那天晚上听了苏振欧的女学生的分析之后,她的心一直很乱,也很矛盾,她说不清自己这是因为什么。在没见到苏振欧的时候,她的生活是平静的,尽管与秋离了婚,她也依旧很平静。但苏振欧的出现让一切都变了,尤其苏振欧至今过着单身生活,让她生出几多感慨。但自己毕竟是结过婚的人,面对这种问题要理智多于感情,所以她一直在冷处理自己与苏振欧的关系。铁山角之行,她已经明确表示了自己的态度,但苏振欧穷追不舍,这使她很感动,也很无奈。她之所以三次将苏振欧拒之门外,是因为她无法回答苏振欧提出的任何问题。正在她心乱如麻的时候,一个同事进来说,院子里出车祸了,说一辆轿车因为避让咱们的救护车而冲上了花坛,轿车翻了,司机受了重伤。

小婷放下笔就往急救室跑,一种预感在驱使她,出车祸的人肯定与自己有关。

跑进急诊室,她一下子呆住了,躺在抢救床上的果然是苏振欧。

小婷的眼泪当时就流下来了,她伏下身,两手按着苏振欧那只没有受伤的右臂抽泣不止。

急救室里的医护人员看到这一幕都愣住了,他们不知道这位受伤者是小婷的什么人,几个人面面相觑,不知说什么好。一位年龄稍大的护士过来挽了挽小婷,问:主任,你认识这个人?

小婷意识到了自己的失态,她点点头,直起腰来问:伤势怎么样?

一位年轻的男军医回答道:左臂骨折,轻度脑震荡,现伤者正处于昏迷状态,不过没有生命危险。

小婷又伏下身,轻轻地唤了两声:振欧,振欧,我是小婷。

昏迷中的苏振欧突然睁开了眼睛,他的眼睛自睁开的那一刻就固定在小婷那张满是泪痕的脸上。许久,他的眼睛潮湿了,鼻子一酸,声音很微弱地说:我只有这样,你才肯见我吗?

小婷抽泣着扭头走了,她无法再在急救室待下去,再待下去她会崩溃的。刚才,苏振欧醒来后的这句提问,仿佛一下子把她的心撕裂了,她知道,这场车祸的间接原因正是她小婷。如果不是因为她,苏振欧不会到医院来。假如她不是拒绝见他,苏振欧也不会出这场车祸。可现在,一切都晚了,活蹦乱跳的苏振欧已经躺在了抢救床上。这残酷的现实令小婷一时无法接受,她跌跌撞撞地跑回办公室,伏在办公桌上失声痛哭。

老乔是最先得到苏振欧出事的消息的,伤势较轻的晴子让大夫给他打了个电话,老乔领着艾莲和小小急匆匆地赶到了医院。

老乔见到苏振欧时,苏振欧已经完全清醒了。他对满头大汗的老乔和两个学生说:看来,我们的樱花之旅,注定要历经九九八十一难。

艾莲表情木然地站在一旁,车祸出在医院,她已经猜到了其中的奥妙。她在想,苏老师和小婷大夫的关系一定变得很紧张,否则,苏老师出这么大的事,小婷不会不在病房里守着。因此,艾莲一进病房时,她注意的不是苏老师,而是先四处寻找小婷,当她发现小婷的确不在时,她的心情变得很沉重。

小小则一直在流泪。这一切发生得太突然了,早晨还是神采奕奕的苏振欧,现在头上缠了绷带,左臂上了夹板。这样的形象,在现实生活中小小还是第一次看到,而这第一次,就发生在自己所熟悉、所热爱的老师身上,小小心里难过极了。

晴子在处置了一下额角和腿部的几处外伤后,也来到了苏振欧所在的病房。作为教苏振欧学车的老师,晴子感到格外过意不去。都是我不好,把苏老师害成这个样子。晴子歉疚地对老乔、艾莲和小小说,对这件事我要好好地反省。

病床上的苏振欧吃力地摇了摇头,声音很小地说:这事怎么能怪你呢?要怪也只能怪我自己。再说,医院的领导刚才来说过了,这起事故就不用交警部门来处理了,要论责任,应全在救护车一方,我的责任只是车速稍稍快了点。

救护车上有个急救患者,否则它也不会横冲直撞。晴子道,您当时处理得很对,如果往右打方向或直着开过去,这起车祸肯定都会死人的。

小小不高兴了,她瞅了一眼晴子,说:苏老师伤成这个样子还不够吗?晴子,苏老师刚学会开车,这应该属于无证驾驶,要是交警部门来处理,还说不准是什么结果呢。

大家都认为小小说得有道理,因为苏振欧毕竟是无证驾驶,有这一条就足够了,警察怎么处理他都不过分。

这事不怪晴子。苏振欧仍然很吃力地说,是我自己抢着开的,我不但伤了晴子,还把镇长的车给毁坏了。

只要人没有事就行,车坏了可以修。老乔很担忧地说,只是你这一伤,你们的课题恐怕会受到影响。

几个学生把目光都集中到苏振欧的脸上,课题的事刚才她们都没想到,经老乔这么一提,大家都觉得这的确是个问题。

苏振欧想了想,对大家说:这事不能受到影响,乔老师,一切全拜托你了,你带她们把应该看的都看完,应该了解的都了解到。剩下的这些日子,第一手资料必须搜集得全一些。至于我,只要你们工作努力,我就会安心地养伤。我的两腿没有伤,右手也没问题,不需要专人来陪护。

住院没有陪护怎么行? 小小说,还是我留在医院陪您吧。

这肯定不行,你们三个都是各有任务的,你来陪护我,你那块活儿谁干? 苏振欧看着小小说。他明白小小此时的心情,他心里很清楚,就是需要人陪护,他也不能给小小机会,那样会毁了小小的。

小小见苏振欧不同意自己来陪护,又建议道:要不我们三人轮流来陪护您,每人一天怎么样?

苏振欧还是不同意,他抬起右手向小小摇了摇道:小小,你的心意我领了,可是无论你们谁在这里陪我,都只会使我更上火,因为我们的课题不等人啊。所以,你们对我最大的支持,就是抓紧时间完成我们的课题。这样,我回去才好向系里交代。

老乔说:我有一个好办法,苏老师,我想让吴可派一个服务员来,这样,一来你也有人陪护,二来课题可以照常进行。

这是什么好办法呀,乔老师? 小小反对说,一个陌生的女孩子来陪护苏老师,这有多不方便。

这时,小婷不知什么时候已经走进病房,她听到了大家的争论,迟迟没有说话。艾莲最先看到了她,两人相互点了点头,艾莲木然的表情一下子活了,一丝笑容爬上了她的眉宇。

小婷对身后的一个护士交代了几句，又悄悄地走了。

小婷刚走，那位护士便过来向大家宣布，像苏振欧这样的患者，医院是不允许家属派专人护理的，这是医院的规定。

既然医院有规定，大家也不好再说什么。老乔帮着去办理住院手续，小小则去购买一些日用品，晴子伤轻，又坚持不住院，便跟着小小到商店去了，病房里只剩下了艾莲。

这是天意。艾莲说。

天要伤我吗？苏振欧故意说，我究竟做了些什么伤天害理的事，让老天这么来惩罚我？

这是老天在给您机会。艾莲并不被苏振欧的话所干扰，仍然不紧不慢地表达自己的观点。

我已经没有机会了，一切都是枉然。苏振欧伤感地说。

刚才小婷大夫就站在我的身边，只不过她穿着白大褂，又戴着医生的帽子，您没有认出来。是她安排护士来宣布不让陪护的，她这么做，是想把更多的时间和责任留给自己。

苏振欧的眼睛一亮，马上又痛苦地闭上了。他想，这是小婷的善良使然，自己住院时，她想多尽一点责任，因为自己毕竟是来医院出的车祸，或许小婷由此感到心里不安，或许出于同窗好友之情，她要尽朋友之谊，等自己伤一好，小婷还会是那个小婷。

抓住机遇呀。艾莲鼓励苏振欧，机不可失，时不再来，过了这个村可就没有这个店了。

谢谢你艾莲，你是唯一一个洞察到我心中秘密的人，我要求你保守这个秘密，能答应我吗？苏振欧因为和艾莲共同拥有一个秘密，两人的谈话就直白了许多。

我不会把您的事说出去，不过您所拥有的感情经历没有必要私有化。在这么一个开放的时代里，我们应该学习西方人那种表达感情的方式,那就是勇往直前,有我无敌!

苏振欧被艾莲逗笑了,说:你以为爱情是打仗吗?

我不是这个意思,我想劝您对小婷的追求公开化,这样至少可以使其他的追求者却步,也不至于让别人在您身上白白浪费感情。

艾莲的话总是那么一针见血,这叫苏振欧多少有些难堪。他仔细一想,艾莲的话也不无道理,且不说小婷,就是从小小的角度看,自己这种不明不白的态度,对她也是不负责任的。

苏振欧在医院里住了下来。

小婷精心地为他安排了一间面南有窗的双人间干部病房。站在窗前,便可见到远处的大海和宁静但又神秘的军港,窗下的院子里栽满了一丛丛茂盛的紫丁香,微风时时把紫丁香的芬芳送进病房,使一片洁白的病房充满温馨和阳光。

这应该是疗养院,不像是充满来苏水味儿的病房。苏振欧对身旁的护士说。

护士是个刚从医校毕业的小姑娘,她一边帮苏振欧收拾物品一边说:这是高干房呀,首长这么年轻就能住高干房,至少该是正团职吧。

我不是军人。苏振欧如实相告,我是个大学教师,来旅顺出差的,没想到出了车祸。

我们这里常有地方上的人来住。小护士说,不过,地方上来住的也都是领导干部。

苏振欧为自己被错认为领导干部感到好笑,又一想,小护士所说的也是实话。

小护士收拾好物品,指了指床头上方的一个红色按钮说:有事您就按一按它,我在一分钟内就会赶到。

小护士走到门口,苏振欧忽然想起了吃饭的问题,忙问:我该怎么订餐呢?

小护士回过头道:小婷主任交代过了,您的饭不用订,由她给您送。

苏振欧说:我还是在医院订饭吧,小婷大夫工作那么忙,她怎么有时间做饭送饭?

小护士摇摇头说:小婷主任对我们说了,她要进行一次营养接骨疗法,所以她要亲自为您选择食谱,由她亲手烹饪。

营养接骨疗法? 苏振欧从来没有听过这么一种接骨方法,他想,这肯定是小婷为了方便和自己接触而想出的点子。这个念头一出来,他又不敢肯定了,因为中医确实有服药接骨的医术,中医所服之药,有不少不就是普通的食物吗?

时间还不到傍晚,苏振欧似乎已经饥肠辘辘了,他盼望着小婷早些把饭送来。

五点三十分,小婷拎着一个白钢饭盒出现在病房门口。小婷脱去了白大褂,一身标准的海军女式军官服使她显得格外亭亭玉立。

饿了吧? 小婷问。

苏振欧开玩笑道:再饿一会儿,当心我把你也吃了。

好大的口气,今天的饭菜一点也不准剩。小婷走过去把饭盒一层层打开,说,菜做得不好,你就将就吃吧。

苏振欧明白了,这是小婷亲自做的菜。

一盒排骨、一盒煎黄鱼、一盒香菇油菜,还有一盒凉拌的海带丝,主食是两个花卷。苏振欧一看到这精心准备的饭菜,就感到了一种浓厚的家的气氛,他的鼻子有些发酸。他清楚,如果不是自己因伤住院,他是无缘吃到小婷亲自烹制的晚餐的。

你还看什么? 为什么不吃? 小婷问。

苏振欧拿起筷子,欲伸又止,他望着小婷说:才五点半,你肯定也没吃。

小婷的脸一下子红了,她的确也没吃饭,一下班她就跑到刘欣家,急急忙忙用石琳饭店的设备为苏振欧赶制了这顿晚饭,而她自己却忘了饿。

我可以回家吃,你就别为我操心了。小婷在对面的床上坐下来,看着苏振欧说,你要是怕我看你吃饭,我就在这里看书好了。小婷从床头拿起一本杂志,信手翻起来。

苏振欧只好独自品尝这顿不寻常的晚餐,每一口他都感到有一番新滋味儿,他吃得仔细,一点声音也没有。小婷为了不打扰他吃饭,在一旁静静地看那本杂志。小婷做事认真,尽管手里是一本文艺评论方面的杂志,但她仍读得津津有味。

我吃好了,小婷。苏振欧放下筷子,说,剩下的一半归你。

小婷扭过头一看,每一个盒子里都工整地留了一半菜,连花卷也留了一个。小婷心里一热,说:你这是干什么,振欧?难道我们现在是三年困难时期吗?

苏振欧深情地望着小婷,态度诚恳地说:我想看着你把这些饭吃完。这么好的饭,一个人吃是浪费,两个人吃是分享。

我们又不是第一次在一起吃饭,你这是怎么了?小婷有点羞赧,说,我不太习惯在病房里吃饭。

我一进这间病房就把它当成了一个疗养院的标准间,你看,近树远海,绿山红瓦,这哪里是医院的感觉?

小婷点点头,在苏振欧的催促下拿起了筷子。在她拿起筷子的时候,她忽然发现自己无意中带来了两双筷子。

在苏振欧的目光里,小婷吃了几口菜。此时,她一点胃口也没有,因为这几天的事令她心力交瘁,连续几夜的失眠使她茶饭不香。但她又不能叫苏振欧失望,只好勉强吃了一些。

苏振欧在小婷放下筷子时对小婷说:小婷,我能不能在医院订饭?

不行。小婷的口气不容置疑。

这样会影响你工作的,你毕竟是主任。苏振欧的担心是有原因的,以小婷的年龄和职务,她的发展前景是广阔的,不能因为自己在这里住院,而使医院上下对她产生什么议论。

我会处理好工作和你的关系。你对于我,只不过是一个需要多花一份心思的患者,而工作对于我,则几乎是我的全部。说得更直接一些,你也是我工作的一部分。

但我有一个要求,希望你能答应我。苏振欧实施了自己进攻计划的第一步。在听了艾莲的"机遇论"之后,他就萌生了利用机遇的想法,这想法就是艾莲所主张的"勇往直前"!

什么要求?小婷问。

这件事你轻而易举就能做到,但不知你是不是肯做。

既然是轻而易举,我有什么不能做呢?小婷没有重视苏振欧将要提出的问题,她清楚,有了铁山角的那次摊牌,苏振欧不会再切入那个核心问题。

我想你每次送饭都送两份,我们两个人一起吃。

小婷没想到苏振欧会提出这么个要求,歪着头问:你让我一日三餐都陪你吃?

仅此而已。苏振欧担心小婷会反对。

小婷开玩笑道:我好歹也是海军的一个校官,怎么能这样做?

小婷这样一说,苏振欧倒有些不好意思了,他说:我吃集体食堂习惯了,自己吃饭有点不适应,好像有一种被遗弃的感觉。你知道大学里的食堂,几百名教职工像在自由市场一样,让我一下静下

215

来,胃肠功能会紊乱的。

简直是奇谈怪论。小婷不买账地说,不要东拉西扯地找理由了,我既然不让你的学生来陪你,这陪你的担子自然由我来挑了,你放心,一日三餐,陪你吃就是了。

苏振欧简直要鼓掌了,骨折的左臂刚一动,一阵钻心的疼痛令他"哎哟"了一声,额头顿时沁出汗来。

你不要乱动,你现在是病人。小婷用毛巾为他擦了擦汗。这是小婷第一次这么近距离地接触苏振欧,苏振欧的心头顿时弥漫了紫丁香的芬芳,这芬芳沁人心脾,让苏振欧心旌摇动。苏振欧轻轻地闭上了双眼,贪婪地体会着这幸福的一刻,这是他十年来常常梦到的一刻,而今天,这梦终于变成了现实。

我该走了。小婷轻轻地说。

苏振欧微微地点点头。

小婷收拾好饭盒,对苏振欧说:再见,振欧。

苏振欧没有说话,紧闭的双眼中,两滴泪水轻轻地滚落下来。小婷看到了那泪珠,那泪珠在灯光的照射下格外晶莹,仿佛每一滴泪珠里都藏着一只睁大的眼睛。

苏振欧住院的第三天清早,病房里来了一位一身牛仔装的姑娘。姑娘怀抱一个大花篮,朝正在输液的苏振欧微微点点头,说:苏老师受苦了。

苏振欧定睛一看,才发现原来是那个他时常想起的女司机。奇怪,她怎么会知道我受伤住院?苏振欧心想。

苏老师不欢迎我吗?女司机捧着花篮站在床前,那花篮用康乃馨和非洲菊插成,十分有特色,给人一种十分安静的感觉。

噢,请坐吧,谢谢你来看我,看来我这个乘客挺给你添麻烦的。苏振欧想坐起来,女司机急忙放下花篮,扶他坐了起来,并把两只枕头塞在苏振欧的身后,使他能很舒服地靠着。

你捡了一条命。从这个结果看,你是不幸之中的万幸。女司机说。

我还有许多要做的事,生命哪会这么早就结束?苏振欧看了看自己的左臂说,只不过这断臂的滋味儿也不好受。噢,对了,你怎么知道我住院的事?

是吴可告诉我的。女司机说,前两天我去了趟沈阳,刚回来就听吴可说起你。你是无证驾驶,交警要追究你的责任,还是老乔和吴可找人帮你说的情。

怪不得我在需要车的时候找不到你了呢,原来你出差了。苏振欧说。

女司机掏出一张名片放在苏振欧的床头,甩了一下瀑布似的披肩长发道:需要车的话就给我打电话,我肯定招之即来。

苏振欧拿起名片一看,原来这位自己早就熟悉的女司机竟和自己同姓,叫苏仪。他笑了笑说:你的名字可会常占便宜的,容易使你长别人一辈。

女司机说:这名字是父母起的,父母希望我对弟弟妹妹起个模范作用,能有所成就。可我这个长女只会开出租车,而我的弟弟和妹妹都考上了大学,一个在沈阳,一个在南京。

那么,你为什么不考大学呢?是因为学习不好吗?因为没有第三者在场,苏振欧问得很直接,他觉得女司机是个直来直去的人,不会因为自己的提问而伤自尊。另外,他也总觉得纳闷,以女司机的智商,她的学习成绩不会不好。

我最大的愿望就是上大学,可惜我是心比天高,命比纸薄。女司机感慨地说,一个让我出人头地的机会害了我。

怎么回事,你能说说吗?苏振欧对女司机的话很感兴趣。

我本来学习成绩一直很好,就在我读高二时,一个电影摄制组的导演来我们学校选群众演员,学校推荐了十几个有点艺术天赋的女学生,当时我也在其中。没想到一个大胡子导演一眼就看中了我,在经过一番测试后,导演不让我当群众演员了,而是让我当第二女主角。要知道,群众演员跑跑龙套就结束了,而第二女主角却要一直演到摄制任务完成。就这样,我跟着摄制组跑了大半个中国,用去了整整八个月的时间,学习自然就耽误了。

你们学校就同意你去了吗?你毕竟还要参加高考呀。苏振欧问。

学校和家长开始也不同意,但被大胡子导演说服了。大胡子导演说:你们学校培养了不少大学生,可你们培养出过电影明星吗?对于这个女学生来说,这是千载难逢的机遇,有可能就一夜成名,因为她出演的是主角,多少专业演员都梦寐以求。你们看看,好多知名女演员,不都是演了一部电影而从丑小鸭变成白天鹅的吗?经电影导演这么一说,学校便有些动摇,他们找我的父母商量,父母也抵不住这拍电影的诱惑,只能来征求我的意见。而我当时只是个孩子,孩子的选择肯定是急功近利的,于是我就选择了电影。

那么,这部电影公演了吗?苏振欧并不觉得女司机的选择是错的,如果电影能公演,能在电影界产生影响,说不准女司机已经不是今天的女司机了。

电影是公演了,不过反响平平,在我们市内放映时,电影院里的观众稀稀拉拉,叫人挺伤心的。

苏振欧心里明白了,女司机实际是为了一部低水平的电影做出了牺牲。

既然走出了第一步,你就该大胆地往前走啊,继续接片,继续拍电影呀,苏振欧道,这个时候可不能半途而废。

我只认识这么一个导演,谁还找我拍片?这个大胡子导演因为这部电影没有达到预期的经济目的,也麻烦不断。在痛骂了国内电影的种种不足后,一甩袖子出了国,从此再没有音信。剧组的其他成员也没有一个红的。现在想起来,那个摄制组不过是个草台班子,也都怪我命不济,要是知名导演选中了我,我恐怕早就成大明星了。

人不能在一棵树上吊死,你可以复读再考大学嘛。苏振欧很为女司机惋惜,这么一个有素质的女孩子白白给耽误了。

你知道有句话叫上山容易下山难,我是真正体会到这句话的内涵了。人往往都是脆弱的,一旦被某种东西所诱惑,想摆脱它是很难的。

苏振欧没有想到女司机会有这么深刻的人生体会,看来,每个人的人生经历记录下来,都不会比名人的传记逊色,普通人的感受往往更能打动人。

你也不必太后悔。苏振欧说,上大学有上大学的苦恼,开出租车有开出租车的乐趣。你现在多好,开车满城转,想拉谁就拉谁,都是自己说了算,这才叫自在人生。

可我还是羡慕有知识的人,像你这样在大学当教师的人就更令我羡慕了,能为你开车,我感到自己也多了些学问。

你过奖了,我哪有什么学问?只不过多读了些书。和你的人生阅历比起来,我不过是个小学生,因为我是几乎没有出过校门的人,就是被人称为书呆子的那一种人。

女司机抬腕看了看表,说:我该走了,你好好养伤吧,有时间我拉吴可来看你。

苏振欧想了想,忽然对女司机说:你如果还想念大学,可以读

219

我们的函授学院。

女司机笑了笑,道:大学梦早就破灭了,我还是坚守自己吧,不再被那些虚无缥缈的东西所诱惑了。我现在的目标就是把好方向盘,自由自在地生活。

女司机走了。苏振欧两眼盯着那只大花篮看了许久,直到输液的针头有些回血了,他才想起按墙上那个红色的按钮。

苏振欧住院第三天的晚上,他刚刚和小婷吃完饭,小小从酒店赶来了。一进门,小小就抢先说:您别批评我,苏老师,我是有事来向您报告。

苏振欧为了让三个学生专心搞课题,给她们规定了一条纪律:不经他允许,谁也不准来医院探视他。小小之所以先说明理由,就是怕苏振欧批评她违反纪律。

苏振欧心里明白小小不会有什么重要的事,只是借口有事来医院看一眼。但小小既然来了,他也不便再点破什么,另外小婷也在场,他的言语必须把握好分寸。

坐吧,小小,你们这几天都搞了哪些调查?苏振欧很关心几个学生这些天的情况,尽管老乔工作很卖力,但三个学生各有主意,不那么好驾驭。

小小坐下来,说:老乔的精神头儿真足,这三天每天都要去两个地方,什么松树沟、董砣子、羊头洼、海猫岛,我们都去了。有些地方根本不是旅游景点,连个人影都没有,我们四个人就像一支探险队,挺辛苦也挺有趣的。

铁山角去没去?苏振欧对那个被称为"大连八景"之一的铁山角印象颇深,他希望乔老师能带她们到铁山角看一看。

老乔说明天去。小小说,听说铁山角有座百年灯塔,它使我们想到了许多有关联的文学名著,比如《老人与海》,再比如《百年孤

220

独》和《灯塔看守人》。

苏振欧点点头。灯塔这种东西的确意义非凡,对于航海者来说,灯塔就是佛的化身,它才是真正意义上的普度众生。

小婷去医生办公室值班了。这几天,小婷替许多医生值了夜班,反正她要照顾苏振欧,就是回到家里,她的心也不踏实。

小婷刚走,小小就问苏振欧,说:这位女军医好漂亮呀,是您的同学吧?

你怎么知道她是我的同学?苏振欧问。

小小不自然地笑了笑:我想应该是。小小有些伤感地摆弄着花篮里一枝有些枯萎的非洲菊,显得漫不经心地说:现在,人们把一些说不清的关系都称为同学关系。

我们的的确确是同学。苏振欧又补充了一句,是名副其实的真同学。

我不是说你们。小小依然看着花说,我是在说一种社会现象。比如说吧,昨天晚上冷山去看艾莲了,恰好镇长来了,艾莲向镇长介绍冷山时就说这是她的同学。您说怪不怪,"同学"的内涵现在变得太丰富了。

镇长又给换了一台车吗?苏振欧问。

小小点点头道:这就是我今晚来医院想向您报告的事。

我们欠镇长的太多了。苏振欧感动地说,且不说镇长给我们提供的车,单说镇长给我们选的这个老乔有多好呀,如果没有老乔,我们会这么顺利吗?

说到老乔我倒想起一件事,昨天我们在南子弹库时,老乔说有件事想求您,我们问什么事他不说,他要亲自和您谈。

老乔会有什么事求我呢?苏振欧说,老乔是一个无所求的人,他如果求人,肯定是为了别人,我想大概是为镇长的孩子吧。

221

小小说:不太清楚,看老乔说这话的样子,这事的意义非同寻常。

苏振欧看了看表,说:这么晚了,你回去吧,你出来艾莲和晴子一定不知道吧。

小小对苏振欧的洞察力佩服得五体投地,她出来艾莲和晴子的确不知道。她说她要在房间里写东西,结果关上门就出来了,悄悄地跑到医院来。没想到她的这点鬼把戏没能骗过苏振欧,只一眼,苏老师就把自己的底细看穿了。

她俩在忙着整理笔记,所以我没叫她俩。她俩早就想来看您了,只是怕您批评,老乔又把日程安排得很紧,才没有过来。小小巧妙地回避了苏振欧的提问,把艾莲和晴子表扬了一番。

这时,小婷推门进来了,见小小要走,便对苏振欧道:这么晚了,让这位同学自己走不太妥,还是我去送一送吧。

苏振欧想了想,说:要送只能你去送了,我这个样子也出不去。不过,小小自己打辆出租车没有问题吧?

小小倒是很希望小婷能去送自己,她很想和这位神秘的女军医谈一谈,凭直觉,她觉得苏老师和这位女军医的关系非同寻常。因此,她很痛快地答应了小婷:就让这位大姐陪我走一趟吧,一个人坐出租车我还真有些害怕,要是遇上个坏人,真的把我拉到天涯海角,苏老师可就没法儿交代啦。

苏振欧假装生气地说:不让你来你非要来,这不是给我添麻烦吗?

人家是有事来向您报告的嘛。小小噘着嘴说,真是好心没好报。

小婷陪小小走出医院的大门,正要拦出租车,小小却央求道:大姐,你能陪我说说话吗?

小婷愣了愣,道:当然可以。

那我们先走一段路再打车吧。小小很可人地挽着小婷的胳膊,在幽静的马路上缓缓地走着。

说吧,小同学,想和我说什么? 小婷打破了沉默,她觉得身边的这个小姑娘心事很重,而这心事很可能与苏振欧有关。她想起了那天艾莲所分析的三个女性,前两个她听了,而第三个她没有再听,这个小姑娘会不会是艾莲所说的第三个?

你说我们苏老师这个人怎么样? 小小开门见山。

小婷没有料到这个小姑娘会这么单刀直入,能这样提出问题说明今晚的话题肯定离不开苏振欧了。

苏老师很棒的,他是我们县里的高考状元。小婷并没有回避什么,她觉得向苏振欧的学生来推介他,对苏振欧是最大的褒扬了。

你们两人真是同学?

这还会有假吗? 我们是中学同学,而且还是同桌。小婷语气肯定,没有一丝闪烁其词的意思。

小小不说话了,只是低着头走,挽着小婷的那只胳膊不自觉地有些松弛。

小婷察觉出了小小的变化,便问:你是不是很在意你的苏老师?

不光是我,我们系里的很多女生都很在意他。小小如实相告,可是,我们很在意他,他却不在意我们。这次,我们三个女生都发现他对这座城市有种特殊的爱恋,我们都不知道答案,以为他是为了我们所研究的课题才这么饱含热情。现在,我找到了答案,原来在这座城市里有你这么个"军中西施"。

你的猜测不一定对,小同学。小婷仍然认真地说,我们是偶然见面的，在你们来旅顺之前，我并不知道你们要来，他也不一定知道我在这里工作，我们十年没有联系了。

十年，小小疑惑地说，为什么？

并不为什么，我们都忙于各自的学业、事业，哪有时间联系？如果不是这次邂逅，我们恐怕还不会相互联系。世界这么大，人海茫茫，聚散离合本来就是平常事嘛。

苏老师对你是一往情深啊，从他看你的眼神中我能发现，他有一种孩子般的依恋感，他看你的时候，目光是那么柔软、那么富有幸福感。小小把她刚才一刹那的感受说出来了。女人的直觉往往出奇地准确，今晚，小小一进入苏振欧的病房，就有一种第三者的感觉，但她并没有表露出什么，因为她还不能肯定苏振欧和这位年轻女军医的关系。

你这样说你的苏老师恐怕不太好吧，我们只是同学，同学之情是纯洁的。小婷微笑着说，你的话说明了一个问题，那就是你对我这个你老师的同学产生了戒备心理。小婷特意用"戒备"来代替了已经到了嘴边的"嫉妒"二字，她担心身边的这个小姑娘承受不了这样的词。

我真羡慕你，因为苏老师从来没有像看你那样看过我。他对我总是那么居高临下，偶尔开个玩笑，也像对一个不懂事的孩子那样，让人笑都笑不起来。

小婷觉得小小对苏振欧有太多的误解，她所了解的苏振欧与小小所描述的苏振欧简直是两个人。她觉得苏振欧并没有太深的城府，他是很直率、很坦白的一个人，从他在铁山角的那次醉酒来看，他还有一点孩子气。

你对苏老师的看法不太全面。小婷说，其实，苏老师是一个很容易接近的人，他和我有一个共同的特点，那就是从来不想伤害别人,哪怕自己有莫大的委屈。我想,他对你绝不会是你所说的那样,如果你有这种感觉,说明你产生了错觉。

小小对这位穿军装的大姐有了某种好感,这位大姐的话诚实可信。小小甚至在心里做了个比较,与自己相比,这位大姐的确更适合苏老师。苏老师啊苏老师,您的周围为什么会有这么多优秀的女性呢?

也许是我的错觉,因为苏老师是我的偶像。小小诚恳地说,我很惨,苏老师对于我来说,很可能是高不可攀的玉龙雪山,可我还是不想放弃。小小的眼泪止不住了,她忽然发现自己很可怜。苏老师对樱花楼的老板可以动情,对女出租车司机可以动情,对身旁这位冰清玉洁的女军医可以动情,为什么对自己就那么冷若冰霜呢? 难道就因为自己是个学生吗?

小婷看到小小在流泪,她无法再和小小交谈下去,便拦住一辆出租车,把小小一直送回黄金山酒店。临下车时,小小恢复了常态,她握住了小婷的手道:谢谢你,大姐,你让我把憋了三年多的话一下子说出来了,我心里舒服多了。

小婷帮她拢了拢头发,摇摇头说:你的脸型很像一个人。

像谁? 小小问。

像我的女儿。小婷深情地说,所以,我很喜欢你。

怎么,你结婚了? 小小简直不相信自己的耳朵,从哪个角度看,眼前的这位军医也不像个已经做了母亲的女人,她实在是太显得年轻了。

傻丫头,我的女儿已经三岁了。小婷一下子把自己的口吻提高了八度,顷刻间也拉大了与小小的距离。

小小站在酒店的大门口,目送着出租车疾驰而去。她拍了拍自己的脑门,心想,军人真是最可爱的人,不论是什么时候。

小小回房间休息的时候,小婷却在苏振欧的病房里思绪万千,苏振欧问了她许多话,她都没有听进去。她半躺在苏振欧对面的床上,紧闭着双眼,在慢慢地回味冯小小刚才所说的话。

苏振欧猜到一定是小小刚才在路上说什么了,因为两个人打车跑个来回也就是二十分钟的事,可今晚,两个人出去了足足两个小时,不谈话,两个小时能干什么呢? 苏振欧很后悔没有阻止小婷,小小同意小婷去送,这本身就是一个圈套,自己虽然有所察觉,但小小还是得逞了。

苏振欧想和小婷说点什么,尤其想向小婷解释一下自己和小小的事,但小婷一句话也不说,只是躺在床上假寐。苏振欧心里七上八下,左臂骨折处越发显得疼痛,他不由得长叹了一口气。

我有些困了,小婷开口说话了,我今晚就在这里睡吧,你不会反对吧?

你在这里恐怕不方便……苏振欧欲言又止,因为小婷已经脱去鞋子,和衣躺在床上,似乎要入睡了。

苏振欧心想,你这是在试探我吗? 但他马上又否定了自己的猜测,因为小婷这种不开心的样子,好像在赌什么气。他只好不再说什么,伸手拉灭了顶灯。

两人一夜无事。

凌晨五时许,一个护士急匆匆地闯进来,说有个住院患者病危,找遍了医院才找到小婷 ,请她马上去抢救。小婷二话没说就跟护士走了。

苏振欧担心小婷会有麻烦,因为一个医生在病人的房间里住了一夜,这在哪一家医院也是不允许的。尽管小婷是个科主任,但这样的规定对领导也不能网开一面。

中午,小婷来送饭时,苏振欧发现她的脸色不太好,白里透着一点青,给人的感觉很冷峻。

你没事吧?苏振欧担心地问道。

有点事,可能是好事,也可能是坏事。小婷摆好饭盒,坐下来陪苏振欧一起吃饭。

院长和我谈了,说军区联勤部有两个到俄罗斯进修的指标,院里研究后把我报上了,正在等着军区的批准。

小婷把院长找她谈话的内容省略了一半,她不能把无关的内容告诉苏振欧。上午,院长把她叫到办公室,和风细雨地和她交换了一些看法,其中核心问题就是如何对待苏振欧这个特殊病人。院长开玩笑说:对于这位患者,我们医院是要赔医疗费的,但我们医院不能再赔上一个人。你是全院的眼珠子,这几天你超乎寻常地关照这个病人,院里的同志已经有议论了。小婷说:我和这位患者是同学,他从北京来,在这里无亲无故,我应该尽点同学的责任。院长很和蔼地说:尽责任是应该的,不产生负面影响也是应该的,就看你怎样来把握了。接着,院长就告诉她推荐她去俄罗斯进修的事,说此事正在等待研究,在此期间尤其要注意影响。

小婷从院长办公室出来时心情是矛盾的,她一直有到国外进修的愿望,可此事安排在这个时候,她没有一点思想准备。到俄罗斯去两年,的确能摆脱许多烦恼的事,可是自己的女儿怎么办?总不能把孩子交给秋吧。

苏振欧听小婷说院里已经推荐她出国了,心中顿时颇感失落。他放下筷子,惆怅地说:俄罗斯是个很有魅力的国家,我们整整一代人是受俄罗斯文学熏陶的,你到那里去,肯定会有些似曾相识的感觉。

如果我能去,我想我会有这种感觉的。许多苏联歌曲我都会唱,而且是用俄语。

苏振欧简直要哭了,他怎么也想不到他与小婷又面临着分手,而且这次分手,他们就很难有机会相聚了。国外的两年毕竟不是国内,小婷即使不成为冬妮亚,也不会是原来的小婷了。

我的伤很疼,我不想吃了,小婷。苏振欧站起身,脸朝着窗外,像是在观看远方的海面。

小婷理解苏振欧的心情,她收拾起饭盒,对苏振欧道:你现在的任务是养伤,心事不要太重。你是个幸运的人,对于你来说,可称得上天涯处处有芳草。

我不稀罕。苏振欧知道小婷指什么,我最大的心事是你能收回你在铁山角所说的话。

小婷推门出去洗刷饭盒了,她没有回答苏振欧的话。

下午,老乔带着三个女学生来医院看望苏振欧。老乔端详了一阵苏振欧的脸,关心地问:你怎么养伤养成了黑眼圈儿?是不是营养不良?

小小说:苏老师在尝试一种营养接骨疗法,可能是营养都用在了骨头上。

晴子说:老师您好像缺乏应有的坚强。您没有伤着腿,完全可以和我们一起走,把胳膊打个绷带吊着不就行了吗?躺在医院里多无聊呀,这么好的春光,不到郊外去体验一下多可惜。

小小反对晴子说:医院里同样有春光嘛,而且春光不外露,不是病人分享不了。

小小,你能不能正经一点?苏振欧有些生气,他瞪了小小一眼道,愿意当病人你也来住好了,难道谁还赖在这里不成?

老乔在对面的床上坐下来,对苏振欧:你们不要打嘴仗了,我们来谈谈正事吧。还有三天,樱花之旅就要结束了,你们的活动安排也就要结束了,现在该参观的地方基本都去了,你看看还有什

228

么要求,我好抓紧安排。

老乔这么一讲,苏振欧顷刻间有了紧迫感,还剩三天的时间了,三天的时间有多少事等着处理呢。自己的伤不算什么,晴子说得对,脖子上吊根绷带什么也不耽误,可自己与小婷的关系还不明朗。小婷的态度刚刚有了点松动,那天去送小小回来马上又发生了变化,现在又冒出个小婷要去俄罗斯的插曲。这么下去,两个人的关系真是前途未卜,这是苏振欧最放心不下的。至于课题的进度问题,自己也该开个会,再组织组织,太放手了也容易出漏洞。苏振欧想了一会儿,问三个学生:你们各自的任务都完成得怎么样? 掌握的素材够不够用?

我没有什么问题。艾莲很有信心,我搞一点日俄战争对当地民俗心理方面影响的研究,素材基本差不多了,只是如何调角度的问题。另外,我还有一个大作家做顾问,相信搞出来的东西不会给老师和同学们丢脸。

我积累的素材也基本上够用了,我的任务是做历史考证,可喜的是我找到了我所要找的东西。我现在最大的愿望就是得到我祖辈的那本自传,有了它,我会让世界瞩目我们这次樱花之旅。晴子说。

见小小不说话,苏振欧问:小小,你呢? 你的计划怎么样?

我哪有什么具体任务? 一开始您就没明确我做什么,所以,这十几天我一直在写游记。我的目标就是写一组游记来发表,题目已经拟好了,就叫《谁是最后的赢家》,我写了电岩炮台、东鸡冠山、二〇三、白玉山、苏军烈士墓和军港。

苏振欧对三个学生的表现非常满意,短短十几天,有这样丰硕的收获,这对于还没有走上社会的学生来说是多么不容易啊。他想到了自己,自己这十多天都干什么了呢? 喝醉过两次,出了一次车祸,断了左臂,苦苦追求的女人若即若离,像浮在自己身边的一片云彩,你能感受到她的存在,却无法得到她。苏振欧心中不由得涌起一阵悲凉,他觉得自己愧对这些优秀的学生,与她们相比,自己不配做老师。

苏振欧巡视了一眼自己的三个得意门生,带着笑意问:剩下这三天你们打算怎么过?

晴子率先回答说:我想请乔老师帮忙,再去龙塘做做那位宋老师的工作,让他把那份珍贵的自传复印一份给我。

老乔点点头,道:这个忙我可以帮,不过,上次的教训别忘了,那里是非开放区,外国人是不许进入的。

这好办。苏振欧对老乔说,你们把那位老师请出来谈不更好吗?

老乔和晴子相视一笑,都说这是一个好办法。

艾莲说,剩下这三天,她要和冷山催办刘欣的事,成不成就在这三天了。

提到刘欣的事,苏振欧的担心又来了。昨天石琳来找过他,说听人讲刘欣在里边已经被剃光了头,还说拘留所里有个不成文的规矩,凡是剃光头的,都是十天八日出不去的。石琳为此很着急,她说刘欣有胃病,吃窝窝头喝白菜汤肯定受不了,现在的情况不是救人,而是救命了。

小婷也很着急,给黄处长打了个电话,黄处长说他托了几个人,都爱莫能助。黄处长在电话里解释,说现在正"一打两整",凡是涉黄的事一律从严处理,刘欣这回是撞在了枪口上,他是束手无策了。

小婷说:刘欣本身没有犯罪,问题如果真的涉黄,也应该由那些樱花小姐自己负责,不能把罪都加在刘欣身上,这样对刘欣不公平。

黄处长说:这事归公安管,我和人家根本不搭界,说话也是白说,要我看只能听天由命了。

小婷放下电话时脸色出奇地白,她并不是为黄处长的无能而生气,她是担心,连黄处长都办不成的事,苏振欧所托的人是不是更无计可施。

当小婷把黄处长的答复告诉苏振欧时,苏振欧很有点不屑一顾,他对小婷和石琳道:我早就觉得这个黄处长办不成事,真是被我不幸言中了。小婷,对这样的言过其实的人你可要防着点。小婷当时就白了苏振欧一眼,说:我们在谈刘欣,你扯到哪儿去了?

苏振欧本来想让艾莲催一催冷山,现在艾莲主动提出来剩下的三天要催办此事,可见艾莲对这件事也一直放心不下。苏振欧心里明白,只要有艾莲在那里起着"核反应",冷山肯定是有一分热发一分光。但他还是叮嘱了艾莲几句:刘欣的事我们只有冷山这一条路了,我希望我们在北京办个晚会为冷山和你庆功。

艾莲点点头,当着大家的面说:如果冷山把这件事办得好,说不准我会嫁给他。

大家都鼓起掌来。

剩下这三天你做些什么呢,小小? 苏振欧见小小鼓掌鼓得格外用力,赶紧把话题抛给了小小。

小小头一歪,对苏振欧道:您想听真话还是听假话?

苏振欧不解地问:听假话怎么讲,听真话又怎么讲?

小小故意摆出一个认真的模样道:听假话嘛,我说我想到医院来陪护您;听真话呢,我还是想到医院里来陪护您。

晴子问:一句话为什么又假又真?

小小故作深奥地说:这就叫假作真时真亦假。

苏振欧道:好你个小小,想偷懒和我一样泡病号。看来你陪护不成了,晴子的话一讲,我马上就决定出院了,这医院我不想住了。

玩笑开过后,苏振欧话归正题:我看大家的安排都很好,我都同意。只是乔老师和晴子的活动要带着小小,小小可以利用这个机会积累些素材。我只觉得晴子此次能寻找到带有血缘关系的亲戚,这本身就是一个奇迹,一个近百年前的老兵失踪之谜被解开了,这是一个很有文学色彩的传奇故事。

老乔赞同地点点头,说这条线索很值得挖掘,一个尘封百年的故事,一本参战老兵的自传,它的价值在于不可替代的史料性。

现在的问题是怎么才能做通宋老师的工作,如果宋老师不答应,我们是无法看到这本自传的,因为宋老师是这一知识产权的拥有人。晴子觉得这事不太好办,按刚才苏老师的意见是把宋老师请出来谈,宋老师能不能请得到?

这件事谈钱肯定不成,苏振欧说,关键在于说服宋老师,将来专著出版也可以署上他的名字。

老乔说:实在不行我还能请镇长出面,镇长的威信高,在学校老师中口碑不错。

大家正议论着,小婷进来通知苏振欧去拍 X 光片,说是检查一下断骨的吻合情况。小婷见屋内坐了这么多人,而艾莲、小小又都熟悉,便说:你们今天忙着讨论工作,片子明天拍也可以。苏振欧急了,说:不行不行,我还是现在就去拍,检查一下心里有底,我想明天就出院。

明天出院? 小婷奇怪地望了苏振欧一眼,你在开玩笑吗? 肿还没有消你就想出院?

在这里养和回去养是一回事,多开点口服药就可以了。苏振欧满不在乎地说,伤着胳膊不像伤着腿,我暂时不用这只左手就行了。

小婷不容置疑地说:这事你说了不算,要由你的主治医生来决定,我们现在还是拍片去吧。

老乔见苏振欧和医生争论出院的事,一时无法表态,便对三个学生道:我们还是走吧,别影响苏老师治病。艾莲和晴子都站起来,唯有小小不情愿地嘟哝道:我们坐在这里怎么会影响苏老师治病?但小小一个人又无法留下来,只好跟着大家一起起身告辞。

老乔临走时对苏振欧说:别逞强出院,要听大夫的意见。

苏振欧道:即便明天不出院,大后天也会出院,因为我们只有三天的时间了。

晴子有些过意不去,她小声道:别因为我的一句玩笑上火,您自己的伤自己最清楚。我是觉得您不参加我们的活动挺没劲的,才激您快出院。

送走了老乔和三个学生,苏振欧由小婷陪着去 X 光室拍了个片,拍片的结果很理想,断骨接得很成功。苏振欧对小婷说:这归功你的营养接骨法。小婷笑了笑:那是我瞎编的,哪有什么营养接骨法?

回病房的路上,小婷被一个护士叫走了,说是院长找她有事。苏振欧自己回到病房,一进门,见樱花楼的吴可正在里边等他。

早就想来看你,因为忙,一直拖到今天才来。吴可站起身迎上来,想搀扶一下苏振欧,见苏振欧很稳健的样子,又抽回了手,问,胳膊怎么样?接骨还成功吧?

苏振欧对吴可来看望自己感到很意外,他对这位风情万种的吴老板印象非常好,他觉得女人就应该像吴老板这样,给人一种富贵牡丹的感觉。他对吴老板和对小婷是两种不同的评价,小婷像水,能使人溶化,吴可像玉,能使人自信。当然,他每次见到吴可最

233

容易联想到的,就是新烤出的甜面包。

谢谢你来看我,见到你我总是不好意思,上次醉酒的事太没有面子。苏振欧又提到了上次在吴可的房间睡了一下午的事。

那算什么事? 不要总放在心上。再说你就是真的失态也是在我一个人面前失的,并没有第二个人知道,何况你并没有失态。吴可很大度,一番话叫苏振欧心里暖乎乎的。

生意很忙吧? 苏振欧问,樱花之旅好像是专为你办的,听说你的酒楼天天都是满员,说明你深谙经营之道,你真了不起。

我算什么? 一个不务正业的人,弃画经商,就是赚钱又能说明什么? 吴可的脸上露出一丝伤悲,她对自己所热爱的绘画事业仍然难以割舍。

经营酒楼与作画并不矛盾,许多有名的大画家都是兼职的。你的樱花楼艺术品位那么高,完全可以用来搞艺术沙龙。

吴可摇摇头,说:旅顺是座小城,就这么几十万人,搞画的人寥寥无几,谈不上搞什么沙龙。我只是按着自己的意愿来装饰我的酒楼罢了,有心的人可以看出我的用心,无心的人只会留意饭菜。说到这里,吴可从一只大纸袋里拿出一幅不很大的油画,双手递给苏振欧,送给你,不知你喜不喜欢。

苏振欧用右手接过油画,放在床上一看,画面上是一只洁白的瓷盘,瓷盘里是一个油汪汪的大面包! 这静物面包,画得太逼真了,看到它,仿佛能闻到一阵诱人的香甜味儿,令人胃口大开。

真是奇怪了,吴可怎么会想起画个面包? 苏振欧仿佛被人看穿了秘密一样,脸不自觉地红起来。因为他对自己一见到吴可就联想到面包的这种意识行为很自责,他总觉得自己这种意识行为是对吴可的不尊重。难道吴可看破了自己的心理活动? 要不怎么会画这样一个面包送过来?

你怎么会想到画面包？苏振欧问。

我也没深考虑,只想画个静物,选来选去就画了个面包。吴可没多解释,此的解释是不明智的。

我很喜欢这幅画,你画出了我的心理活动。苏振欧很坦白,他觉得此时如果不明说,就是很虚伪了,他的确非常喜欢这幅画。

吴可起身告辞,说酒楼里还有事,不再久留了,方便的时候她会再来看他。

苏振欧一直把吴可送到院子里,两个人边走边谈那个达·芬奇画蛋的故事,说画鸡蛋与画面包都是俗中大雅,一般人是难以理解的。

吴可坐车走了,苏振欧在院子里一个人散步,他边散步边琢磨:吴可怎么会画一个面包呢?

M

　　冷山与北京方面的联系费尽了周折。

　　他先是找了一家法制方面大报的记者部主任韩小奇。韩小奇,人称新闻界的百事通,号称在京没有办不成的事。此人关系多、路子广,与冷山多有些酒桌饭局上的交往,交情也还算深厚,所以冷山答应为刘欣的事帮忙的时候,第一个想到的就是韩小奇。

　　韩小奇接到冷山的电话时满口应允,他说这样的小事只需动用一两个关系中的人就摆平了,第二天就给他消息。第二天,韩小奇真的给冷山来了电话,他说:冷大作家,这事儿怪你犯得不是地儿,南京、广州、上海、哈尔滨,你这事出在什么地方不好,偏偏出在那个小小的旅顺,我这里的几个铁哥们儿都是鞭长莫及呀,他们有天大的本事也是高射炮打蛇子——有劲儿使不上。冷山说:这事非同小可,你必须想办法摆平,你可知道,这事关系到我的终身大事。韩小奇很无奈地道:就是关系到你的生命大事我也没辙了,你赶快去找宋江吧。

　　韩小奇所提到的宋江是京城有名的书商,他买卖做得很大,京城个体书贩一半左右的图书都经过他的手。他为人侠义,又仗义疏财,在京城文化圈内口碑甚佳,人们都把他和《水浒传》中的宋江相提并论,称他为落魄文人的及时雨。冷山与宋江交往不多,但彼此都很了解,冷山那本惹恼了艾莲的报告文学集就是宋江一手策划的,所以韩小奇让他找宋江,他也觉得是个办法。不过,宋江与韩小奇不同,韩小奇好歹是司法界的人,而宋江只不过是个书商。

头几年宋江还是个不被人重视的个体户,现在虽然开了个什么文化发展公司,充其量还是个私营企业,他与公安界人士还会有什么深交吗?

抱着试试看的念头,冷山拨通了宋江的电话。在听了冷山的介绍后,宋江直接说:这事我办不了,想办也只能托关系。但人托人需要点时间,你催得这么急,我怕耽误你的事。我劝你多方面做工作,把能调动的人都调动起来,说不准哪块云彩就会下雨。

冷山说:我不在北京,一切都靠你来周旋,只要你能办成此事,我保证给你写一本畅销书。

宋江很爽快地说:朋友的事就是我的事,我肯定会尽力就是了。你等着吧,一有消息我就给你打电话。

冷山放下电话后心里一直七上八下的,宋江肯定会帮忙,可是这忙能帮到什么程度就难说了。他翻开自己的通讯录,一个名字一个名字地找,他希望能有一个惊奇的发现。

经过一番认真的排查,冷山找到了一个叫张兰的名字。张兰是当地市内一所中专学校的副校长,是个很有成就的文学爱好者。冷山曾经和她一起在青海参加过一个杂志社举办的高原笔会。冷山对张兰带去参加笔会的一个短篇小说很感兴趣,便向张兰约了这个短篇,后来,张兰的这个短篇小说就在冷山所编的杂志上发表了。张兰对此很感谢,因为这个短篇小说后来获了奖,冷山也就成了张兰的伯乐。大概因为工作忙,张兰后来很少写东西,与冷山的联系自然就少了些。但冷山通过别的笔友了解到,张兰已不是当年参加笔会的那个张兰了,她现在已经是全市有名的女强人了,她所创办的校办工厂,其利润甚至超过国家对这所学校的拨款,人们已不再称她张校长,而是改称她张总。

冷山决定去找一找这个张总,宋江所说的调动一切积极因素的说法使他茅塞顿开。他本来想约艾莲一起去,后来一想,假如这位已经显赫的张兰不理他这个昔日的笔友,自己在艾莲面前可就丢尽了面子,所以,他决定一个人先去试试看。

张兰所在的学校在当地很有名气,冷山只说出了学校的名字,出租车司机就说,那是当地名校。

冷山故意在出租车司机面前提起张兰,问司机认不认识张兰。司机说:张总经理谁不知道? 去年被几个坏人绑了票,人家愣是说服了几个坏人,把她给放了,你说这人厉害不?

既然是绑票,坏人没得到钱,怎么会放人? 冷山是头一次听说张兰被绑票的事,司机这么一说,他感到很惊讶,这个张兰有什么绝招,怎么会把歹徒说出良心来?

怎么放、为什么放咱不清楚,反正张总是让歹徒给放了。后来公安局破了这桩案子,几个歹徒都被抓起来了,张总还给这几个歹徒说情,再后来这几个人都被轻判了。

冷山暗暗佩服张兰的雅量,能这样以德报怨的人才称得上君子。看来自己此行不会空手而归的,他觉得张兰的社会活动能量肯定不可小视,公安、工商等部门领导的孩子说不准就在张兰所在的学校。

张兰所在的学校坐落在一片面海的坡地上,学校建设得很大气,幢幢楼宇都很讲究造型,校园里栽满了高大的法国梧桐,使校园里的甬道显得很神秘。校门口穿着崭新制服的保安很有礼貌地拦住了出租车,司机摇下玻璃,向后座摆了摆头说:找你们张校长的,是从北京来的,你们张校长的朋友。刚才冷山简单地向司机说了一下自己与张兰的关系,没想到这却成了司机的通行证。

听说找张校长,保安敬了个礼放行了。司机得意地说:张总的名字就是好用,你看保安还给咱们敬礼哩。

司机对这所学校内部并不熟,他转了半天也没找到张兰办公的地方,无奈,只好下车去问路上的老师。在一个热心老师的指点下,司机总算找到了张兰办公的地方,一幢五层的俄式红砖楼。

冷山敲开张兰办公室那扇包着桦木板的大门时,张兰正伏案读一份报告。冷山!张兰一见到冷山就喊出了冷山的名字,她惊讶地从办公桌后站起来,不无幽默地道,你这个京城的大菩萨怎么忽然飞到我这个小庙来了!

冷山也幽默地回答道:庙不在小,有神则灵。你的大名我在北京早就听说了,只可惜你不再给我写稿子了,使我没有机会直接来阅读你了。

张兰穿一套蓝色套裙,修长的身材很有模特的韵味,一头齐耳短发显得整洁干练。她为冷山沏上一杯龙井,并拢两膝在冷山的对面坐下来,问:找我肯定有事,说吧,是不是亲友的孩子要上学?

我们至少应该叙叙旧吧。冷山对张兰的直率有些不自然,他说,来见你就一定来求你办事吗?

张兰轻轻笑了笑:每天来找我的不下三十人,至少有二十九个是来找我办事的,剩下那一个也是办过事后来感谢我的。我想你这样造访,如果不是急于办什么事,肯定会先来个电话或写一封信。

冷山很佩服张兰的分析,但他又很反感张兰这种盛气凌人的口吻。本来他想说出自己此行的目的,但男人的自尊使他把想说的话又咽了下去,他巧妙地回答道:现在这个信息时代,还有人写信吗? 我倒是很想给你发个电子邮件,可又不知道你的电子信箱。至于电话,对不起,你当时给我留的电话,我即使不忘,你也早把它换了。

这是实话。张兰说,电话号码早就升位了,我们相见时,这座

239

城市的电话号码好像是六位数。

你还搞文学吗？冷山想找到与张兰谈话的共振点，他心里很清楚，如果没有共振点，今天这场谈话就没有了主题。

我早就与文学分手了。张兰白皙的脸上没有一丝遗憾，她从桌子上拿起一支细长的女士烟，很优雅地点上烟，轻轻吸了一口，把一缕青烟缓缓地吐出来，对冷山说，文学与香烟没有本质上的区别，它们都是对心灵的慰藉，只不过文学更虚无一些，而香烟更实际一点。我在经历了文学的痛苦之后选择了香烟，是香烟使我的生活不再平淡。

你是一个很有成就的教育家兼企业家，别人对你是可望而不可即，你还有什么苦闷要用烟来排解呢？冷山忽然发现面前的这位女强人其实很软弱，在坚强的外表下面，一个空虚的心灵无所寄托。冷山是女性吸烟的反对者，他认为不管出于什么样的理由，女人吸烟总是一件滑稽的事情。女人嘛，应该冰清玉洁、吐气如兰，很难想象一个满身烟味儿的女人依偎在你怀里时是一种什么感受。你不应该选择烟，如果你实在远离文学了，可以选择别的方式嘛，比如音乐、上网、体育等等，为什么要自我麻醉呢？

我整天生活在烟雾之中，我不吸烟，别人的烟也来毒害我，我吸烟也算是以毒攻毒了。你不知道，冷山，你看我威风八面，其实工作中的酸甜苦辣只有我自己知道。我虽然是个校长，可我的精力主要用在校办工厂上。学校办工厂容易吗？要资金没资金，要技术没技术，可是这工厂还要办，不办工厂挣钱，学校就办不下去，道理就这么简单，以厂补校，国家还给你一点免税的政策。为了办好工厂，我一个当教师的能有什么绝招？那么多国有企业都亏损，指望我一个女流之辈就能扭转乾坤？可我不服气，我要为几百个老师的生活做点贡献，我要让我们这所学校在激烈的竞争中生存下去,所以,我必须千方百计来办好这个工厂。

你是用什么办法把工厂办得这么成功呢?冷山对张兰的感慨之言很同情,创业难,难于上青天,对于男人是如此,对于女人就更不容易了。

我主要抓销售,我这几年在全国建起了一个覆盖所有大中城市的销售网,使我的产品可以顺畅地输送到用户手上。我的体会就是以销为本,这个观点许多同行都不同意,但我坚持我的观点。市场经济,经营者的眼睛不盯在销售上,他就搞不好经营。不瞒你说,冷山,为了打开某个城市的销售关,我请人家吃饭醉了一天一夜,陪人家打麻将被派出所警告过,陪人家下舞厅被熟人碰见过,我哪里还配为人师表!

你不能这么评价自己,你在社会上有很好的口碑,听说连绑架你的歹徒都被你说服了。冷山想起了司机所说的话,他很想知道张兰是怎样使几个罪犯放下屠刀立地成佛的。

你也听说这件事了?张兰很平静地说,事情是这样的,前年秋季的一天,我下班回家被三个小伙子劫持了,他们把我劫持到一间租用的民房里,让我的厂里出三十万元来赎我。三个小伙子长得都很凶,是外地来的打工仔,他们说我办厂子赚了钱,想弄几个钱花花。我说:钱没有问题,我可以给你们六十万,只要你们不伤害我。三个小伙子还算良知未泯,他们没有对我起坏心,也没有伤害我,一日三顿饭都是从街上往回买包子。我看他们还有回头的可能,就给他们讲故事一样讲起了我办厂的经历,讲艰辛创业的酸甜苦辣、仰人鼻息的那种屈辱。我的经历打动了他们,其中一个听得很动情,竟流出了眼泪。我看时机成熟了,就给他们讲起了绑架罪的严重性,讲他们就是得到了钱也会提心吊胆地过日子。最后我说:你们把我放了吧,你们三个如果想找工作就到我的厂里来,我给你们安排工作。三个人都被我感动了,他们商量了半天,最终同意放我。领头的那个小伙子说:我们看你是个好人,我们不想伤害你,但你要给我们写个保证,保证你说话算话。就这样,我安全地回到了工厂。

冷山说:后来呢?听说案子破了你还去为他们说情?

三个小伙子被房东揭发了,公安局把他们都逮了起来,找我核实情况时我找了公安局长,我说我想拯救这三个来自农村的青年,就让他们到我的工厂做工吧。局长说犯罪依法要判,不过可以轻判,因为他们毕竟悔改了。后来,三个人都被判了一年的刑。我到监狱里探视他们,告诉他们好好改造,刑满后到我的工厂来做工。现在三个人都是我工厂的工人了,有两个是生产班长,另一个当了车间主任,三个人都成了工厂的骨干。

冷山被这戏剧性的情节打动了,他掏出笔记本飞快地记着。这是多么好的素材呀,一篇难得的小说不加虚构已经成形了:引人向善的女主人公,三个回头的浪子,一桩离奇的绑架案所引发的一系列情节,足能引人入胜。冷山心想,这小说应该由张兰自己来写,用第一人称,效果会更好。

我讲了这么多,你还没有告诉我你来找我干什么。我想,你从北京来这里,不会仅仅是采访我吧?张兰从往事中回到了现实,她猜测冷山来这里肯定有事求她。

我来就是为了看看你。冷山一改初衷,没有说出早已想好的话。他说:我来参加樱花之旅,今天没安排什么活动,就专程来看你,看你这个文学的逃兵究竟在干些什么。

张兰的嘴角挑了挑,很有些动情地说:冷山,你是我发迹以来,没有任何功利目的来找我的第一人,从这一点来说,你是我真正的朋友。开始我猜你是来拉赞助的,我都想好了,如果你开口,我是

242

不会拒绝你的,因为你能张口求人,也是下了很大决心的。文人都讲个面子,一旦面子被驳,他会记恨你一辈子。

冷山的脸有些发热,他庆幸自己临时改了口,否则真会让张兰瞧不起的。

冷山离开学校时,张兰用自己的轿车一直把冷山送回旅顺。路上,张兰的司机问冷山:你怎么不住我们厂的宾馆? 三星级,条件很好,张总的朋友可以打折的。

冷山说:就是不要钱我也不会去住,我还有天大的事等着办呢。

回到旅顺,冷山感到压力越来越大。艾莲不时来催促他,希望他尽快给出一个令人满意的答复,但宋江迟迟不来电话。冷山又与几个他认为能说上话的朋友联系几次,仍然是一无所获。冷山懊丧极了,他担心这件事真要坐蜡。

就在艾莲她们在医院里讨论最后这三天的安排时,宋江终于来电话了,他说:冷山啊冷山,你可把我逼得走投无路了。我实在没有办法了,只好去求吴总了。我知道吴总在大连有个分公司,分公司的经理是个很有能量的女士。吴总说他要亲自去趟大连,帮你摆平这件事。

冷山知道,宋江所说的吴总就是艾莲最讨厌的那个吴法利,真没想到,冤家路窄,宋江求谁帮忙不好,偏偏求了这个倒霉的吴法利!

吴法利要是一来,这事还真有戏剧性了,自尊心极强的艾莲会作何感想? 可是别的路子都已封住了,目前就剩吴法利这一着棋了,不找吴法利,自己这百分之五十的承诺怎么交代呢?

那就请吴总来一趟吧,飞机票我来订。冷山已经没有选择的余地,但愿吴法利能通过自己的行动来改变他在艾莲心目中的

243

形象。

吴总说了,他的一切费用都不用你管,他这样做是为了感谢你上次给他写报告文学。吴总说,正是你的这篇报告文学,使他认识了自己的弱点,他改掉了不少坏毛病,现在是个一心向善的企业家。宋江对吴法利评价颇高,同时也把冷山的心说得热乎乎的。

为了不使艾莲感到意外,冷山对艾莲说了吴法利要亲自来旅顺帮助解决刘欣问题的事。艾莲听后出奇地冷静,她没有再评论自己曾强烈反感过的吴法利,而是用平淡的语气说:管他吴法利还是宋法利,只要能解决问题就行。还剩三天时间,三天内刘欣再出不来,你我就跳海吧。

跳海不成。冷山开玩笑说,我的水性好,淹不死的。

那我就一个人死吧,我连狗刨都不会。艾莲说,这样正好,你吹死的牛,我来承担责任。你以后可以继续吹,还会有文学青年给你承担责任。

冷山被艾莲抢白得有些窘,他耸了耸肩膀道:不是还有三天吗?吴法利今天就到了。他在大连有个分公司,听宋江说他在大连公司的女经理是个场面上的人,神通广大。你想想,吴法利没有五成的把握,他会坐飞机来吗?所以说,我没有吹牛,更谈不上把牛吹死。

你这样说我也就用不着跳海了。艾莲把头靠在冷山的肩上,她越来越觉得冷山真是个难得的好人。

吴法利下了飞机后,径直去了自己的分公司,然后带着他的分公司女经理一起来找冷山。

吴法利还是那么富态,西装革履,气度不凡。他见到冷山时很自信地说:什么大不了的事把你小冷愁成这个样子?你早些给我打个电话不就行了吗?说完,向冷山介绍了随同前来的女经理。

冷山一见到吴法利身边这位女性,就感到刘欣这回是有救了。凭记者的敏感他看出,这位女经理肯定是见过世面的人,在吴法利说话的时候,这位女经理只是微微地笑,这笑容里似乎包含了一种态度:这只是小事一桩!

冷山把刘欣的情况详细介绍过后,吴法利对女经理说:我说过,就是这么一桩小事,你看着办吧。女经理点点头,用手机开始打电话,电话接通后,她礼貌地到走廊里去打。吴法利则问冷山这些天都忙些什么,冷山说:还能忙什么? 本来是来参加樱花之旅的,想图个潇洒自在,谁知道凭空出了这么一件事,把我弄得焦头烂额。吴法利嘿嘿笑笑道:你也是受人之托吧,我怎么没听说你还有个这么铁的朋友? 冷山苦笑道:我哪是受人之托啊,我是受恋人之命呀,我根本没有回绝的余地,只能硬着头皮上了。吴法利说:我明白了,你这样大龄未婚的青年能有个知心的恋人不容易,的确应该表现表现。什么时候让我看看你的恋人,我可以替你说几句好话。冷山心想,你还说什么好话,人家艾莲早就认识你了,如果没有你,我冷山的爱情何至于这么一波三折?

女经理从走廊里回来了,她对吴法利小声说:一切都妥了,你就放心吧,吴总。

吴法利脸上现出了一层红光,他很用力地在女经理的肩膀上拍了一掌,道:好样的,棒!

冷山心里很激动,忙问:什么时候人可以放出来?

女经理一双撩人的丹凤眼向冷山眬了眬,把手机放进蛇皮坤包里,才慢慢地说:还需要我去办个手续。这个姓刘的是犯了罪的,犯罪就该受到处理。我没有能力来徇私枉法,我只不过是请他们加快了处理的步伐。

需要罚款的话我来出。吴法利很大方地说,小冷是个舞文弄

245

墨的,赚点稿费不容易,就不要花这钱了。

你能来帮助解决此事就很够情义了,怎么还好让你出钱?罚款的话,刘欣家里还可以承担。冷山很为吴法利的仗义而感动。

女经理很为两个人的争执不满,她一双美丽的丹凤眼不屑地眯成两条线,冷冷地说:你们以为我是花钱往外买人吗?

吴法利愣了一下,朝冷山眨眨眼,意思是说:小瞧人家了不是?

冷山说:我们这只是假设,是多做一种准备。

女经理朝吴法利说:我先走了,吴总,你们朋友间叙叙旧吧。我想,如果不出意外的话,冷先生明天上午可以去拘留所领人。

女经理走了,一套名贵的纱质衣裙飘然而去,留下了一阵法国香水的幽香。

这个女人不寻常啊。冷山被女经理超群的办事能力折服了,说,吴总,你有这样的公司经理是你的福气,公司生意肯定会兴旺发达。

她也不容易。吴法利说,我认识她时,她还是个在北京找机会的话剧演员,从一个偏远的省份辞职到北京闯天下。你想想,北京城里各省市来闯天下的演艺圈人士何止成百上千?她一个话剧演员本来就不吃香,哪有什么发展机会?我就把她聘来当了这个分公司的经理。

你怎么会认识她?冷山问。

吴法利扮了个鬼脸:你别这么刨根问底好不好?这属于个人隐私,是受法律保护的。

冷山不再问下去,他急于把这个好消息告诉艾莲,可他又不想和吴法利一起去见艾莲,正在左右为难,艾莲却敲门进来了。

艾老师,是你?吴法利一见到艾莲,有些不自然。

吴总啊,冷山说你要来了,我们正等着你呢。艾莲没有与吴法

246

利握手,问冷山,怎么样？刘欣的爱人都快疯了。

冷山看一眼吴法利,压抑住兴奋的情绪说:我的承诺兑现了,这都归功于吴总。

艾莲一听冷山的话,顿时喜上眉梢,她向吴法利伸出手去,说:谢谢您,您做了一件好事。

吴法利很有礼貌地握了握艾莲的手,脸却对着冷山道:你一定是奉这位艾老师之命行事了。

这是我的女王。冷山说。

艾莲冷不防当胸推了冷山一把:有这样的好消息为什么不早告诉我？叫我提心吊胆,你存心吊我的胃口是不是？

吴法利插话道:这不怪冷山,他也刚知道结果。你们应该通知一下当事人的家属,做好明天到拘留所接人的准备。

艾莲说了声"好",便招呼也不打,风也似的跑了。冷山知道她是去向老师交差了,艾莲的热心肠使她受了不少煎熬,这几天,艾莲明显消瘦了。

艾莲来到医院的时候,小婷、石琳正神情焦虑地在苏振欧的病房里等消息。见艾莲进来,石琳腾地站起来,一双期待的眼睛望着艾莲,嘴张了张,却没有说出话来。

苏振欧没有躺在病床上,刚才他只是不停地在窗前踱步,石琳默默地垂泪,把他的心绪打湿了。他最怕女人的眼泪。尤其是自己熟悉的女人的眼泪,他曾经说过,一个不为女人眼泪所动的男人,要么是个出奇的英雄,要么是个十足的浑蛋。

有没有什么消息？苏振欧迎着艾莲问。

艾莲一脸的灿烂,她避开苏振欧的问话,对大家说:我们冷山从来不会说大话。

苏振欧注意到艾莲在冷山前面加了"我们"二字,他知道艾莲已经成竹在胸了,否则,艾莲决不会这么骄傲地提起冷山。

好妹妹,快告诉我,刘欣有没有救?石琳急得要哭了,两手抓住艾莲的两只胳膊,恨不得一下子把艾莲口中的话都掏出来。

明天我们大家都去接人吧,刘欣已经平安无事了。艾莲掩饰不住内心的兴奋,宣布了这一大家等了一周多的消息。

石琳一下子扑到艾莲的怀里哭起来,小婷想劝一劝她,竟也被石琳的哭声感染了,两眼一时潮红起来,盈满了泪水。

苏振欧舒了一口气,顿时感到周身一阵酸痛,便软软地坐在床上,眼睛望着窗外的海面,嘴上却很有底气地说:艾莲,好样的。

你们怎么都深沉起来了?大家应该高兴呀。你们不知道,这几天我的压力比你们都大呀。冷山都快崩溃了,我一天八个电话催他,他说一听到电话铃声浑身打寒战。这下好了,我解放了,冷山也解放了。

你们是怎么办成的?搬动了哪路神仙?苏振欧深知艾莲和冷山所费的周折,很关心地问。

北京来的一个吴总,一切都是他操作的,详细情况我还没来得及问。艾莲停顿了一下又说,这个吴总我过去认识,印象很差,谁想到"坏人"有时也会办好事。

吴总是专程来的,还是顺路来的?苏振欧问,如果是专程来的,这个人情就大了,说明冷山的面子真了不得。

我听冷山说是专程来的,冷山曾经宣传过他,他现在还冷山一个人情。艾莲说,不管怎么说,这个忙吴总还真帮上了,没有他,冷山和我都没法儿向大家交代。艾莲接着说,苏老师,您和老乔打个招呼,明天把刘欣接出来后能不能在樱花楼安排一顿晚饭,一来为刘欣压惊,二来也答谢一下这个吴总。

没等苏振欧说话,石琳连忙说:不用了,就在我们自己家的饭店安排吧。饭店虽然被封了,但办个家宴还是可以的,我亲自做菜。

小婷也说:别去樱花楼,那里人来人往的,我们这又不是什么值得炫耀的事,还是在刘欣的家里比较好。不过,老乔和振欧的几个学生都参加一下,尤其是冷山和吴总,要好好谢谢人家才是。

就按小婷大夫的意见办吧。苏振欧像一个领导一样拍了板,这顿饭,也算我们告别樱花之旅的一次庆功宴,我们这次樱花之旅,还是很值得庆祝的。

大家正在筹划明天的晚餐,一个军人来把小婷叫走了,说院长找她有事。小婷离开病房时留下了自己的意见,明天一定要搞,她肯定会参加。

第二天一早,天有些阴,冷山、艾莲、石琳和苏振欧很早就站在拘留所对面的马路上,等待着刘欣从那厚重的铁门里走出来。吴法利没有来,他昨晚让冷山灌醉了酒,睡在宾馆里还没醒。他的分公司经理把事情协调好之后,就回公司忙业务去了。她是个极聪明的女人,这么做就等于把功劳全留给了吴法利。

非常准时,八点钟,拘留所的大门打开了,须发如草的刘欣从大门里出来。在拘留所灰色大墙的衬托下,刘欣像一个从远古走来的独行者,两手空空,步履机械。石琳是第一个留意刘欣没有被剃光头的人,她不顾马路上疾驶而过的车辆,跑步穿过马路,和刘欣拥抱在一起。

刘欣瘦了许多,衣服上满是褶皱,他神情木然,口中喃喃地说:我不是在做梦吧? 我不是在做梦吧?

冷山、艾莲、苏振欧都过来了。石琳擦了擦喜悦的泪水,对刘欣介绍道:就是这位冷先生,还有艾莲同学、苏老师,是他们救了你。

刘欣这才恍若从梦中醒来一般,连声说谢谢。当他看到苏振欧时,他发现了苏振欧脖子上吊着的绷带。

你怎么了,振欧?你这伤是不是因为我?小婷怎么没有来?刘欣把一切都和自己联系起来了,拘留所里的九天,对他来说仿佛是九年那么长,他的思维变得有些机械。

我这伤和你没关系,我自己撞的。苏振欧解释道,院里找小婷谈工作,她脱不开身,她说晚上吃饭一定参加。

冷山和艾莲交谈了几句,艾莲对苏振欧说:苏老师,这里也不是谈话的地方,能不能让刘欣和石琳先回家休息,我们下午人齐了再过去?

苏振欧说:好吧,你们两口子回去说说悄悄话,我们先回酒店,晚上再聚再聊。

送走了相依相偎的刘欣和石琳,苏振欧突然发现艾莲和冷山也靠得很紧,他感到一阵失落。要是小婷也来,说不准会被刘欣、石琳的爱情所感染,难保不紧紧地挽住自己的右臂。

你们俩去召集老乔他们吧,我先回医院了,我们下午三点钟就在医院会面吧,别忘了带上那位吴总,他可是大功臣呀。苏振欧这样交代艾莲。

N

苏振欧回到医院,发现吴可正在病房里等他。吴可好像刻意修饰了一下自己,比平时多了一些清丽的色彩。

对不起,你来的时候我总不在。苏振欧很是歉疚。

可是在我要走的时候,你总是又回来了。吴可很幽默地道,这不能怪你,我两次都是不速造访。

听说你们就要回北京了,我想请你们吃顿饭,就算为你们送行吧,不知你肯不肯赏光?吴可说明了自己的来意。

樱花楼的饭没少吃,吴老板不必这么客气,我们也算是朋友了,在这座城市,我印象最深的就是你的樱花楼了。苏振欧既不拒绝,也没说同意,他对樱花楼的确有一种难以割舍的情怀。

吴可若有所思地道:在你们来旅顺之前,樱花楼本来是平静的,你们一来,一切都打乱了。这是乔老师所说的话,意思是你们好像给樱花楼带来了一些新鲜的东西。就为了这生活中的新鲜感,我想请你们喝酒。

我同意。苏振欧爽快地答应道,后天我们离开旅顺,就在那天中午吧,我和我的学生都会高兴地接受你一杯壮行的酒。

那就一言为定!吴可很认真地说,后天中午我们樱花楼见。

吴可刚刚离开病房,小婷就从院长那里回来了。小婷说:看来我们的缘分到头了。我明天一早去山东,把孩子送给我的父母照顾,后天晚上,我和你们一道走。

和我们去北京?苏振欧惊喜地问。

去沈阳。小婷说，我要先到军区去集训两个月，然后就出国。

苏振欧犹如被兜头泼了一盆冷水一样，一下子凉到脚跟。自己担心的事终究发生了，小婷被批准出国了。

明天一早去山东，后天能返回吗？苏振欧觉得大脑有些发木，他想，小婷两天之内在渤海海峡往返一趟是很辛苦的事。

我可以乘飞鱼艇，两个半小时就到山东了。小婷说，后天晚上的车票医院都给我买好了，只不过我们不是一个终点。

苏振欧没有再说什么，只是长长地叹了一口气，把床头柜上的两片口服药扔到了嘴里，竟生生地嚼起来。

你怎么能这样服药？小婷急忙倒了一杯水，递给苏振欧说，也许是我伤害了你，可是希望你能理解我。

苏振欧接过水，也不顾水的温度，咕咚咚一口气喝了下去。

小婷的眼窝又潮红了，她望着窗外平静的海面，许久许久，她才长舒一口气，道：振欧，我们不是意气用事的年龄了，我出国后，希望你能解放自己。你的世界应该是色彩斑斓的，而不应该是单调的海军蓝。

苏振欧知道小婷的决心已经下了，自己再说什么也无法改变这种现实。于是，他调整了一下自己的情绪，带着微笑说：是去俄罗斯吧，那也是我十分向往的地方，但我目前不会有机会了。

小婷离开病房后，苏振欧马上自己去办了出院手续，简单收拾了一下物品，就打车直奔刘欣的家。

刘欣和石琳正在为晚上的宴会而忙碌，见苏振欧来得这么早，刚刚理过发的刘欣颇为感慨地说：振欧，你我大难不死，肯定会有后福。我想了，我会发财，你会发迹，我俩前途无量呢。

苏振欧说：你先别说以后，还是先说说你在拘留所里都干了些什么吧。

吃窝头、放风、睡觉,然后再吃窝头、再放风、再睡觉,天天如此,仅此而已。

都说你在里边被剃了光头,看来这是讹传了。苏振欧对石琳当时哭诉刘欣被剃光头一事记忆犹新。

我没有被剃光头,我只是胆战心惊地在里边住了九天。

苏振欧说:算你造化大,如果没有艾莲,没有艾莲的男朋友冷山,你就在里边待着吧,少说也得一年半年的。从这件事上要吸取教训,干什么都要守法经营,再赚钱的点子也要先看看法律上是红灯还是绿灯。

吃一堑,长一智。刘欣说,有本事做什么不能发财? 都怪我当时没有听小婷的话,要是听了,也不至于出这么大的事。

两个人说着话,时间已经到了晚饭的时候,可除了苏振欧,谁也没有来。苏振欧忽然想起自己约老乔他们在医院集合的,自己这一走,老乔他们怎么会找到刘欣的家? 苏振欧想回去,却被刘欣劝住了,刘欣说:他们找不到你,肯定会找小婷。

又过了好一会儿,小婷领着老乔、艾莲、小小和晴子赶来了。一见面,小小就问苏振欧:您把我们都诓到医院干等,自己却在这里喝茶,要不是我们找到了小婷大夫,我们是吃不上这顿饭了。

苏振欧连声道歉后,发现冷山和那个吴总没来,便对艾莲说:还少两个人呢。

你是说冷山和吴法利吧,他们俩下午乘飞机回北京了,两个人都很忙,吴法利提议冷山走的,冷山也急着回去报几份表。

大家坐下来,开始品尝石琳烹制的一桌好菜。席间,刘欣向每个人都敬了一杯酒。当敬到石琳时,刘欣格外动情,竟说了一句令举座停箸的话:石琳,没有你的爱,我只是个随风飘零的打工仔。

石琳没有喝酒,真诚地与刘欣对视着说:我们这样的小人物,

253

不求别的,能平平安安过日子就是最大的幸福了。

刘欣点点头,对大家道:我找人算过命,我的福都是老婆带来的,算命先生送给我们四个字,叫相依为命。

听了这话,苏振欧看了一眼身旁的小婷,小婷很专注地在听刘欣讲话,面前的筷子还一次没用。苏振欧多么希望小婷能看自己一眼,哪怕是飞快的一瞥也好。

或许是对面的小小看出了什么,她轻轻地咳了一声,对老乔说:乔老师,你的知识那么渊博,你将来年龄大了完全可以到景点摆摊算命,听说你很精通易经八卦。

苏振欧忽然灵机一动,对老乔说:今天我们就开开心,请乔老师给每个人算一算命怎样?

大家鼓起掌来,苏振欧注意到小婷也很用力地鼓掌,心里便很为自己的提议骄傲。

老乔不好推辞,便说:我可以给你们算,不过算不准的,你们别恼。

不过是个玩笑嘛,我们不会当真。苏振欧说。

老乔则一本正经地说:我可不是当作玩笑来算,我是认真的。我就算算你们的姻缘吧,刘欣夫妇已经请高手卜过,我就不再多嘴了,你们几个我都细细算一算。

晴子研读过《易经》,但始终不得要领,不懂怎样来推演这八八六十四卦,见老乔要一试手脚,便迫不及待地报上了生辰八字。

老乔含目沉吟了许久,才睁开眼睛说:你的姻缘迟在名后,也就是说你将在成名之后才找到爱情的归宿,早成名早恋爱,晚成名晚恋爱,你属于大红才能大紫的人。

晴子惊愕地问:如果我一辈子也出不了名,我是不是就会独身一生?

从你姻缘看,你命中会育有三子,可见你不会独身一生。

晴子欢天喜地地笑起来,以老乔的推断,她是那种事业爱情双丰收的人。

小小报上了自己的生日,但具体的时辰她不知道,只好问:这样算是不是就不准了?

老乔又含目沉吟一会儿,道:你的姻缘应在东南方向,你未来的爱人与你在职业上将没有任何关系,可以断定起码不是搞文字的。

小小的额头沁出汗来,问:东南方向是怎么回事? 我会找个台湾老公吗?

果真那样,我们的小小就为祖国统一做贡献了。苏振欧开玩笑说。小小却不满意地瞪了苏振欧一眼,气哼哼地说:我就是一辈子不嫁人,也不会做王昭君。

你以为你是和亲吗? 乔老师所算的是你的姻缘,好在我们不会总待字闺中,不出五年六年,我们都会嫁人的,到时候看我们的小小到底嫁到何方。艾莲发表了一番见解。

小小不服气地嘟哝了一句:算的是八字,我少个时辰,这怎么能准?

艾莲要算,被老乔拒绝了,老乔说:你正在热恋之中,不易爻卦。

艾莲不服气地问:难道一谈恋爱,就没有算命的权利了吗?

老乔摇了摇头道:我已经给你和冷山算过了,你们会白头偕老的。能找到冷山这个人,是你的运气。冷山这个人属清朗文秀之相。所谓清者,精神翘秀谓之清,如桂林一枝、昆山片玉,洒然高秀,一尘不染。冷山体魄清朗文秀,姿容细瘦坚实,神色清爽,举止轻捷,温文尔雅,心存慈善,必主大贵呀!

你把他说得天花乱坠,是不是接受冷山的好处了? 艾莲开玩笑说。

既然老乔不给艾莲算,那么就剩下小婷和苏振欧了。苏振欧对小婷道:女士优先。

小婷很平静地说:我就不算了吧,在姻缘问题上我是灯残油尽的人了,还有什么算头?

老乔仔细打量了一下小婷,摇摇头说:你在姻缘上命中注定有一波三折,渡过劫数,便是海阔天空了。

我已心如止水,不再自寻烦恼了。小婷很超然地说,爱情,是那些年轻人的事,比如这些风华正茂的女同学。至于我,想必和乔老师一样,不管是梁祝化蝶,还是天上鹊桥,都不会为之所动了。

苏振欧的心似乎在流血,他知道小婷所说的是真话,小婷是利用这个难得的机会向他表示一种态度,那就是一切都不可能了。

艾莲和小小都被小婷的话震惊了,这位风姿超群的女军医对爱情怎么会有如此冷漠之心? 她的话与她的年龄太不相称了,更何况她是一个非常热情的人。

老乔对小婷的话也感到有些突然,他若有所思地说:美丽,使你变得孤独;超群,让你傲视一切。你对自己压抑得太重,心声就显得沉闷。老乔说到这儿,突然来了个转折,不过,你的目光中交织着一种渴望和追求,正是这种渴望和追求使你的生活有了亮点。

但那不是爱情。小婷冷静地说,渴望也好,追求也罢,无非是我在医术上的事情。我建议乔老师好好看看振欧的,他是我们班里当年的状元,理应前途无量。

苏振欧说:我在片刻间变得宿命论了,因为我像迷失了方向一样感到无所适从,所以,我不隐瞒自己的生辰八字,希望乔老师能够指点迷津。苏振欧说出了自己的生日时辰,并把左手伸给老乔,道,还应该再看看手相。

老乔没有看苏振欧的手,道:我刚才说了,我不算你们的前程,我只是算你们的姻缘。

那就算算我的姻缘吧。苏振欧说,我很想知道自己什么时候能结束这种没有家的生活。

老乔又含目沉吟了一会儿,然后睁开眼睛,很惋惜地说:你在二十岁之前,一段姻缘与你擦肩而过,你为此将懊悔半生。

苏振欧和小婷下意识地对视了一眼,苏振欧心想,老乔并不知道我与小婷的事,难道他真有神算之功?

艾莲、小小和晴子都睁大了眼望着她们的苏老师,一向深藏不露的苏老师还有这么一段感情插曲,这是她们谁也没有想到的。看老乔严肃的样子,不像是在开玩笑,她们都想看看苏振欧的反应。

这不奇怪。苏振欧解释说,歌德不是有句名言吗?哪一个少年不钟情,哪一个少女不怀春?苏振欧本想让大家热闹起来,但谁也没有笑,苏振欧只好讪讪地道,歌德的诗意大致如此,我记不清了。

二十岁到三十岁之间,你没有什么情缘。因为你自诩清高,心无旁骛。缘,是双向的心动,单相思不称之为缘。老乔接着说,而立一过,情窦再开,苦恋无果,运交意外。苏老师的姻缘将是有心栽花花不开,无心插柳柳成荫啊。

看来我的姻缘问题需要落实政策了。苏振欧问,什么是运交意外?我好像听不太懂。

没等老乔回答,艾莲抢着说:运交意外就是说你的姻缘纯属意料之外的事,你想的成不了,你不想的却成了,这就叫作随缘。

老乔说:我算完了,得罪大家了,满意的你们就信,不满意的就

257

别信,我这是信口雌黄,以此佐餐。

我信。苏振欧说,乔老师年高德劭,不会打诳语。

大家又喝了一会儿酒。刘欣有些不胜酒力,趴在酒桌上打起了瞌睡。见状,苏振欧说:今晚就到这儿吧,后天中午,我们再在樱花楼聚一次,就算是本次樱花之旅的句号了。

在离开刘欣家时,小婷把苏振欧叫到一边,小声说:我明天一早回山东,后天返回时应该是下午,午饭肯定是赶不上了。苏振欧闻言道:很可惜我没有见到你的女儿,我想她一定很像你。

刘欣醉醺醺地走过来,很伤心地说:振欧、小婷,你们俩就这么完了吗?我心里最清楚,你们都在爱着对方,却都不敢去接受,这么跟自己过不去,这是何苦呢?

你喝醉了,刘欣。小婷眼睛看着苏振欧,对着刘欣说,咱们仨都不是中学生了,应该面对现实。

我是喝醉了,可我是酒后吐真言,你和振欧才是天生的一对!刘欣的声音很大,把老乔和几个女生的目光都引了过来。见状,苏振欧忙拍了拍刘欣的肩膀,道:对,你和石琳是天生的一对儿,看你们好的样子都令人忌妒了。

刘欣说:那当然,我和石琳的爱情,是平民百姓的爱情,除了互相的担心,再没有什么负担。刘欣的话充满哲理,令苏振欧和小婷都陷入了沉默。的确,两个人都感到了他们之间的感情多了些额外的负担。

回到黄金山酒店,老乔对苏振欧说:我有一件事想求你,思想斗争了多次,始终没能说出口。你们后天就要返京了,我想明天跟你说。

苏振欧感到有些不解,道:乔老师,这半个月来,我们都成了同船共渡的好朋友,有什么话非要等明天呢?你现在就说吧,只要我能办到的,我会不遗余力。

你肯定能办到,但我今晚不说了。你今晚睡个好觉,等我明天说后,你就不会睡得那么香了。

老乔回去了,苏振欧却越来越纳闷,老乔会有什么事求自己呢?他们这师生四人都是大学里的人,别的忙帮不上,如果在大学里上学倒可以关照一下。想到这儿,他给艾莲的房间打了个电话,问老乔会有什么事求他。恰好,小小和晴子也都在艾莲的房间,三个人一议论,得出了一个共同的答案:肯定是镇长的儿子需要关照。

第二天早饭后,老乔单独用车把苏振欧接到了水师营会见所。所谓水师营会见所,是日俄战争中旅顺口之战结束后,日本第三军司令乃木希典与俄旅顺要塞司令斯特赛尔签署投降协议的地方。院内中央是几间百年茅草老屋,屋顶上生满了杂草。院子的东南角长着一株合抱粗的枣树,枝干有些枯萎,不见一片绿叶。北侧有一眼深深的枯井,正空洞悲凉地望着蓝天。整座院子古朴凝重,置身其中,总有一种令人说不清的感受。

紧靠院门外的是一个颇有特色的日本料理餐馆,光顾这里的主要是来这里寻一份虚荣的日本游客,大都集中在中午,平时客人很少,餐馆里显得很清静。老乔约苏振欧到这里来,主要是考虑这里的清静。

什么秘密的事非要跑这么远?苏振欧下车后,一边参观这个院落一边问老乔。

你明天就要走了,别的地方你可以不看,但会见所还是值得一看的,因为这里是旅顺口之战画上句号的地方。老乔说。

参观完了会见所,老乔又把苏振欧带到会见所对面的一个旅游纪念品商店,商店里没有一个顾客,只有一个服务员在埋头读书。商店的四壁上挂满了名人字画,柜台是敞开式的,摆放着各种工艺品。

苏振欧是非常喜欢字画的,他认真地欣赏着一幅幅名人名作,心想,别看这个地方小,还真是有点东西。一个常人不注意的地方,往往有着极深厚的历史积淀,这是旅顺的一个特色。

老乔陪着苏振欧一幅幅地看。突然,苏振欧在一幅肖像画前停住了,他惊愕地发现,这幅肖像画上的人竟是他自己。

画中的他一副远足归来的神态,正拄着一柄时下已不常见的油纸伞,在樱花林中的石径上举步前行。画家对他的脸部显然是下了功夫的,可谓形神兼似,石径两侧的樱花林却是洒脱的写意,烘托出一种桃花源般的意境。画的右上角用变体的隶书写了四个字:归去来兮。再看画的落款,竟是吴可。

苏振欧被自己的肖像打动了,画中的意境是自己所追求的回归自然的意境。每次他在给学生讲陶渊明时,都对陶公的超脱大加赞赏,他认为陶公是懂得生命真谛的诗人,从陶公身上,中国的文人应该读懂生命的意义。正因为这种陶公情结,他很向往那种桃花源式的生活,而眼前,吴可竟把他的这种心境画了出来。自己什么时候成了吴可的模特了呢?真是奇怪。

乔老师,这个吴可真是个有心人啊。苏振欧不禁感叹道,她嘴上不多说话,眼睛却能看到你的心底。

老乔道:吴可不仅是个有心人,还是个有情人。

你这话是什么意思?苏振欧疑惑地望着老乔。

现在我该把我要求你的事说出来了。苏老师,我是为了吴可而求你,我希望你能接纳她。

苏振欧一时没有思想准备:我……我我,这怎么行?乔老师你在演什么戏?

260

我了解吴可,像了解我的女儿一样。这么多年了,自从吴可的男友一去不复返之后,再没有一个男人能令她动心,她始终在一种孤寂和苦闷中生活。尽管她苦心经营酒楼,可我知道她那是在浪费自己的生命,她是一个获得过国家级奖项的画家呀。

但自从见了你之后,她变了,她重新拿起了画笔。这半个月来,她画了许多画,凡是画人物的,那人物肯定是你。她没有说什么,但她的心里一直在强烈地呼唤你。苏老师,如果你真的还没有做出爱情选择的话,我希望你能选择吴可。我相信,你不会后悔的,因为吴可就像一块金子,无论在哪个方面,她都会体现出金子的价值。

乔老师,你这要求太突然了,我像一下子掉进了旋涡里,不知道该往哪个方向游。苏振欧万万没有想到,乔老师求他的事,竟是接纳吴可。这个老乔对自己的学生可谓煞费苦心了,从美术社,到樱花楼,再到为吴可求亲,就是作为父亲,也不过如此吧。

我想知道你对吴可的印象怎样。老乔说。

印象很好的,但我从来没有拿另一种标准来看她。苏振欧坦言。

那么你就用你所说的另一种标准看看她,你会得一个什么样的结论?

苏振欧想了想道:还没深想,不过与她在一起会感到很踏实、很安全,不会浮躁,不会后院起火。苏振欧还想说会有食欲,话到嘴边又咽回去了,但这种有食欲的感觉是真实的,香甜面包的诱惑没有哪个饥饿的人能不为所动。

老乔听了苏振欧的话,激动得脸都涨红了,他紧紧地握住了苏振欧的手:谢谢你。老乔眼睛有些红,道,不论你能不能接纳吴可,单凭你对她的评价,我就为吴可感到高兴,她毕竟没有错把春心付东流啊。

苏振欧也很为老乔这种精神所感动,他也用力握了握老乔的手说:乔老师,我不能马上答应你,我还需要再想想。但我想知道,这是您的意思还是吴可的意思?

吴可没有求我办这件事,但我了解她的心思。我豁出这张老脸也要帮她这个忙,她毕竟是一个姑娘,她不会主动来谈这件事。

驱车返回酒店,苏振欧把自己关在房间里,他拿出吴可为自己画的那幅静物面包图,整整看了一个下午。晚饭时,艾莲和小小动员他是不是该把镇长和老乔请来,喝一点酒作为答谢,他竟没有听进去。倒是晴子学会了善解人意,说苏老师这样吊着一只胳膊怪不方便的,将来在北京再答谢镇长和老乔吧。

苏振欧听到晴子说话,忽然想到晴子要办的事,便问她自传的事怎么样。晴子很无奈地说,宋老师还是不给,乔老师今天又去了,不知道结果会怎么样。

当天晚上,苏振欧失眠了,快到半夜时,他才蒙蒙眬眬地睡着。他做了个梦,梦见自己在樱花林中的石径上散步,林中的空气非常新鲜。他发现石径上有一个少女正在作画,他便靠过去看,画面上全是灿烂的樱花,少女画得非常认真。他问:你为什么要画樱花呢?少女头也不抬地回答:我这不是在画樱花。明明是在画樱花,怎么说不是呢?他不解地问。少女说:你透过樱花还能看到什么,我就是在画什么。他摇摇头说:透过樱花还是樱花,除了樱花你再没画什么。少女突然扭过脸来,他发现作画的原来是吴可。吴可泪涟涟地说:我是在画我自己!

苏振欧想要说什么,却突然醒了。醒来后他再也无法入睡,只好打开电视,信手捻到一个频道,用眼无心地看到天明。

次日早饭后,老乔带着宋老师和那份自传复印件来到了黄金山酒店。

宋老师对晴子说:我实在磨不过这个老乔了,他还搬出了镇长。我再不给你,我就没法儿在这里工作下去了。说完,把那份复印件交给了晴子。

晴子激动得无以言表,一连弯了六次腰,连声说谢谢,把宋老师谢得不好意思了。他连忙扶住晴子说:你别再鞠躬了,论起来,你还大我一辈呢。

老乔道:宋老师做出这个决定不容易。晴子将来写书出版的时候,别忘了署上宋老师的名字。他不希望要钱,他只希望在写他曾祖父的书上,能有他这个后人的名字。

晴子满口应允了,拉着宋老师让艾莲拍照,说不仅要署名,还要配发一张照片,让宋老师好好风光一次。

宋老师摇摇头说:我不图这个,名利与我无关,再怎么出名我还是一个小学教师,顶多会让更多的人去评头论足。

宋老师的话令苏振欧很赞赏,看来宋老师是个很清醒的人。苏振欧想,他知道自己就是自己,名利的泡沫能淹没自己,却不会改变自己。

宋老师走后,老乔对大家说:我受吴可的委托,今天中午给大家设宴远行。我特意邀请了镇长,镇长将亲自开车送你们去火车站。上午你们就随便去买点什么纪念品吧。这样安排行不行,苏老师?

按乔老师的意见办,你们就去多买些贝壳吧,回去后同学们都会向你们要的。苏振欧同意给几个学生放了假,几个学生都飞一样地跑出了酒店。

苏振欧和老乔在大厅的沙发上坐下来。老乔情绪不是很高,端着茶一个劲儿地吹着,却不品一口。

你将来有些什么打算,乔老师? 苏振欧问。

问到将来的打算,老乔放下了茶杯,道:我已经做出了决定。下个月,我和吴可准备把樱花楼兑出去,一来为吴可到北京去发展她的事业筹集资金,二来也免得再操闲心。办酒楼不容易,社会上三教九流都需要打点好,所以不想再干下去了。

吴可能去画画,你去干什么呢? 是搞民俗学研究吗?

我要去干一件大事情。我们正在策划筹建一座辽南最大的寺院——蟠龙寺,我准备去办这件事,这是纯民间的活动。老乔说出了自己的打算。

筹建蟠龙寺? 苏振欧问,你想遁入佛门?

蟠龙寺是辽南最大的古寺,很可惜被毁掉了。一座历史名城,怎么能没有一座相应的历史名寺呢? 我投身于此,并不是单单遁入佛门,还是为了我们这座古城能有一缕缭绕不绝的香火。

本来我还下不了这份决心,因为吴可的事总在使我犹豫。吴可本来是个幸福的孩子,因为我教她学画,因为我给她介绍了不该介绍的人,因为我帮她开了酒楼,她的人生才如此曲折。我的心里一直很愧疚,愧疚我毁了她,所以我要帮助她,要帮这样一个才貌双全的人找到适合自己的归宿。现在,有了你,我放心了,我要感谢镇长给我这次当导游的机会,让我遇上你这么个难得的小伙子。我预测你的爱情是个意外,你和吴可的相爱不就是一个意外吗?

原来你那次算命是个圈套? 苏振欧问。

你说圈套就是圈套吧,但这是一个幸福的圈套,茫茫人海,就你一个人被这个圈套拉上了岸。

我还没想好,你千万别和吴可说。人都是有自尊的,相爱也需要时间的培养。请你理解我。苏振欧说。

老乔终于喝了口茶,放下茶杯道:我们先不谈这件事了,你想好了我们再谈。我想把蟠龙寺的情况向你介绍一下,说不准对你的课题会有益处。

老乔谈了许多关于寺庙的话,说旅顺过去有许多寺庙,什么天后宫、佛门寺、长春庵、蟠龙寺等等,以蟠龙寺香火最盛。自从日本人在太阳沟兴建神庙以后,各寺庙香火就日渐冷落,到新中国成立时,这些百年寺庙大都荡然无存了。但年年的庙会还是人流成海,成了辽南一大怪事,百姓自发举办没有庙的庙会。

可惜,苏振欧没有心思听这些寺呀庙呀的话题,他一直在想着如何来回答老乔的要求。

中午,大家都聚在樱花楼。吴可安排了一桌丰盛的酒席,但她没有到场,苏振欧问老乔,老乔说吴可病了。苏振欧忙问什么病,老乔说大概是阑尾炎,挺重的,今明两天可能就会手术。

午宴由老乔主持,大家都喝了一些酒。镇长来得晚,他赶到后酒桌上才真正掀起了高潮。艾莲、小小和晴子都不甘落后地敬镇长酒,苏振欧从来没发现自己的学生竟有这么大的酒量,把镇长都喝得告饶了。镇长道:我今天犯了个错误,要是把妇联主席带来,看你们还敢不敢这么拼酒。

老乔也喝了许多酒,他只是一杯接一杯地敬苏振欧。两个人趁镇长和三个女生周旋的时候悄悄地说着什么,每说几句,老乔总要举起一杯酒道:干!

这顿午宴,除了苏振欧和镇长外,可谓人仰马翻。大家都争着唱起了卡拉OK,只有苏振欧一个人悄悄地走出酒楼,来到楼后的樱花林,他想回味和验证一下昨晚的梦境。

林中的小路恰似梦中的石径,只是没有作画的少女。树上的樱花已有些飘零,单瓣的大都谢了,只有双瓣的仍绽放在枝头,但也渐过花期,人一碰,便有如雨的花瓣纷纷落下,使人不免生出几丝伤感。苏振欧走了一段,心里很惆怅,便抱着自己的伤臂,踽踽而回。

又唱了一会儿歌,苏振欧提议说该去车站了,误了火车大家都走不成了。大家这才恋恋不舍地离开樱花楼。

在车站,大家发现了小婷。小婷刚从山东返回后就直接来车站了。苏振欧发现那个令人生厌的老黄正满头大汗地为小婷拎着旅行包,看来他是专程来送小婷的。

进了车站,大家一起上了火车,车厢外,只剩下送站的镇长、老乔和那个汗淋淋的老黄。晴子和小小一个劲儿地向窗外摆手,艾莲和小婷则望着窗外,神情有些伤感。小婷的眼睛有些红,苏振欧心想,小婷这眼泪会为老黄而流吗?

苏振欧用力打开了车窗,老乔见状走过来问:苏老师,你就这么走了吗?

苏振欧的心猛地揪紧了,是啊,自己还没回答老乔,吴可正躺在医院里,自己就这么走了吗?住院的滋味自己刚刚体会到,他猜得出病床上的吴可此时会经受什么样的煎熬。他暗暗自责:苏振欧啊苏振欧,你还是个男子汉吗?你还有什么顾虑如此犹豫呢?难道你还要与一次美好的姻缘失之交臂吗?想到这,苏振欧暗暗下了决心,他说:艾莲、小小、晴子,你们先回去,我留下来还有点事需要办,我坐明天的火车回去。

火车已经开动了,苏振欧大步走向正要关上的车门,健步跳下车,对迎上来的老乔说:走,我们去看望吴可!

缓缓远去的火车上,艾莲、小小和晴子几乎从车窗上探出了半个身子,她们在喊着什么,但被汽笛声淹没了。